庫

夜の終りに

赤川次郎

中央公論新社

目次

夜の終りに

三年後

奈良がタクシーを転がるように降りると、

「いい加減にしろよ!」

という声が後ろから投げつけられた。「おい、やってくれ」

ドアが閉《しま》り、タクシーが走り出す。

奈良は、よろけそうな足を踏みしめて、夜の中に小さくなっていくタクシーのテールランプを見ていたが、

「いい加減にしろよ、か……」

と、呟《つぶや》くように言って、鼻で笑った。

大きなお世話だ! 自分だって、人のことなんか言えた柄かよ。全く……。

奈良は、夜の道を歩き出した。

風が冷たい。——十月も末。特に、こんな郊外では、都心と比べて三度くらいは気温が低いのである。

郊外の団地。——夜十時を過ぎると、もうバスもない。

タクシーで帰って来るにしても、勤め先から乗れば一万円近くとられてしまい、しかも会

社では出してくれない。

奈良はブルッと頭を振ると、しわくちゃになったコートのポケットに両手を突っ込んで歩いて行く。――タクシーを降りたときは、ほとんどまともに立っていられないくらい酔っていたのだが……。

実のところ、奈良は酔ったふりをしていたのだ。本当に飲んで、酔ってもいたが、歩けないほどじゃなかった。

これは、タクシー代を払わないための、手だった。

恥ずかしい。本当に、恥ずかしいことだ。

一緒に乗って来た同僚が、「いい加減にしろ！」と怒鳴《どな》ったのは、奈良の心底をとっくに見抜いていたからである。

恥ずかしい……。奈良は、しかしもう「恥ずかしい」と感じることにすら、慣れてしまっていた。

石段を上る。――公園の中の細道を抜けていくと、もう五、六分で家に着く。

家といっても、団地の中の一部屋。一ＤＫの、小さな「わが家」である。誰《だれ》が待っているわけでもない。

奈良は一人暮しだ。

風で木立《こだ》ちが揺れ、青白い街灯の光がチラチラと明滅する。――昼間は明るい日射《ひざ》しの下、子供たちの遊び場、母親たちのおしゃべりの場になる公園だが、夜になるとまるで深い海底のように静かで、青い闇に包まれてしまう。

奈良の指が、ふとコートのポケットの中で一本のタバコに触れる。——何だ、これ？

ああ、そうか。

昨日、仕事で立ち回った先の会社。そこの応接室で、相手の来るのを待っているとき、机の上のシガレットケースから五、六本失敬して来たのだ。その一本が残っていたのである。

ライター……。ライターもある。

一本、喫《す》っていくか。

風をよけられるベンチに腰をおろすと、その一本をくわえて火を点《つ》ける。

奈良は、煙を一杯に吸い込んで、風の中へ吐き出した。

たちまち吹き散らされ、消えてしまう煙。——俺のようだ。

奈良はそう思った。俺のようだ。

何もかもが狂ってしまった。——三年前のあの出来事以来。

奈良は三十八才の若さで課長になった。異例の若さで。それは自慢していいことだった。

同期の沢柳伸男《さわやなぎのぶお》が、倒れた父親の跡を継いで社長になっていた。奈良としては、さらに「上を狙える」状況だったのだ。

しかし……。

何もかもが、泡のようにはじけて消えた。

エアロビクスのコーチだった水島という男を、奈良の妻、敏子《としこ》が殺したのだ。

しかも、初め犯人と見られた沢柳の妻、智春《ちはる》は、自殺を図っていた。

敏子は逮捕され、智春について、あれこれ中傷する噂《うわさ》を流していたことも明るみに出た。

――情状を酌量されて、敏子は三年の刑期に今、服している。

当然、夫として、奈良は辞表を出さないわけにいかなかった。

社長になった沢柳伸男の視線は冷たいもので、辞めていく奈良に、声もかけてくれないまま……。いや、もうグチっても仕方のないことだ。

奈良は昔のつてを頼って今の会社へ入ったが、一生平社員でいるのは覚悟しなければなるまい。――収入も半減して、この団地へ越して来た。

ここでは、誰も奈良のことを知らない。

奈良は、「ちょっと変った、人嫌いの独身男」と見られている。それはそれで気楽だ。

タバコが短くなった。足下《あしもと》へ落として、靴で踏み潰《つぶ》す。

奈良は何度も何度も、その吸いがらを踏みつけ、すり潰すように力をこめた。

――敏子。お前はどうしてるんだ。

刑務所での三年は、ここでの三十年より長いだろう……。

もう帰ろう。――明日も仕事がある。

立ち上るには、巨大な岩を持ち上げるほどの力が必要だった。

よいしょ、と息をついて立ち上ったとき、背後に人の気配があった。

こんな所に、――奈良は振り向こうとした。半ば後ろへ向いたとき、刃物が奈良の喉《のど》を真横に切り裂いた。

奈良は、もう――立つ必要がなくなったのだ。


「お母さん、おはよう」

と、有貴《ゆき》は言った。「早いね、今朝は」

居間のガラス扉の前に立って、じっと表を見つめていた沢柳智春は、ゆっくり振り向くと、

「おはようございます」

と、ていねいにおじぎをした。

「はい、おはようございます」

有貴は同じようにおじぎを返して、「学校へ行って来ます」

「行ってらっしゃい」

智春は、またおじぎをした。

有貴はもうS女子大付属高校の制服であるブレザー姿だ。

さっさと台所へ行って、コーンフレークの包みを開け、皿へザーッと入れると、ミルクをかける。

玄関の方で音がして、

「おはようございます」

と、息を切らしながら上って来たのは、がっしりした体つきの、若い江梨子である。

「おはよう。——良かった。もう出るところだったの」

「すみません。もっと早く来るつもりだったのに」

と、暑がりの江梨子は真赤《まっか》な顔をしている。「何か作りましょうか」

「いいの。これで充分」

有貴はコーンフレークを手早く食べながら、「お母さんに何か食べさせてね」

「はいはい」

と、早速エプロンをして、「このところよく召し上ります」

「少し運動しないと。散歩にでも行ってね。今日はいいお天気みたい」

「はい。お買物がてら、少し歩きましょう」

江梨子は腕まくりして、流しに向った。水音が響く。

——有貴は、チラッと時計を見た。

大丈夫。あと十分で出ればいい。

沢柳有貴は十六才である。

自殺しようとして首を吊《つ》った母、智春が何とか命をとり止めてから、もう三年たつ。

中学一年生だった有貴も、高校一年生。この三年間は、有貴を十才も大人にした。

幸い、江梨子という気のいいお手伝いさんも見付かって、心配なく学校へ通えるようになったのは、この一年ほど。

色々なことがあった。むろん、あの三年前の出来事からすべては始まっているのだが。

恨みや憎しみだけを抱えて生きていくことはできない。有貴はきちんと学校へ行き、成績も悪くなかった。自分が変っていくのがよく分った。

「――もう行くね」

と、立ち上って、「今夜、クラブで少し遅くなるわ」

「おりますから、ご心配なく」

と、江梨子は言った。

もうフライパンでは卵がジューッと音をたてている。

有貴は、チラッと居間を覗《のぞ》いた。――母はまだじっと立って表を眺めている。

声をかけようかと迷って、やめた。

玄関を出てエレベーターへ。

マンションのロビーへ下りて行くと、佐々木信子が座って待っていた。

「待った？」

「五分。――ね。レポートやった？」

と、立ち上りながら信子が言う。

「また！　写しちゃばれるよ」

「ばれないように写すから！」

と、手を合せる。「お願い！」

有貴は笑った。

二人は外へ出た。

十月の末。街路樹の葉が黄色くなりかけている。

冬になると、葉は落ちて、でもまた春になれば新しい葉がつく。

お母さんは……。有貴は、居間を覗いたとき、目に映った母の後ろ姿に、胸の痛むのを覚えた。

母の髪は、ほとんど白くなってしまっている。まだ三十八だというのに。

「――どうかしたの?」

と、信子が訊《き》いた。

「ううん。――少し急ごう」

二人は足を速めた。

駅まで、歩いて七、八分。通勤客が群がるように改札口へ吸い込まれていく。

「――お母さん、どうかしたの?」

と、信子がホームへの階段を上りながら言った。

「相変らずよ」

と、有貴は言った。「でも、めっきり老けてね」

「あんなに可愛《かわい》いのにね」

信子は昔から智春のこともよく知っている。「まだ全然?」

「話はするけど……」

「有貴のこと、分んないの？」

「同居人だってことは、分ってるみたいよ」

と、有貴は言った。「焦らないの。きっとその内思い出す」

「うん、そうだよ」

と、信子が元気づけるように言った。「文化祭の準備、進んでる？」

――智春は、命をとり止めたものの、意識に障害が残った。記憶があちこち失われて、有貴が娘だということを、理解できずにいる。

有貴は母の様子に何度も泣いたものだが、

「命が助かったのは幸運」

と自分に言い聞かせ、母と一緒に暮すことにしたのだ。

智春は、徐々に自分の立場を理解するようになったが、それは過去の記憶が戻ったわけではなかった。

今でも、有貴は智春にとって、「自分の娘だと言っているどこかのお嬢さん」である。

「――電車が来た」

と、信子が言った。

混んではいるが、殺人的というほどでもない。

二人は何とかうまく奥の方へ入りこむことができた。

一息ついて、有貴は窓の外を眺める。

隣の客がガサゴソ新聞を広げた。――こんな混んだ電車の中では迷惑だが、言ってもむだ、と諦める。

その内、何気《なにげ》なく有貴はその紙面を眺めていた。信子は週刊誌の吊り広告を熱心に読んでいる。

〈会社員殺される〉。――大して大きな扱いではない。

顔写真も小さく卵形に切り抜かれたのが載っているだけ。人殺しも、あまり珍しいことではなくなったのか。

有貴は、一旦窓の外へ視線を移して……。

ふと、その紙面にもう一度目をやった。

どこかで――見たことのある人だ。

少し目を近付けると、記事の中の名前が読めた。

〈奈良竜男さん（四十一）〉

――奈良。あの奈良だ！

むしろ、写真が少し若いときのもので、分りやすかったのかもしれない。

殺された？

有貴は、その記事をもっと読もうとしたが、バサッとたたまれ、見えなくなってしまった。

窓の外は、明るい日射しが溢《あふ》れていたが、有貴はどこか寒々としたものを覚えていた。

新聞

ドアが開いた瞬間、伸男には入って来たのが母のちか子だということが分っていた。〈エヌ・エス・インターナショナル〉の社長室へ、こんな勢いで入って来るのは、ちか子だけである。

「何だい、母さん？」

と、沢柳伸男は書類から顔も上げずに言った。

「伸男」

やはり、ちか子に違いなかった。「新聞、見た？」

伸男はやっと顔を上げて、

「新聞？　株式のページだけはね」

「ここを読んで」

小さく折りたたんだ新聞を、ちか子はポンと社長の机の上に投げ出した。

伸男は何か言いたげにしたが、結局諦めて母の持って来た新聞を手に取った。

沢柳ちか子は、明るい日射しの入っている広い窓の所まで歩いて行くと、やや苛立《いらだ》っている様子で外を眺めた。

夫、沢柳徹男が脳溢血《のういっけつ》で倒れ、息子の伸男が社長を継いだとき、ちか子は会長のポストについた。——伸男も社長になって三年、今はちか子もあまり仕事に口を出さないようにしている。

ただ、もともと人と争ったりすることの嫌いな伸男である。社長になったからといって性格まで変るわけもなく、判断に迷うときには、ちか子が決定を下すこともあった。

「——これ、あいつのことか」

と、伸男は新聞を置いて、「あの奈良のことだね」

有貴が電車の中で見た記事とは違う新聞だったので、写真が載っていないのである。

「間違いないわ」

と、ちか子は言った。「勤め先も、そこだったしね」

伸男はびっくりした。

「奈良がどこで働いてたか、知ってたの？」

「調べさせたわよ。——あの人がここを辞めたからって、奥さんの敏子は死んだわけじゃないわ。いえ、そろそろ刑期を終えて出てくるころでしょう。——動静はつかんでおかなくちゃね」

伸男は、相変らずの母親に感心したり呆《あき》れたりで、

「でも、殺されたって……。『刃物で喉を切られて』ってあるよ」

「気の毒にね」

ちっとも気の毒そうでない口調。

「可哀《かわい》そうな奴《やつ》だな。せっかく課長にまでなって——」

「あんな人に、何で同情するの」

「同情してるわけじゃないけど……。まあ、智春があんなことになったのも、元はといえばあの敏子さんのせいだからね」

ちか子は、ソファに座って、ジロリと息子の方をにらんだ。

伸男も、智春のことを持ち出されると母がいやな顔をするのが分っていて、面白《おもしろ》がっていた。

「敏子のことなんかどうでもいいのよ」

と、ちか子は遮るように、「問題は、その事件で、また警察が昔のことを掘り返したりしないか、ってこと」

「それは大丈夫だろ。もう奈良はうちの社員じゃないし」

「でも、動機を洗うだろうからね」

「動機か……。通り魔みたいなものなんじゃないの？」

「そう書いてあるけどね。一応、恨まれてたことはないか、調べるだろうね」

と、ちか子は言った。「もし、警察が話を聞きたいと言って来たら、一人で会うんじゃないよ。必ず弁護士に立ち会わせて。当り前のことなんだからね」

「何もしてないのに？　却《かえ》っておかしいよ」

と、伸男は苦笑した。「心配しないで、ともかく、こっちは三年前から縁が切れてるんだから」

ちか子は眉《まゆ》を寄せて、

「ともかく、わたしに知らせるの。分った？」

と、念を押した。

「はいはい」

「あてにならないね」

と、ちか子は言った。

「約束するよ。――あと十分で会議なんだ」

ちか子は立ち上って、

「その事件の記事を切り抜かせておきなさい」

と言った。

「分ったよ」

伸男の声に少しうんざりした気持が混《まじ》る。

ちか子は社長室を出ようとして、振り向くと、

「智春さんに会ったかい？」

と訊いた。

「いや……。ここんとこ、忙しくてね。あのお手伝いの子がよくやってくれてるらしい。元

気だって有貴が言ってた」

　伸男は、母と目を合せずに言った。

「そう……。それならいいけどね」

　ちか子がドアを開けようとすると、ノックの音がして、向うからドアが開き、

「社長、会議の資料を――」

　と、入って来た女性は、ちか子と顔を突き合せることになった。「あ、奥様。失礼いたしました」

　内山寿子《ひさこ》は、急いでちか子から少し離れると、頭を下げた。

「久しぶりね。元気にしてる？」

「おかげさまで、美幸《みゆき》も小学校に喜んで通っています」

「そう。それは結構」

　ちか子は微笑《ほほえ》むと、「じゃ、伸男。またね」

　足早に出て行く。

　伸男は苦笑して、

「相変らずだ。――ああ、資料をもらうよ」

「はい。遅くなって」

「大丈夫。どうせ僕も会議の席で見るだけだよ」

　伸男はそう言って、「内山君。――この記事、他の新聞のも捜して切り抜いといてくれ」

内山寿子は当惑顔でそれを読んだが、

「——この奈良って、あの人ですか？」

「うん、そうらしい。お袋が気付いて持って来たんだよ」

「殺された……。ひどいこと」

「全く。ツイてない奴だよな。——じゃ、僕は会議室にいる」

と伸男は立ち上った。「ニューヨークからファックスが入ったら、持って来てくれ」

「分りました」

伸男が出て行くと、内山寿子は改めてその新聞記事を読み直した。

——奈良のことは、寿子も知っている。あの悲劇も、奈良敏子が社宅の中に噂を広めなければ、起らなかったかもしれない。

いや、過ぎたこと、起ってしまったことをどう言ったところで仕方ない。

寿子は、ふと社長の椅子《いす》へ目をやった。——背もたれの高い、その大きな椅子は、前の社長、沢柳徹男のころから使っているものだ。

伸男が跡を継いで、社名も伸男の頭文字を取って〈エヌ・エス・インターナショナル〉と変えたが、この椅子は変えなかったのだ。

寿子は、社長室を出て秘書課の席に戻ると、

「新聞のつづりは？」

と、訊いた。

「今、総務に。——あ、戻って来ました」

「ちょっと借りるわね」

寿子は、朝刊を見て言った。三紙で事件を取り上げていて、奈良の写真が載っているものもあった。

寿子は、そのページをコピーして、切り抜いた。——他の新聞も見ておこう。社で取っているのは経済紙が多い。

「——ちょっと地下鉄の駅まで行って来るわ。ニューヨークからファックスが来たら、会議室の社長さんに届けて」

「はい」

若い子は、何の屈託もなく、寿子に接してくれる。

もちろん、古い社員から聞いてはいるはずだ。

内山さんって、前の社長の「愛人」だったのよ、と。

寿子は、財布を手にエレベーターで一階へ下りて行った。

かつてこの会社に勤め、社長の沢柳徹男に目をつけられて、結局彼の子供を産むことになった。——その美幸も、もう七才。

徹男が倒れて、寿子は無一物《むいちもつ》で放り出されるかと覚悟したものだ。しかし、ちか子にとって、寿子は「利用価値のある女」だったのだろう。寿子と美幸の面倒はみてくれることになったのである。

だが、寿子はやはり自分でも働きたかった。——元の会社に、ということには抵抗があったが、美幸も幼稚園で、時間的な制約があったし、そういうわがままが許されるのは結局、ここしかなかったのだ。

伸男の秘書として働く寿子に、かげで色々言う同僚が多いことは知っている。しかし、今の寿子はそんなことをあまり気にしなくなっていた。

美幸の母。——その立場こそ、一番大切なものだったのである。

地下鉄の駅の売店で、朝刊を何紙か買って、寿子は脇に抱えて社に戻ろうとした。

「寿子さん」

と、呼ぶ声に振り返ると、少し困ったような、人なつこい笑顔があった。

「良二さん！　まあ……。元気？」

寿子は懐しさに思わず駆け寄っていた。

「何とか。——新聞配達でもやってるんですか？」

良二が大真面目《おおまじめ》に訊くので、寿子はふき出してしまった。

——一応、社へ電話を入れておいて、良二と近くの喫茶店に入る。

「さぼっちゃいけないのに」

と、寿子はカフェオレを飲みながら言った。

「——真面目だなあ、寿子さんは」

と言ってから、良二は、「やっぱり、色々口うるさいですか」

「いくらかね。でも、悪口は外国語を聞いてるんだと思って、気にしないことにしているの」

と、寿子は言った。

沢柳良二。――伸男の弟である。もう三十を過ぎているが、大学生のような雰囲気《ふんいき》が抜けない。

固苦しい家を嫌って、アパート住いをしている。適当にバイトをして暮している様子だった。

「智春さん、どんな具合ですか」

と、良二が訊いた。

寿子の顔がかげった。

「――私は、申しわけなくて智春さんに会いになんか行けないわ」

「そんな……。寿子さんが何かしたってわけじゃないのに」

良二は、いつも弟を苦々しく思っている兄よりも、義姉の智春に頼って行って、甘えていた。

「でもね……」

寿子は、言いかけてやめた。「――この間、有貴さんに会ったわ。しっかりして、とても十六才とは思えないくらい」

「そうですか。――今も兄貴とは住んでないんでしょ？」

「ええ。マンションにお手伝いさんと、お母さんと三人。――智春さんは、体は何ともないらしいのよ。ただ、やっぱり記憶が……」

良二はため息をついて、

「あんないい人が……。しかも、何もしていないのに自分ですべてを負って……。あのことじゃ、僕はお袋と兄貴を一生赦《ゆる》しませんよ」

「良二さん。でも……人は、どこかで借りを返さなきゃならないときが来るわ」

寿子は、買った新聞の一つを開いて社会面を見ると、「――ほら、これを見て」

と、良二の前に置く。

良二は、その記事をしばらく見つめていたが、

「あの男ですね。――水島を殺した女の亭主……」

「ええ。伸男さんの同期で、よく知ってたはずよ」

「殺された、か……。正直、そう同情しようとは思いませんけど」

と、良二は言って、

「奥さんは知ってるんですかね」

寿子はハッとした。

奈良敏子は刑務所にいる。夫の死を、もう聞いたのだろうか。

帰りの時間

「元気そうね」

と、弁護士が言った。

「おかげさまで」

敏子は頭を下げた。

いつも感謝の気持を忘れずに。——そう言われ続けて来た。

この刑務所の中では。

感謝？　何に感謝するんですか？

そう訊き返してやりたくなるが、じっとこらえる。その内、「何に感謝するのか」なんて、気にもしなくなる。

ともかくありがたいことなのだ。自分が生きていること、刑務所にいること、そして誰からも見捨てられていることさえ、ありがたいことなのだ……。

「ご苦労様」

五十を少し越えた、その女性弁護士は鞄から書類を出して、「今月の末で出所よ」

敏子も、それを分っていた。いや、正確な日付はともかく、今日、弁護士が面会に来たのがその用件だということは、知っていた。

でも、認めたくなかったのだ。もし間違いだったら、と考えると恐ろしかった。

「ありがとうございました」

と、敏子はもう一度頭を下げた。

「大変だったわね」

と、弁護士は言った。

「私……ときどき分らなくなるんです。今、何年たったんだろう、って。三年たつはずだ、って自分に言い聞かせても、いや勘違いで、まだ二年しかたってないんじゃないかと思って
ゾッとしたり……」

「分るわ」

と、弁護士は肯《うなず》いて、「でも、これは夢でも何でもないの。あと十日で、ここを出るのよ」

敏子は、かすかに微笑んだ。

今、敏子は三十八才だ。入所したとき、三十五才。——今の敏子は、五十にも見えた。髪は半分以上白くなり、肌も乾いている。

今、目にやっとわずかな光が戻ったところだ。

「これをよく読んでね」

と、パンフレットを渡し、「——前の日に、また来るわ」

「はい」

そして――弁護士の表情がかげった。

「敏子さん」

「え？」

「どこか……他から耳に入るかもしれないし、私が話した方がいいと言われて来たんだけど……」

「何でしょうか」

「ショックだと思うけど――。しっかりしてね」

ショック……。そんなもの、三年前にどこかへ忘れて来てしまった。

「ご主人が亡くなったの」

弁護士の言葉が、敏子の頭に入るのに間《ま》があった。

「――とんでもないことがあって……。夜、家へ帰る途中、公園で誰かに殺されたの。犯人はまだ見付かっていないわ。たぶん、通り魔的な犯行だろうって……」

「主人が……死んだんですか」

「そうなのよ」

「そうですか」

敏子は、何度も肯いた。「――死んだんですか」

「敏子さん、大丈夫？」

「ええ。あの人……どうせ、もう私と一緒に暮す気はなかったし……。同じことです」

弁護士は首を振って、

「困ったことがあったら、何でも言ってね。――じゃ、今日はこれで」

「ありがとうございました」

と、また頭を下げる。

感謝。――そうよ。何ごとも感謝。

夫を殺した人にも感謝?

あなた……。あなた……。

促されて立ち上ったとき、悲しくもない敏子の目から、涙が一筋頬《ほお》を伝って落ちていった
……。


「――内山君」

沢柳伸男は、パーティの途中で、寿子の方へやって来ると、「もう帰っていいよ。大丈夫、僕が一人でやる」

「でも――」

と、寿子はためらった。

「美幸ちゃんが帰って来るだろ」

と、伸男は微笑んだ。「僕の妹だからな」

寿子は、ちょっと笑って、

「じゃあ……。わがままをさせていただきます」

と、頭を下げた。

「スピーチの原稿は――」

「これです」

と、封筒を渡す。

「難しい漢字は、ふりがなふっといてくれよ」

と、伸男は大真面目に言った。

内山寿子の作るスピーチ原稿は、間違いもなく、よくできているが、伸男に読めない文字がときどき入っているのは事実なのである。

「今日は大丈夫です」

と、寿子は言った。「今日、つかえたら、高校からやり直しです」

「言ったな」

と、伸男は笑った。

「お先に失礼します」

「お疲れさん。――や、どうも」

伸男はすぐに同業の社長と挨拶《あいさつ》を交わしている。

寿子は、立食パーティの人ごみの間をすり抜けるようにして、会場を出た。

ホッとする。――大勢の人にもまれるのが生来、合っていないのだろう。

「ご苦労様でした」

と、受付の子に声をかけて、クロークへと向う。

美幸はまだ一年生で、帰りが早い。——腕時計を見る。

大丈夫だろう。今夜は少し遅くなる、と親しい奥さんの所にお願いしてある。携帯電話の番号を教えてあるから、何かあればかかってくるはずだ。

「あ！」

誰かとぶつかりかけて、「ごめんなさい！」

「いや、失礼」

中年の、背広姿の紳士だった。「こちらの不注意で。大丈夫ですか？」

「ええ、何とも」

と、寿子は言って、その紳士が、今自分の出ていたパーティの会場へと向うのを見送った。

誰だろう？　見たところ、相当の地位にいる人のようだが、今まで見たことがない。寿子は、人の顔をよく憶《おぼ》えるのだが。

首をかしげながら、クロークで札を渡してコートを受け取ると、

「寿子さん！」

元気な声が、弾《はじ》けるように飛んで来た。

「あら、有貴さん」

学校帰りの有貴は、鞄をさげている。

「ここだって聞いて来たの」

有貴は、パーティの方へ目をやって、「お父さん、あそこ？」

「じき、スピーチが」

「どうせ寿子さんの考えたスピーチでしょ」

と、手厳しい。

「ご用なら、お呼びしましょうか」

「自分で捜すわ。少しつまみ食いもできるし」

と、有貴は言って、クロークに鞄を預けた。

「――お母様、いかがですか」

と、寿子は訊いた。

「相変らず」

「そうですか……。でも、お元気でいらっしゃれば……」

「私ね、ときどき夢を見るの。眠ってると、揺さぶられて、びっくりして目を覚ます。そしたら、お母さんが覗き込んでて、『早く起きないと遅刻よ！』って言うの」

有貴の言葉に、寿子はふと目を伏せた。

「きっと、いつかはね……。のんびり待つわ」

と、有貴は笑顔で、「美幸ちゃん、可愛いでしょうね。一度遊びに行っていい？」

「ええ、どうぞ」

「本当に行くわよ」

と、有貴は言った。「——さ、お父さんを捜そう。学校に出す書類にハンコがいるの」

軽く手を振って、有貴はパーティの会場へ行きかけたが、

「——ね、寿子さん。奈良さんのこと……」

「ええ、びっくりしましたね」

「私も！　あの人……。奥さんって、別れたんだっけ」

「離婚してはいなかったそうですよ。ちか子さんが調べておられて」

「確か、もう三年よね」

「近々、刑期を終えて出て来るそうです」

そのことも、ちか子から聞いたのである。

「そう……」

有貴は何か考えている様子だったが、「あ、出て来た」

伸男がパーティから出てやって来た。

「お父さん！」

「有貴。何してるんだ？」

と、伸男はびっくりして目を丸くした。

有貴に言われて、書類にサインした伸男は、

「じゃ、私、帰るわ」

と、有貴がすぐに帰って行ったので、ホッとした。

いや、本当なら……。

伸男はソファから立ち上って、パーティの方へ目をやった。

智春の顔を見に行かなくては。——そう思えば思うほど、伸男の足は重くなる。

寿子は先に帰り、有貴も行った。

伸男は、館内電話の所へ行くと、ホテルの部屋へかけた。

何度か呼出し音が鳴って、やっと出る。

「——眠ってたのか」

「だって、遅いんだもの」

と、少し舌の回らない声。「もうすんだの？」

「いや、しかし、抜けるよ。スピーチがあって、出られなかったんだ」

「もう、やったの？」

「ああ。大喝采さ」

「嘘《うそ》ばっかり」

と、笑って、「じゃ、上って来て」

「今から行く」

伸男は、すっかり気持が軽くなって、クロークでコートを受け取ると、エレベーターへと歩き出した。

口笛さえ出る。我ながら呆れてしまうのだが……

エレベーターを降りると、部屋へ急いだ。

ドアをノックするまでもなく、中から開いて、

「覗いて待ってたわよ」

と、若い女が言った。

「待たせて悪かったね。何か食べた？」

「あなた、食べたんでしょ、パーティで？」

「挨拶ばっかりしてる。食べてる暇はないよ」

「じゃ、ルームサービス、取ろ！」

と、メニューを手に、大きなダブルベッドにポンと腹這《はらば》いになる。

はおったガウンがめくれて、白くてほっそりした足が覗いた。

伸男は上着を脱ぎ、ネクタイを外して、ベッドに横になった。

「――疲れた？」

「ああ」

二人の唇が重なる。

塚田朋美。――女子大生。二十一才。

伸男は、この若々しい細い体に今、夢中だった。

「何か食べてから！」

と、朋美は、ガウンの中へ滑り込もうとした伸男の手を押しのけて、「途中でグーッとお腹《なか》が鳴ったら、ムードないでしょ」

「何でも注文しなさい」

伸男は伸びをした。

朋美は、メニューを見て自分の注文を決めると、

「あなたも」

と、メニューを渡す。

「ああ……。今夜は泊れるのか?」

「無理よ。友だちの所、と言っても確かめられたらおしまい。遅くても、帰ってさえいれば大丈夫」

塚田朋美は、ごく普通の大学生である。

そこが伸男をひきつけたのだが。

「――じゃ、注文してくれ」

と、伸男は言った。

夜ふけの散歩

「何かあったの?」

と、朋美が言った。

伸男は、半ば眠りかけていたが、その言葉にフッと目を開けて、

「何だって?　いいんだよ」

と、ピント外れのことを言って笑われてしまった。

「眠っちゃいけないんでしょ」

朋美のしなやかな体が寄り添ってくる。「二人とも眠り込んで、気が付いたら朝だった、なんてことになったらどうするの?」

「僕は構わないけどね」

と、伸男は朋美を抱き寄せてキスした。

「私、お父さんに殺されちゃう」

と、朋美は笑った。「命が惜しいから、起きて帰るわ」

「もう?　まだ早いだろ」

伸男の方が、子供のようなことを言って、朋美にたしなめられている。

「あなたは大人だからいいけど、私は大学生なのよ。——シャワー、浴びてくる！」

と、若々しく引締《ひきしま》った体がベッドから勢いよく滑り出ると、バスルームへと駆けて行った。

伸男は、大きく伸びをして、天井を眺めた。

——これは「俺の時間」だ。誰にも邪魔されない、本当の休息の時だ。

社長業は、それなりにやりがいもあるし、楽しいが、反面、二十四時間が仕事時間のようなものだ。

休日にゴルフに行っても、政治家や取引先の社長に気をつかわなくてはならない。夜、食事はほとんど外食かパーティ。

いつ誰と出会うか分らないので、欠伸《あくび》一つできない。

そんなパーティに、コンパニオンとして来ていたのが、塚田朋美である。

その日、たまたま知人からもらった、外国のロック歌手のコンサートのチケットを、その女の子にあげると、飛び上って喜んだ。

その様子の可愛さが印象に残っていたが、名前も何も知らずに終り、数日後、そのコンサートへ行った女の子が、会社の伸男へ電話して来た。伸男が誰かと挨拶して自己紹介するのを、そばで聞いていたらしいのである。

塚田朋美という名だと知ったとき、伸男は彼女と付合うことになるだろうと直感していた。

そして……もう半年以上になる。

伸男としては、智春と別れることはできないが、といって伸男のことを「忘れてしまった」妻を、妻とは思えない。

一時、恋仲になった本間邦子は、智春があんなことになった責任を感じて、会社を辞め、去って行った。

それ以来、伸男はホステスだのＣＦのモデルだのと付合いもしたが、気をつかって金をつかわされ、結局こりてしまった。

今、朋美と会っていて気が楽なのは、伸男に全く気をつかわせないからだ。しっかり者で、言うことがはっきりしている。

いやなことはいやと言い、しかし、伸男の予定にできるだけ合せてくれる。——伸男は、朋美を抱いていると、自分が二十代の若い日々に戻ったような気がしてくるのだった……。

「——ああ、さっぱりした」

朋美がバスローブをはおって出て来た。

「車で送ろう」

と、起き上ると、

「だめ！　お酒、飲んだでしょ」

「ほんの何杯かだ。もうとっくにさめてるよ」

「何杯飲んだ？　正確に言える？」

「一杯……二杯……。三杯だ。いや——四杯かな？　どうだっていいじゃないか」

「だめだめ。自分じゃ酔ってないつもりでも、ブレーキ踏むのが十分の一秒遅れたら、人をはねるかもしれないのよ。タクシーで帰って。私は電車があるから」

まるで、口うるさい母親のようだが、ふしぎと朋美が言うと反抗する気になれない。

「分ったよ」

と、つい肯くのだ。「じゃ、せめて僕がシャワーを浴びてくるまで、待っててくれよ」

「はいはい」

朋美は、素早く伸男にキスした。

――伸男がバスルームから出て来ると、朋美はもうきちんと服を着て、鏡の前で髪を直していた。

「――お父さん、髪型とか少しでも変ってると、すぐ気付くの。気を付けないと」

と、ていねいにブラシを入れ、「奥さんに会いに行った？」

「いや……。忙しくて」

「私に会う時間はあるのに？」

朋美の言い方は、皮肉めいてはいなかった。「ちゃんと行ってね。奥さんが記憶を取り戻すかもしれないでしょ」

「むださ。医者はほぼ絶望だと言ってる」

と、ソファに腰をおろして息をつく。「暑い！　何か飲む？」

「もういいわ。――ね、人間ってふしぎな生きものなのよ。一人のお医者さんの言うことなんか、あてになるもんですか」

仲男は、鏡の中の朋美を見つめて、

「そうだな」

と言った。「君は面白いな。時々、哲学者になったり、母親みたいになったり」

「私は正直なだけ。——でも、これも嘘かもしれないけどね。あなたのこと、好きよ。奥さんのことをいつも気にかけてるあなたが好きなの」

仲男は、ふとこの子は有貴に似てる、と思った。

ごく当り前の女子大生にしか見えない朋美だが、きっと何か辛《つら》い経験をして来たのに違いない。そう思わせる、「痛みを感じる心」が、朋美にはあった。

朋美が振り向くと、

「今度、いつ会おうか？」

と、明るく言った。


「ただいま」

と、有貴は玄関へ入って声をかけた。「——江梨子さん？」

返事がない。

おかしいな。出かけたのかしら？

居間へ入って、有貴は明りを点けた。

家の中がほとんど暗いままだ。何となく不安で、部屋から部屋へと覗いてみたが、母、智春も、お手伝いの江梨子の姿もなかった。パーティに寄って帰る、と電話は入れておいたから、江梨子が先に帰ってしまうわけもないし。

戸惑っていると、玄関で物音がした。

帰って来た！　――心配するじゃないの。

大股に玄関へ出て行くと、江梨子が放心したような顔で、突っ立っている。

「江梨子さん。――どうしたの？　お母さんは？」

有貴がそう訊くと、江梨子は急にしゃがみ込んで、ワーッと泣き出してしまった。

有貴は青ざめた。――お母さん！　お母さんの身に何か……。

「江梨子さん！　しっかりして！　何があったの？　言って！」

と、江梨子の腕をつかんで揺さぶる。

「私が……私が気が付かなくて……」

と、江梨子がグズグズ泣きながら、「有貴さんのお電話の後、先にお風呂へと思って、お湯を入れ始めたんです。そしたら……居間へ戻ると、おられなくて」

「お母さんが――どこへ？」

「出てかれちゃったんです！」

と、江梨子は言った。「玄関の鍵《かぎ》があいてて……。あわてて追っかけたんですけど、見付けられなくて……」

有貴は、母が事故にでも遭《あ》ったのかと思っていたので、とりあえずホッとした。

「今までずっと捜してたの？　――分ったわ、私も行く。手分けして捜しましょ」

「はい！」

江梨子は涙を拭《ぬぐ》って、気を取り直すと、「何が何でも、見付けます！」

その勢いなら、地球の裏側からでも、智春を連れて戻りそうだった。

有貴は、一緒にマンションを出ると、左右へ別れて捜し始めた。

遠くまでは行かないと思うのだが、それは希望的観測で、実際のところは、母が何を考え、どう行動するのか、見当もつかないのだ。

マンションの周囲を三十分近く歩き回って、戻ってみると、ロビーに江梨子が立っている。

「――だめか」

「だめです」

「一旦戻りましょ。警察へ、捜索願い出さなきゃいけないかも」

「私がついていながら……」

「仕方がないわよ。ずっとぴったりそばにくっついてるわけにはいかないんだもの」

と言って、有貴はインターロックをあけ、エレベーターに乗った。

しかし、もちろん母の身は心配だが、自分で鍵をあけて出て行ったということは、何かの回復のきざしかもしれないとも思った。

――重苦しい気分で、二人が部屋へ戻ってみると……。

「私、玄関の鍵、開けっ放しだった」

と、有貴が言った。「不用心だったわね」

「留守の間に帰られてるとか――」

「だといいけど」

と、有貴がドアをあける。

すると、

「お帰りなさい」

――智春が、立っていたのである。

有貴たちはポカンと玄関に立ったままだった。智春は、少し首をかしげて、

「お風呂のお湯、出しっ放しでしたよ」

と言った。「止めときました」

「どうも……」

と、江梨子が肯く。

智春は、スタスタと奥へ入って行った。

有貴と江梨子は、上り口にペタッと座り込んでしまって、しばらく動けなかった……。


道をふさぐような大きな外車が停《とま》っていれば、いやでも気が付く。

こんな小さなアパートの前に、こんな車……。

弥生《やよい》は、覚悟した。

いつか来ると思っていた。こういう時が。

大きく息をついて、それでも、コンビニで買って来た物を冷蔵庫へしまってから、出て行くのなら出て行こう、と思った。

覚悟を決めると、弥生は足を進めた。

車の中で、運転手が欠伸をしている。

もう夜の十一時を回っている。眠くなって当然だろう。

階段を上って行くと、並んだドアの一つが開いて、

「あ、弥生さん」

と、若い奥さんが顔を出した。「凄《すご》い車がいたでしょ」

「ええ」

「お宅へ来たお客さんみたいよ」

「分ってます」

と、弥生は微笑んだ。「たぶん——出て行くことになると思うので……。お世話になって」

「まあ……。でも、まさか今すぐってわけじゃないでしょ?」

「たぶん……。きちんとご挨拶はします」

と、弥生は軽く会釈《えしゃく》して、自分の部屋へと向った。

ドアを開けて、

「ただいま」

と言った。

――田所弥生。

沢柳良二と、このアパートで暮している。

もともと、弥生に同情した良二が、一緒に住まわせていたのである。弥生は、働いていたスーパーの店長に脅されて体を奪われ、妊娠するとクビになってしまったのだ。そこでバイトをしていた良二は、店長を殴ってクビ。弥生を自分のこのアパートに置くことにした。

結局、弥生は流産し、その後もここに住んでいる。――天涯孤独の身で、行くあてもなかった。

しかし、弥生も良二が金持の家の次男坊だということは知っていた。

いつか、別れが来るだろう。――良二との暮しが三年も続いたことが、奇跡みたいなものなのだ。

「お帰り」

と、良二が言った。

弥生は、上り口で、客の靴をきちんと揃《そろ》えた。

「――お袋だ」

と、良二が気の重そうな口調で言った。

弥生は、沢柳ちか子の前に座って、

「田所弥生です。初めまして」

と、頭を下げた。

「まあ、お若いのね」

ちか子が、思いがけず、やさしい口調で言って、弥生は当惑して顔を上げた。

「何もございませんけど」

と、弥生は沢柳ちか子にお茶を出して、「私――外出していましょうか」

と、良二とちか子、どっちへともなく言った。

「いえ、いいの。あなたも座っていて」

と、ちか子は言った。

「母さん――」

「弥生さんには弥生さんの考えがあるでしょ？　ねえ」

弥生は面食《めんく》らっていた。むろん、ちか子のことは良二から聞いている。

「誇り高い、〈社長の母〉」で、良二のことなど、捜そうともしていなかったという。それなら当然、弥生のことなど眼中にもないはずである。

しかし、今のちか子は、息子よりもむしろ弥生の方へ親しみのこもった笑みを見せている。

「ともかく僕は――」

と、良二が言いかけるのを、ちか子は遮って、

「聞きなさい。伸男は、そりゃあ社長の仕事を何とかこなしてる。でも、お父さんは入院したきりでリハビリもなかなか進まないし、私だって――」

と言いかけて自分でちょっと笑い、「あんたは私が百才まで生きると思ってるでしょうけどね、もしかすると九十五才で死ぬかもしれないわよ」

弥生は思わず微笑んでいた。ちか子は続けて、

「今度、うちが代理店契約を結んでいたニューヨークの〈J〉って会社、知ってるでしょ？」

「文房具か何かのメーカーだろ」

「それが今、日本のアニメのキャラクター商品を作りたいって言ってるの。うちへ会社を設立しないかと持ちかけて来てるのよ」

「へえ。それが僕と何か関係あるの？」

「だから、聞きなさいって。私はね、やってもいいと思ってるの。リスクは小さいし、製品は小さな下請けメーカーで安く作らせればいいし。もちろん、日本でなくたって構わないのよ」

良二は自分のお茶を飲んで、

「母さんは、そういう話をしてると、本当に楽しそうだね」

「それをあんたにやってほしいのよ」

良二は目を見開いて、

「――何を？」

「その会社よ。伸男にはとてもそんな余裕がないわ。設立のためには、ニューヨークへ何度も行かなきゃならないし、伸男はそういうことが苦手。といって、私がいちいちついて行くのも無理だもの」

「それを……僕にやれっての？」

「そう。別会社を作るから、あんたがそこの社長になって」

良二は呆気《あっけ》にとられて母親を眺めていたが、

「――無茶言わないでよ！」

と、首を振って、「僕にできるわけないだろ！」

「あんたはやれるわよ」

ちか子は自信たっぷりに言った。「それに、もう三十……」

「三十一。息子の年齢《とし》も知らないくせに」

「いつまでそうやって遊んでるつもり？　十年たてば四十。二十年たてば五十なのよ」

良二も、ちょっと詰《つま》った。ちか子はゆっくりとお茶を飲んで、

「――あんたも考えてるはずよ。この先、どうしよう、って。このままでいいのか、ってね。外れてる、私の言うこと？」

良二は無言だった。それは肯定しているのと同じだ。

「今なら、まだ新しい生活を始められるわ。あと五、六年たってごらん。もう何もする気力がなくなるわよ」

良二は、チラッと弥生の方を見た。

弥生は、かすかに微笑んで見せる。――ちか子は、弥生の方へ向いて、

「あなたはどう思う?」

と訊いた。

「あの……良二さんにとってはいいことだと思います」

「弥生――」

「このところ、アルバイトしてても面白くないって言ってたでしょ。人は、世の中と係《かかわ》りを持たないで生きてはいけないわ。とにかく、今こういう機会が与えられたんだもの。やってみればいいと思うわ」

「弥生さんの方がよっぽどよく分ってるじゃないの」

と、ちか子は言った。「私だってね、あんたが明日から社長になって、やっていけるとは思ってないわよ。ちゃんと女房役のベテラン社員をつけて、勉強させる。ただ、英会話は少し本気でやってもらわないとね」

良二は、大きく息をついた。

「――分ったよ。でも、条件がある」

「弥生さんのことね。それはこれから話そうと思ってたのよ」

弥生は、改めてこの母親を、「凄い人」だと思った。

ずっと離れて暮していながら、良二の気持の揺れているところを見抜いてやって来る。そ

れは偶然とは思えなかった。

そして弥生のこと……。良二の言うことも、ちか子には見当がついているのだろう。

「もう……三年？」

「はい。初めは良二さんが――」

「知ってるわ。あなたが辛い思いをしたこともね」

と、ちか子は言った。「良二は人がいい。それがこの子のいい所なのよ。だから、私のことも赦せないでしょう。智春さんに対する仕打ちはね」

言われる前に、自分から言っておく。駆け引きはみごとなものである。

「――弥生さん」

「はい」

「この子と結婚して下さる？」

弥生は、愕然《がくぜん》とした。――別れろ、と言われるとばかり思っていたのだ。

手切れ金をいくらか積んで、別れてくれと言われるだろう。――弥生は、それを受けるつもりだった。

良二の気持はともかく、今は自分のことが、良二を「世間」へ戻す邪魔になる。

「伸男は、智春さんがいる限り、奥さんをもらうわけにいかないわ。今は女子大生と遊んでいるけどね」

ちか子は、ちゃんと息子の行動をつかんでいる。「良二はニューヨークへ行ったら、向うの幹部とパーティに出たりする機会が多いでしょう。夫人同伴でないと、不自然よ」

「母さん、だからって――」

「そうよ。私は会社のことが第一なの。この弥生さんは、ちゃんとあんたの奥さんとしてやっていける人だわ。――私はね、学歴だの家柄だの、どうでもいいの。要はふさわしいかどうか。弥生さん、どうなの?」

「私は……」

良二と結婚できる！　――今でも一緒に暮しているとはいえ、結婚すれば子供も作れる。その言葉は、逆らいがたい魅力を持っていた。

「私は……良二さんが良ければ……」

「もちろん、いいんでしょ？　じゃ、決った。――きちんと会社の人たちにも知らせなきゃね。良二、今のバイトはいつでも辞められるんでしょ？　明日の午後六時に車を寄こすわ。必要な物をまとめて、うちへ越してらっしゃい。弥生さんもよ」

ちか子は立ち上って、「じゃ、明日、家でね」

と言うと、さっさと玄関へ。

弥生が急いで立って行くと、

「安いお茶をうまくいれたわね」

と、ちか子は言って、「あなたの方が、商売のこつを知ってるかもしれないわ」

ポンと弥生の肩を叩《たた》き、ちか子は出て行った。

「刑事さん？」

と、有貴は言った。

「前田というんだけど……。奈良という人、知ってるかね」

その男は警察手帳を見せて、言った。

「奈良さんって……殺された……」

「そうそう。その事件について、ちょっと話を聞きたいんでね」

玄関で立ち話というわけにもいかなかった。

「どうぞ」

と、そのいささかむさ苦しい感じの男を上げる。

江梨子が帰ってしまっていたので、有貴は自分でお茶をいれた。

「――ここで、お母さんと君の二人暮しだって？」

と前田は言った。

「ええ」

と、居間のソファに腰をおろす。

「まあ、奈良さんのことについては、通り魔的な犯行という見方もある。ただ、通り魔というのは、普通女性を襲うものだからね」

言われてみればそうだ。

「じゃ……誰か、奈良さんを恨んでいる人の犯行だとか？」

「その可能性を当ってるんだ。――お母さんが、三年前に彼の奥さんのせいでひどい目に遭ったことは聞いたよ」

「お母さんがやった、って思ってるんですか？」

「いやいや、そうじゃない。ともかく話をうかがって、何か手がかりになることがないかと――」

前田という刑事は言葉を切った。

居間の戸口に、当の智春が立っていたのである。

「どうも。――T署の前田といいます」

と、立ち上る。

「いらっしゃいませ」

と、智春はていねいにおじぎをして、「こちらはどなた？」

「あの……警察の人。お母さん、奈良さんって憶えてる？」

と、有貴に訊く。

「奈良……。奈良って、修学旅行で行ったかもしれないわ」

「そうじゃなくて――」

「有貴さん。お風呂が冷めますよ。あなたもお入りになる？」

と、前田へ訊く。

「は？」

「お母さん。こちらはお客様だから、すぐお帰りになるのよ」

「あら、そうですか。いつもお世話になりまして」

「いえ、別に……」

「じゃ、有貴さん、お風呂へ入って下さいね……」

「ええ、大丈夫」

「じゃ、おやすみなさい」

「おやすみ、お母さん」

有貴は、母がソロソロと出て行くのを見送って、前田刑事の方へ、「——三年前、自殺未遂のときのショックで、記憶を失ってるんです。私のことも娘だと分りません」

「なるほど」

前田は息をついて、「大変だな——。いや、夜遅くに失礼。有貴君……だったかな」

「はい」

「何かあったら、連絡するように」

前田は玄関へ出て、「大変だね」

と、もう一度言った。

「奈良さんの奥さん、もう刑務所を出たんですか？」

「いや、確か今月の末だ。——そうか、あと五日だね。今月も。末日で出所だから、じきだな」

「そうですか」

有貴は刑事が帰って行くと、きちんと鍵をかけ、チェーンもかけておいた。

寝室を覗くと、母はもう眠った様子。

有貴は、お風呂へ入ることにした。

少し時間がたってしまったので、バスタブに手を入れてみると、確かにぬるい。熱いお湯を出しておいて、着替えを出し、服を脱いだ。

鏡に映る裸の自分。——三年前の、やせっぽちだったころを思うと、ずいぶん「女らしい」体つきになってきたと思う。

「どうして、恋人の一人もできないんだ?」

と、独り言を言って、お風呂へ。

バスタブのお湯をかき回して、身を沈めると、今度は少し熱めだ。

水のコックをひねって、少し足す。——これでいい。

有貴は、水を止めた。

そして——お湯の中に体を沈めたとき、フッと小さなショックが自分を捉えた。

何だろうか? 今のは何だったろう?

突然、元気だったときの母と暮していたころのことを、思い出したのである。

なぜ? 何が思い出させたのだろう。

——有貴は、しばらく考えたが、もうその「何か」は消え去って、戻っては来なかった……。

居残り

「お雪は、いきなり縫い物を放り出して、立ち上ると、座っている巳之吉《みのきち》の上に身を屈《かが》めるようにして、鋭い声で叫びました。

『あれは私よ。この私だったのよ。あれは、このお雪だったの。あのとき、私は言ったはずだよ。このことを、たとえひと言でも洩《も》らしたら、お前の命はないって。——あそこに眠ってる、あの子たちさえいなかったら……』」

有貴は、言葉を切って、

「だめだ」

と、DATのテープを止めた。「『あそこ』が『あすこ』になっちゃった」

「ちゃんと行ってたのに」

と、そばでじっと聞いていた佐々木信子は言った。

「どうせ先輩から、だめって言われる。その前にやり直した方がいい」

有貴は時計を見て、「もう九時か。——帰ろう。信子、帰れるの？」

「うん。私のとこは何しろやることないから」

「いいなあ。私も、やることないだろうと思って入ったのに」

有貴はバタンと本を閉じた。ラフカディオ・ハーンの「怪談」。有名な「雪女」の話である。

録音用の小部屋として使っているのは、視聴覚教室の英会話用の部屋である。

「――お先に」

「お疲れさま」

という声が、廊下のあちこちで聞こえている。

むろん、いつも夜のこんな時間まで生徒が残っているわけではない。十一月の三日、四日と文化祭があって、その準備にみんな夜遅くまでかかるのだ。

大変ではあるが、学校公認で遅くまで残り、帰りにみんなで何か食べて帰ったりできるという楽しみはある。文化祭の前の晩など、学校へ泊り込む子もいる。

有貴は一年生なので、まだそこまでやる必要はない。雑用は色々言いつけられるが、二年生になると、すべて先頭に立ってやることになるのだ。

佐々木信子と二人、校舎を出て校門へと歩いて行くと、

「やあ、沢柳か」

と、向うからやって来たのは、担任の朝倉だった。

「あ、先生、まだいたんですか」

「当り前だ。生徒が全員帰るまでは、先生たちは帰れないんだぞ」

英語教師である朝倉はまだ二十八才。独身で、すぐむきになるくせがあるので、生徒たち

の格好のからかいの的《まと》。

「朝倉先生、独りだし、残されやすいんですよ」

と、信子が的確に表現した。

「ま、何かあったら大変だからな。二人で真直《まっす》ぐ帰る……わけがないな」

有貴が笑って、

「じゃ、駅まで送ってって」

「今、車は故障して修理中なんだ。——よし、駅まで一緒に行ってやる」

「ええ？　本当に？　大丈夫ですよ、私たちなら」

「いや、この間、不良に絡《から》まれて金をとられた奴もいる。——どうせ夜中の二時ごろにならないと帰れないんだから」

朝倉は、髪を短く刈って、一見、体育の教師かという印象だった。「——沢柳は〈朗読〉だったっけ？」

「そうです。文化祭のときなんか、やることないだろうと思ってたのに、みんな分担して朗読テープを作って、お客さんに聞いてもらおうってことになって」

——有貴は、本当なら運動のクラブに入りたかった。

体を思い切り動かして汗を流すのは気持良さそうだったが、先輩後輩の関係が煩《わずら》わしくていやだったのと、練習で日常的に遅くなるのは、母のこともあって、避けたかったのだ。

小説やエッセイを朗読して、ボランティアで、お年寄りや目の不自由な人たちに聞かせるという同好会は、有貴の興味をひいた。有貴は、「よく通る、きれいな声」とも言われていたし……。

この文化祭のための仕事は予想外だったけれど、まあ楽しんでいたのは事実である。DATに録音して、普通のカセットにダビングする。有貴は家にDATがあるので、帰ってからでもやれるのだ。

「佐々木は何のクラブだ？」

と、歩きながら朝倉が言った。

「私、茶道部です」

「ほう。上品だな」

「信子にぴったりだけど、私にゃ似合わない、とか思ってるんでしょ、先生？」

「何も言ってないだろうが」

と、朝倉は笑って言った。

「信子のお母さん、お茶の先生なんだもん。凄く偉いんだよね」

「別に偉くないよ」

「そういえば、沢柳、お袋さんの様子、どうだ」

「母ですか？　相変らず。でも、元気にはしてます」

「そうか。お前、いつも明るくて偉いな」

朝倉は、こういうことを照れずに言うので生徒たちには結構好かれている。

「ごほうびに、何かおごって」

「毎晩、誰かにおごって、財布が空《から》っぽだ」

「あ！　他の子におごって、私たちにはおごってくれないのね！」

「分った、分った。じゃ、一人千円以内だぞ！」

と、朝倉は言った。

もちろん、有貴も信子も朝倉に払わせる気などない。でも、生徒の方が、

「おごってあげる」

と言うのも、プライドを傷つけるような気もして……。

とりあえず、朝倉の顔色をうかがいながら決めよう。——二人は目を見交わし、お互いに同じことを考えていると知ったのだった。


「奥様」

お手伝いの芳江に声をかけられて、ちか子はフッと目を覚ました。

「眠ってたわ……。いやね、年齢《とし》をとると」

と、頭を振って、「何か用？」

「お起ししてしまって、すみません」

芳江は、ちか子の膝《ひざ》から落ちていた新聞を拾い上げ、テーブルにのせた。

「いいのよ。——どうしたの？」

あの事件のとき、まだ二十才だった芳江も、二十三。今はすっかり沢柳家の中のことを呑《の》み込み、要領良く働いていた。

「あの――弥生様のことなんですけど」

「弥生さんがどうかした？」

良二と田所弥生は三日前にこの家へ越して来ていた。

長い間いなかったとはいえ、良二はここで育ったのだ。別に抵抗もなくすぐに慣れたようだが、弥生の方はいかにも心細そうにしていた。

「困るんです」

と、芳江は言った。「私がお洗濯したり、茶碗《ちゃわん》を洗ったりしていると、すぐやって来られて、『何かやらせて』っておっしゃるんです。ちょっと他所《よそ》へ行ってて戻ると、茶碗とか全部洗ってあったりして……」

ちか子は笑ってしまった。

「何かと思えば。大丈夫。じき、良二を手伝ってあれこれしなきゃいけなくなるわ。そうなれば、お茶碗を洗う暇なんてなくなるわよ」

「それならいいんですけど……。私、もういらないから、ってクビになるのかと思って」

「余計な心配はしないで」

「はい。――でも、いい人ですね」

芳江にすれば、弥生はしゃべりやすい相手なのだろう。むろん、逆もそうだ。

「――あ、芳江さん、ここにいたの」

噂をすれば、で、弥生が広い居間に入って来た。

「はい、何でしょう？」

「トイレットペーパーのストック、どこだったかしら？　二階のが切れそうなので、換えとこうと思って」

「おっしゃって下されば、私が換えます」

「私でも、できるわ」

「いいんです！」

「だけど――」

二人で言い合いしながら、居間を出て行く。

ちか子は苦笑いしていた。

電話が鳴った。――何本もあるが、仕事用の電話だ。

「――もしもし」

と、男の声で、「私、田ノ上です」

「ああ、ちか子よ。どうしたの？」

田ノ上は、沢柳家の経営コンサルタントである。父親の代からの付合いで、経済界に深く人脈を持っていた。

「実は今日偶然知ったんですが、おたくの株を、いくつもの別名義で買い集めてる者がいます」

「何ですって？」

「誰かは不明です。なかなか用心深くて、浮かんで来ないんですが」

「調べて。お金は払うわ。急いで」

「分っております。ともかく、先にご注意だけでもと思いまして」

「ありがとう」

「乗っ取り、というのなら、もっと派手にやりそうですが。目を離さずにおきます」

「よろしく。何か分ったら、いつでも電話して」

「はい」

——誰が？

誰かが〈エヌ・エス・インターナショナル〉のことを狙っている？

それは誇るべきことかもしれないが、現実にはなかなか扱いが厄介だ。

特に、伸男はこの手のことに全く弱い。

これは私が何とかしなくては。

——ちか子はそう思うと、却って体中にエネルギーが溢れてくるのを感じた。

「——ごちそうさま！」

と、有貴は駅の改札口の所で礼を言った。

「よせ。コーラ一杯くらいで。皮肉に聞こえる」

と、朝倉は苦笑いして、「じゃ、気を付けて帰れよ」

「失礼します」

有貴と信子の二人は、一緒に駅へと入って行った。

「——朝倉先生、可愛いよね」

と、信子が言った。

「そう？ 悪いよ、『可愛い』じゃ」

「そうか」

笑いながらホームへ出る。

電車が来るまで五、六分あった。

「——茶道部は、当日何かやるの？」

「うん。お天気良ければ、〈野点《のだて》〉とかね。着物着て来なきゃいけないんだ」

「いいじゃない。慣れてるんでしょ」

「まあね。窮屈ってことはないけど」

「私も、成人式は振袖で写真とりたいな」

「有貴も似合いそうだね」

電車が来て、いつもより混んでいたので、びっくりした。

「通勤時間じゃないから、空《す》いてるのかと思ってた」

何とか奥へ入って、有貴は言った。

「結構一杯だね。月末近いせいもあるのかな」

「月末？」

「そうよ。明日は、十月三十一日じゃない」

「あ、そうか……」

電車が走り出していた。

「――何よ？」

「明日、出てくるんだ」

「誰が？」

「奈良敏子さんって……」

「ああ」

と、信子は思い出して、「この間、ご主人が殺された人でしょ」

「そう。十月末で出所って聞いた」

「じゃあ……ご主人、迎えに来てくれないわけだ」

「そうだね」

「誰か迎えに来てくれるのかな」

「分んないよ。子供はなかったし」

「そうか……。でも、誰も来てなかったら寂しいだろうね」

信子はそう言って、「ごめん。有貴のお母さん、その人のせいであんなことになったのにね」

「別に恨んでないよ。——可哀そうな人だったって思ってる。あのご主人もいやな人だったし」

有貴は、奈良敏子が刑務所を出て、一人、途方にくれて立っている姿を、なぜかよく知っているように思い浮かべていた。

出迎え

「ご苦労さん」

——最後のひと言が暖かいものだったのが救いであった。

重い扉が背後で閉る。

その音は、これまで敏子が何度も聞いて来たものだ。しかし、いつもその音がしたとき、敏子は中にいた。今は違う。

今は……外にいる。

外。外なのだ。

敏子は空を見上げた。青く澄み切った秋空というわけにはいかず、少し曇っていたが、しかし、塀で区切られてもいないし、格子で細切れにされてもいない、開かれた空だ。

奈良敏子は、今出所して来たところである。

とはいえ——どこに行こうか。

どこへでも行けるが、逆にどこへ行っていいか分らない。

夫は死んだ。殺されて、犯人は分らないという。

実家からは、「二度と帰ってくるな」と言われている。——無理もないことだが、一応電話ぐらいは入れておくか。

いやいや、むだなことだ。

自分のせいで、やつれ、老け込んだ親の姿を見たくはない。

いつまでもぼんやり立っているわけにもいかず、ともかく歩き出した。今、自分がどっちへ向っているのかも知らない。

すると車が一台、静かに寄って来て、すぐ傍《そば》に停った。

目をみはるような、大型の外車である。敏子は気にとめず、そのまま歩いて行こうとした。

「奈良さんですね」

と、声がして、「奈良敏子さんでしょう?」

振り向くと、車のドアが開いて、スーツ姿の若い男が出て来た。

「──どなたですか」

と、敏子は言った。

「奈良敏子さんですね」

「そうですけど……」

「どうぞ。お迎えに来ました」

──何の冗談? 敏子はけげんな表情で、

「私、あなたのことを存じ上げませんけど……」

「どなたかお迎えに?」

「いいえ」

「じゃ、どうぞ。好きな所へお送りしますよ」

敏子は、刑務所での暮しから学んだことがいくつかある。

一つは、「見返りを期待しない親切なんかない」ということだ。

しかし、今の敏子に何を期待するというのだろう。

後部席のドアを開けて、その男は、

「どうぞ」

と、丁重に言った。

「でも……」

「事情は後で社長がご説明します。ですから乗って下さい。僕が叱《しか》られます」

社長……。何だろう？

敏子は、これ以上失うものもないと思った。

「じゃ……」

と、小さく頭を下げ、「お邪魔します」

と車に乗った。

後部座席のスペースはゆったりとして、テーブルまである。いくつも戸棚がついていた。

男が乗った前部の座席とは曇りガラスで仕切られていて、後ろは敏子一人だった。

車が滑らかに走り出す。

「——お疲れでしたら、おやすみになっていて下さい」

男の声が、マイクを通して聞こえる。

「あの……」

「そこに箱があります。中を見て下さい」

空《あ》いた座席に大きな紙箱がいくつも積み重ねてあった。

ふたを取ってみると、中からワインカラーのスーツが出て来た。

「サイズは適当に選んだので、合わないかもしれません」

と、男が言った。「着てみて下さい」

「私がこれを？」

「そうです。窓ガラスは外からは見えないようになっていますから、着替えられても大丈夫です」

唖然《あぜん》としながら敏子は箱を開けていった。ブラウス、下着まで全部揃っている。そして靴もあった。

「どういうことですの？」

「社長からのプレゼントです。社長が昼食をご一緒に、とおっしゃっているので、そこへお連れします」

わけが分らなかった。ともかく人違いではなさそうだ。

敏子は、しばらくその服を手に取って眺めていたが、やがて思い切ったように、服を脱ぎ始めた。

脱ぎ始めると、それは一種の快感になった。三年間の重苦しい「時間」を、脱ぎ捨てているような気がする。

敏子は全部脱ぎ捨てて全裸になった。それからゆっくりと下着を身につける。

裸になった解放感は、すてきだった。

コートの重さに、脱いでから気付くように、裸になって初めて、拘束され、閉じこめられていたことの息苦しさを知った。

スーツまで着たが、

「サイズが大きいわ」

と、敏子は言った。「やせたんですもの。スカートが落ちちゃう。ピンのようなもの、ありません？」

「目の前の戸棚を見て下さい」

という返事。

開けてみると、化粧品までズラリと並んでいる。

男の人が買ったのね。――敏子は、思わず笑いそうになってしまった。

しかし、使えそうなものを手に取って、コンパクトの鏡を覗きながら薄く化粧していくと、敏子は胸が熱くなるのを感じた。

自分が女だということを、思い出す。

同時に、鏡の中の自分が老け込んで、髪も白くなっていることに、改めてショックを受けていた。

ヘアピンを使って、スカートを止める。

「――ご用意は？」

と、男の声がした。

「ええ、すみました」

「間もなく着きます」

敏子は、脱いだものをひとまとめにして、持っていた紙袋に押し込んだ。


「――じゃ、これで終ろう」

と、沢柳伸男は言った。

椅子の動く音が会議室に響いて、内山寿子が、

「社長、午後はお約束が」

と、声をかけて来た。

「T銀行だよな？　何時だっけ？」

「二時です」

「分った」

と、腕時計を見る。

「お昼はどうなさいますか。何かとりましょうか」

「いや、いいよ。自分で食べてくる。一時……半には戻るから」

「分りました」

「じゃ、これを頼む」

伸男は寿子にファイルを渡すと、急ぎ足で出て行った。

寿子は、会議室に残って、片付けをしていた。

「あ——」

つい、ファイルの端が触れて、置いてあった湯呑み茶碗がひっくり返る。

幸い、お茶はそう入っていなかったが、机の端から床へとこぼれ落ちた。

寿子は急いでティッシュペーパーを取って来ると、床へかがみ込んで、こぼれたお茶をティッシュで吸い取るようにした。

そして、ふと目を上げたが——。

「あら、もうすんだの？」

と、声がして、ちか子が会議室へ入って来る。

「奥様——」

「伸男は？」

「昼食に出られました」

「十一時四十分に？」

と、ちか子は笑って、「仕方ないわね！　知ってる？」

「あの……」

「女子大生と会ってるのよ。戻りが遅くなると思ってた方がいいわね」

「社長はまだお若いですし……」

と言いながら、寿子はちか子を手招きした。

「何か？」

寿子は、指を唇へ当て、かがみ込んだ。

「——今日の午後はお忙しいですから、早めに戻られるでしょう」

と、寿子は言った。

ちか子も膝をついて、寿子の指さす方を見る。

机の裏側、暗くかげになった所に、小さな黒い箱が取り付けられていた。

ちか子は寿子とちょっと目を見交わし、

「——じゃ、戻ったら知らせてちょうだい」

と言って立ち上ると、会議室から出る。

ちか子が少し待っていると、

「すみません」

と、寿子が出て来て言った。「今、偶然見付けたんです」

「盗聴器ね」

「ええ、たぶん。——でも、驚きました」

ちか子は、少し考えていたが、

「寿子さん、昼でも一緒に食べましょう」

と言った。

「はい……」

妙なものだ。寿子は、ちか子の夫の愛人で、子供までいる。その寿子を、ちか子はなぜか信用しているところがあるらしいのである。

——二人は、近くのビルの最上階に入っているレストランでランチをとった。

「塚田朋美……」

と、寿子は渡されたメモを見て、「これが社長さんの……」

「目下の『恋人』」

と、ちか子は言った。「二十一才の女子大生。——調べた限りでは、普通の学生らしいんだけど、このところ妙なことが続くわ。うちの株を買い集めてる人間がいるってこととか、あの盗聴マイクとか」

「そうですね」

「——さ、食べてね。私は少し食べればいいの」

料理が来ると、そんなことを言いながら、ちか子はさっさと自分の方が先に皿を空にしてしまった。

「寿子さん。その女子学生のことを調べてみて」

「私がですか？」

「何か下心があって、伸男に近寄って来てるのかどうか。——ただの遊びなら、放っておいてもいいけど」

「分りました」

「それから、あの盗聴マイク、どうしたらいいと思う？」

寿子は少し考えてから、

「取り外すのは簡単ですけど、誰がセットしたか、分らなくなります」

「そうね。うまい方法は？」

「布でくるむか何かして、聞こえにくくするんです。セットした人間は、電池が切れたか、それとも調子が悪いのか見に来るでしょう」

「そこを捕まえる？」

「そうするかどうかは、奥様がお決めになって下さい」

「うん……。そうね」

と、ちか子は肯いた。「ともかく、誰が盗聴なんて……」

「でも、外しても、また他の所へ付けられます」

「誰が替えに来るか、見ておきたいわね」

ちか子が微笑んで、「どう？」

「同感です」

「じゃ、あなた、何か考えてちょうだい」

「かしこまりました」

「あなたは、そういうことが楽しそうね」

二人は一緒に笑った。

――沢柳徹男も、まさか妻と愛人が二人で笑い合うことがあろうとは思わなかっただろう。

「そういえば、奥様」

と、寿子が言った。「奈良敏子さん、今日が出所ですね」

「ええ。もう出たそうよ」

ちか子は、ちゃんと知っていたのだ。

奇妙な出会い

「かけて下さい」

と、その男は言った。

敏子は、立ったままだった。

「――さあ、どうぞ」

と、男が促す。「お気に召しませんか？」

「あの……。お昼をごちそうして下さるんですか？」

と、敏子は言った。

「そうです。気軽に付合って下されば、それでいいんですよ」

「あの――もし良ければ、外の見える場所で」

と、敏子は、個室の中を見回して、「何だか、閉じこめられるのはもううんざりしてて……」

「ああ、なるほど。いや、こっちの気配りが足りませんでした。すぐに席を移しましょう。

――おい」

と呼ぶとすぐにドアが開いて、敏子を迎えに来た若い男が顔を出す。

「オープンな席に変えてもらえ」

「分りました」

と、秘書らしいその男は駆け出して行った。

「忙しいですね。世間は」

と、敏子は言って、「私のことをどうして――」

「それは食事しながらゆっくりと」

と、五十がらみのその男は言った。「私は久保田といいます。久保田康雄」

「初めまして。ボランティア活動でもやってらっしゃるんですか?」

「いやいや」

と、久保田という男は笑って、「私はビジネスマンです。あなたも、これから自分で食べていかなくてはならない。そうでしょう?」

「ええ……」

「仕事の話をしたいんですよ。あなたと」

敏子は、自分の身につけたスーツを見下ろして、

「この服を買えっておっしゃるんじゃないわね?」

と言った。

――二人は、明るいガラス張りのテラスに面したレストランで、昼食をとることになった。曇っていた空も、今は太陽が出て暖かい日射しを投げかけている。

何だかわけは分らなかったが、ともかく敏子にとって損をすることはなさそうだった。

「——食欲が?」

なかなか食事の進まない敏子を見て、久保田は言った。

「いえ……。とてもおいしいんですけど、胃がびっくりしてるんでしょう」

「ゆっくり召し上って下さい」

「はい」

冷たいミネラルウォーターがおいしかった。生きている、という実感を、初めて味わったのだ。

「——ご主人はお気の毒でした」

食事が二時間近くかかってやっとすむと、久保田は言った。

「恐れ入ります。——忘れていました。せめて、お線香の一本ぐらいあげたいけど……。入れてくれないでしょうね」

「敏子さん。あなたは今日、新しく生れたんです。そういう気持でやり直すことですよ」

「やり直す? そんなこと、可能でしょうか?」

「できますとも」

と、久保田は微笑んだ。

何を考えているんだろう、この男は?

敏子は、容易に人を信じないというくせが身についていた。

「デザートでございます」

と、ウェイターが思いがけない、一皿を置いて行った。

「——あなたは？」

久保田の前に皿がないのを見て、敏子は訊いた。

「私は少しダイエットをしていましてね」

と言う久保田は、とても太っている内には入らない。

敏子は、柔らかいババロアをスプーンで口に運んだ。——口の中で溶けていく、その甘さ。

それまでの料理よりも、そのデザートの甘さが、敏子の胸にしみた。——思わず涙を呼んだ。

我ながら情《なさけ》ないようではあったが、このとき、敏子は自分が「自由」になったことを実感したのだった……。


「私？」

と、有貴は言った。

「うん。沢柳有貴って言ったよ」

と、クラスメイトが言った。「ともかく行ってみなよ。結構いい男だよ」

「でも……」

午後の授業は、打ち切られていた。

みんな、文化祭の準備で大忙しなのだ。そういうことができるのが、私立のいいところ。

「今なら大丈夫だよ」

と、そそのかされて、有貴は仕方なく廊下へと出た。

先輩がいないときで良かった。もし、抜け出すのを見付かったら何を言われるか……。

もっとも、有貴は普段よくまめに動くので上級生からは好かれている。

有貴は、図書館へ向った。

朗読の同好会だから、本を捜したりするのはよくある。

図書館の入口で、有貴はチラッと周囲を見回し、急いで建物の裏手へと回った。

土の上を踏まないように気を付けて、急ぐと、ちょうど金網が一部分切れている所があり、そこから外に出られる。どうしてなのか知らないが、こうなっているのだ。

教師も知っているはずだが、目をつぶっているらしい。サボったりする子は、よくここから出入りする。

「――誰もいないじゃないの」

からかわれたのか、いたずらかと思っていると、ふと人の気配に振り向く。

男の子――といっても、たぶん有貴と同じくらいの年齢の――が立っている。

「あなた？　私に用って――」

「沢柳って、君か」

少し大人びた口をきく子だった。

「沢柳有貴よ」

「君のお父さんは、沢柳徹男？」

「徹男は祖父。父は伸男ですけど」

「そうか。――ま、どっちでもいいや」

学生とは見えない。作業服のような、つなぎの服には泥らしい汚れが飛んでいた。

「あなたは？」

「塚田っていうんだ。塚田克士《かつし》」

「か、かつし？」

「〈克服〉の〈克〉と〈武士〉の〈士〉」

「克士……塚田さんって――聞いた憶えないけど」

「呑気《のんき》だな」

と、その男の子は言った。「女子校なんだな。知らなかった。焦ったよ」

「見付かるとまずいんです。クラブの用事、抜けて来たんで」

「じゃ、用件だけ言うよ」

と、塚田克士は言った。「金を払ってくれ」

有貴は呆気に取られた。

「――どういう意味ですか、それ？」

「当然だろ。女子大生と遊んだら、タダじゃすまないよ」

「女子大生？」

「姉貴さ、俺の」

と、塚田克士は言った。「親父さんに訊いてみるんだな」

「あなたの——お姉さん？」

「もう行くぜ。俺も忙しいんだ」

と、金網の破れた隙間から出ようとして、

「ずっと付合う気なら、毎月百万だな。それで手を打ってもいいって言っとけ」

「待って」

と、有貴は呼び止めた。「お姉さんの名前は？」

「朋美。〈月〉二つの〈朋〉と〈美しい〉だ」

「塚田朋美さんね。——あなたにどうやって返事したらいいの？」

車が外の通りを走って来た。

「——俺の方から連絡する」

と言うと、塚田克士は素早く行ってしまった。

有貴は、しばし呆然《ぼうぜん》としていたが……、

「戻んなきゃ！」

と、あわてて駆け出す。

幸い、クラブの部屋へ戻っても、トイレにでも行っていたと思われたのか、何も言われなかった。

「このテープ、ラベルを貼って」

と、上級生から渡される。

「はい――。〈なめとこ山の熊〉ですね」

「そう。難しかった!」

有貴は、微笑んだ。

母との三年間で憶えた笑いである。ショックを隠すのには笑いが一番だ。

――父と女子大生。

あの男の子は、何だろう? 言った通りだとしても、どうして娘の有貴の所へやって来たのか。

塚田朋美。――たぶん、本当にそういう恋人がいるのだ。

有貴の直感は、そう教えていた。

「――うん、お父さんにちょっと用事があるから。よろしくね、お母さんのこと」

と、有貴は言った。「できるだけ早く帰るけど」

「大丈夫です。絶対に目を離しません」

と、江梨子は張り切っている。

有貴は、携帯電話のスイッチを切った。

母がいなくなったときの焦り。それで早速、これを買った。あまり好きではないが、母に何かあったとき、いつでも連絡がつくようにしておきたかった。

家へ帰る道で、

「有貴ちゃん！」

と、呼ばれて振り返った。

黒塗りのハイヤーが停ると、窓から良二が顔を出した。

「あ、今晩は」

「うちに？　乗れよ」

「うん」

良二が戻っていることは聞いていたが、会うのは戻ってから初めてで、「――別人みたい」

と、笑った。

「そう言うなよ」

良二は情ない顔をして、「もう死にそうだよ、窮屈で」

確かに、スーツ、ネクタイというスタイルは良二には辛いだろう。でも、むしろ今の良二は若く見えた。

「弥生さん、だっけ」

「うん？　――ああ、家の中で迷子になるってぼやいているよ」

と、良二は笑った。

「仕事、どう?」

「何とかやってる。でも、英会話なんて……。来月にはニューヨークへ行って、英語のスピーチだよ。全く!」

「頑張って! 弥生さんも行くの?」

「向うは夫婦同伴が当然だからな」

そう話す間もなく、ハイヤーは家に着いた。

「——お帰りなさい」

と、田所弥生が出て来て、「あら……。有貴さん、ですね」

「ええ。よろしく」

有貴は頭を下げて、「父、帰ってます?」

「いえ、まだ。——じきに帰られると思いますけど」

「誰?」

と、居間からちか子が呼んだ。

有貴は居間へ入りながら、

「私よ」

「有貴! また少し大きくなった?」

「細くなった、って言われたいな」

と、有貴は笑って言った。

「伸男に用？」

「うん、ちょっと」

有貴は、鞄を置いて、「今夜、遅いの、お父さん？」

「そろそろ帰るでしょ」

ちか子は嬉《うれ》しそうだった。

——有貴は、母に対して祖母が何をしたか、忘れたことはない。赦《ゆる》してもいない。

しかし、正面から非難するには、有貴は大人になっていた。

祖母も、父も、有貴にやさしい。けれども、それは過去に目をつぶったやさしさなのである。

酔った父

「まだいいでしょ?」

と、ちか子が言った。

「もう帰らないと」

有貴は、時計を見た。「お父さん、何してるのかな」

「こんなときに限ってね」

と、ちか子が渋い顔で言った。

有貴は父、伸男に話があって来たのだが、待っても一向に帰って来ない。

もう、十一時を回っている。

「携帯電話へもかけてみましたけど、つながりません」

と、顔を出した田所弥生が言った。

「いいわ、弥生さん。ありがとう」

と、有貴は鞄を手にして、「また来る。お母さんのこと、心配だから」

「大丈夫よ。あのお手伝いの子がいてくれるでしょ」

と、ちか子は少しでも孫を引き止めておきたい様子。

「でも、江梨子さんだって十二時までには帰してあげないと」

と、有貴が言ったとき、玄関のチャイムが鳴った。

「あ、帰ったわ。——遅いわよ、って叱ってあげなさい」

ちか子が立って玄関へと出て行った。

有貴も祖母の後について行く。——確かに、父、伸男が帰宅したのだった。

しかし、伸男は無茶苦茶に酔っ払っていた。

「——伸男！　有貴が来てるのよ」

と、ちか子が言っても、

「有貴？　有貴がいたっていいじゃないか！　うちに娘がいてどこがおかしい！」

と、トロンとした目で言って（相当に舌足らずな口調だった）、目の前の有貴に気付かず、フラフラと居間へ入って、ソファの上にドサッと倒れて寝てしまう。

「——呆れた」

と、ちか子は眉をひそめる。

「兄さん、どうしたんだ？」

と、良二が顔を出した。

「酔い潰れて……。仕方のない子」

良二は笑って、

「抱えて上ろうか？」

「放っとけばいいわ。ここで寝てるでしょ」

ちか子は有貴の方へ、「こんな様子じゃ、何を話してもむだね」

「うん……」

有貴は、酔い潰れている父の姿を見て、いい気持はしなかった。

大人が酒を飲んで酔っ払うのを悪いというのではない。しかし、母があんなことになったのも、慣れないアルコールのせいだった。

そこから来る反発が大きかったのである。

「じゃ、帰る」

と、有貴は言った。「お父さんに、会社に電話するって言っといて」

すると、良二が、

「変だな」

と首をかしげた。

「——何が？」

有貴は、何となく良二の言葉が気になった。

「いや……兄貴って、こんなに酔うほど飲まないぞ、普通」

と、良二は言って、伸男のネクタイを外し、「——ネクタイの結び方が違う」

「どういうこと？」

「俺、慣れてないネクタイで苦労してるからさ。兄貴の締め方、憶えてるんだ。でも、今、違う締め方してた」

そこまで言って、良二はハッとした様子で、

「いや、だからってどうっていうんじゃないぜ」

と、有貴の方へ言った。

ちか子は、

「後で芳江さんにやらせるわ。良二、あんたは勉強があるでしょ」

「受験生に逆戻りだな」

と、良二は笑って、「もっとも、受験のときも、こんなに勉強しなかった」

「あなた、行きましょ」

と、弥生が良二を促す。

「うん。――じゃ、有貴ちゃん、また」

「おやすみ」

と、有貴は言った――。

ちか子と有貴、眠りこんでいる伸男。

「有貴……」

「お父さん、恋人がいるんだわ」

と、有貴は言った。

「まあ……気晴らしの相手でしょ」

「塚田朋美っていうんじゃない？」

ちか子が目をみはって、

「どうしてそんなこと――」

「やっぱりか」

「有貴、あんた……」

「今日、学校にね、その女の人の弟っていう子が来たの」

「弟？」

有貴の話を聞いて、ちか子は眉を寄せ、

「――金を払えって？」

「そう。月に百万だ、とかって……。変った男の子だった」

「塚田……克士？」

「うん」

ちか子は伸男を見下ろして、

「確かに、塚田朋美と伸男はこのところよく会ってるわ」

と言った。「会って帰るのが気が咎《とが》めて、わざと一気に飲んだのかもしれないわね」

良二の言葉も考えて、そうに違いない、と有貴は思った。

「その男の子は、またやって来そう？」

と、ちか子が訊いたが、有貴は答えず、

「その子、女子大生なの?」

と訊いた。

ちか子は少しためらったが、

「ええ、そうよ。今、三年生かしら、確か」

「呆れた。——娘みたいな年齢《とし》の子と」

有貴は、父親をじっと見下ろしていたが、

「——帰る」

と、ひと言、玄関へ駆け出して行った。

「有貴!」

ちか子は追いかけようとして、しかし十六才の少女に追いつけるわけもなく、足を止めた。

芳江が顔を出して、

「どうかなさったんですか?」

と言った。

ちか子は、やや厳しい顔で、

「伸男を頼むわ」

「はあ。——あら、珍しい。酔い潰れたんですね」

「冷たいシャワーでも浴びせてやって」

ちか子はそう言うと、居間を出て行った。

怒っていると、何も怖くない。

これが有貴の性格である。

タクシーでも拾って帰れば良かったが、マンションまで駅から歩いた。歩いている間に、少しはカッカした頭が冷えるかと思ったのである。

しかし、その効果は期待したほどではなかった。

夜道を、車が駆け抜けて行く。――もう十二時で、人通りもほとんどない。

お父さんに、女子大生の恋人か。――いい気なもんだ！

お母さんの所へは見舞にも来ないで、時間がない、忙しい、と言って、その「朋美」と会う暇はあるのだ。

有貴は、明日でも父に電話して、思い切りいやみを言ってやろうと思っていた。

チリン、リン、と音がして、振り向くと自転車が一台後ろからやって来る。

よけなければならないほど狭い道ではないが、有貴は少し道のわきへ寄った。

自転車のライトが揺れながら有貴を照らし出す。暗くて、乗っているのが誰なのかは見えない。

自転車はスピードを少し上げて、有貴を追い越して行こうとする。ジーッ、とタイヤが音をたてた。

そして、有貴のすぐわきをすり抜けるように――。

ヒュッと何かが空《くう》を切って飛んで来た。

突然、有貴のすぐわきで自転車が倒れる。

誰かが駆けて来る。

――何が起ったのか、有貴にはよく分らなかった。

ただ、中年の背広姿の男が、あわてて自転車を起すと、フラフラとよろけながらも自転車を必死にこいで逃げて行ったのを見ていた。

そこへ、

「大丈夫か！」

と、やって来たのは――。

「あ……」

有貴は、そのジャンパー姿の若者を見て、

「あんたね」

と言った。

「憶えてた？」

「うん。――塚田克士」

「呼び捨てにするな。お前のこと、助けてやったのに」

「助けた？」

塚田克士は、地面から何かを拾い上げた。

「これ、今の奴が落としてったんだ」

克士が手にしているのは、刃渡り十センチ近いナイフ。

「これ……」

「お前、刺されるとこだったんだぞ」

有貴は、やっと青くなった。


「──ごめんね、遅くなって」

と、有貴は江梨子に言った。

「いいえ。お母様、もうおやすみに……。あら？」

「この人、知り合いなの。大丈夫」

有貴が、克士を促して、「上って。──さ」

江梨子は心配そうだったが、時間も時間なので帰って行った。

「──何か飲む？」

と、有貴が訊くと、

「ウイスキー」

「未成年でしょ」

「飲めるんだぞ。──でも、お茶でいいや」

克士は、マンションの中を見回して、「凄い所に住んでんだな」

「私が借りてるわけじゃないわ」

有貴は、日本茶をいれた。

「――話、聞いたか」

「父に？　まだよ。今夜は話せなかった。忙しいの」

有貴は自分のお茶もいれて、「――月に百万って、お姉さんは知ってるの？」

「知るわけないさ。俺の考えだ」

「そりゃ、父とお姉さんの間に何かあるかもしれないけど、でも、お姉さんも二十一でしょ。大人よ。大人同士の付合いに、はたが口出すのっておかしくない？」

「口を出してるわけじゃないよ。ただ、姉貴が可哀そうでさ」

「だからって、お金でケリがつくの」

有貴は、この少年が何を考えているか分らないので、ともかく反論してみることにしたのだ。「大体、どうしてうちの父が相手だって分るの？」

「調べた」

「それじゃ――」

「一日、後を尾《つ》けてさ」

「暇ね」

克士はムッとしたように、

「忙しいんだ。アルバイトがなくて、捜さなきゃなんねえしな」

「あなた……いくつ？」

「十七」

「一つしか違わないのか」

と、有貴は言った。「あなた、働いてるの？　お姉さんが大学生なのに？」

克士は何か言いかけて、口をつぐんだ。

「──いらっしゃい」

居間の入口に、母が立っていた。

「お母さん、どうしたの？」

と、有貴は立ち上った。

「お客様ですか。いらっしゃいませ」

「ど、どうも」

克士があわてている。

「学校はいかが？」

「は？」

「もうじきテストでしょ。大変ですね」

「いえ……。まあ……」

「じゃ、ごゆっくり」

母、智春が寝衣《ねまき》姿で頭を下げて行ってしまうと、克士はなぜか黙り込んでしまった。

「――何よ、妙な顔して」

と、有貴が言うと、

「お前の……お袋さんか?」

「そうよ」

克士は少し間を置いて、

「うちのお袋みたいだ」

と、思いもよらないことを言い出した。

暗がりで待つ

「沢柳さん」

三年生に呼ばれて、寝不足で欠伸しかけていた有貴は飛び上りそうになった。

「はい！」

と、急いで部室から廊下へ出ると、

「お客様ですって。朝倉先生が」

「私に？」

「お祖母《ばあ》様だそうよ」

「すみません！　あの——すぐ戻ります」

と、有貴が言うと、

「そうあわてなくてもいいわ。もう、大体準備、終ったでしょ」

「でも、清書しなきゃいけないポスターとか……」

いよいよ、明日は文化祭。クラブによっては、

「寝袋持って来た」

と、意気込んでいるところもあり、学校の中は、もう夜の八時過ぎだというのに、異様に

活気づいていた。こういう空気は伝染するもので、さほど忙しくないクラブも、やることもないのに遅くまで残っていたりする。

「大丈夫よ、ポスターは」

と、三年生の子が言った。「先生に頼んで、学校のカラーコピー機、使わせてもらえることになったの」

「カラーコピーか！　考えなかった」

有貴は感心した。

「だから、大丈夫。職員室へ行って」

「はい」

有貴は少し気が軽くなって、部室を後にした。

何といっても、みんなが文化祭の準備をしているときに、一人で抜けるというのは気がひけるものだ。

それにしても、祖母のちか子がわざわざ学校まで、何の用事だろう？　しかもこんな時間に。

――しかし、職員室へ行ってみると、意外な光景が有貴を待っていた。

明るい笑い声を上げているのは、内山寿子だった。そして、話し相手をしているのは何と担任の朝倉先生！

「先生……」

と、呆気にとられつつ声をかけると、

「やあ、来たか。――お客さんだ」

「今晩は」

と、有貴は言って、「先生、寿子さんのこと、まるで知り合いみたい」

「ああ、知り合いだ」

「――うそ」

寿子が笑顔で、

「私もびっくりしたの。こちらに、『内山先生』って呼ばれて」

「先生？」

「俺が高校生のとき、教えに来てくれてた家庭教師の先生さ」

「寿子さんが？　へえ！」

人生、めぐり会いということはあるものだ、と有貴は感心してしまった。

「面白いものね。朝倉君が有貴ちゃんの担任だなんて」

「寿子さん、先生の高校時代の成績、どうだった？　こっそり教えて」

「こらこら！　それはトップ・シークレットだ！」

と、朝倉はあわてて言った。

寿子と有貴は応接セットの方へ移って、

「偶然って、あるものなのね」

と、二人でしばし感心し合っていた。

「寿子さん、おばあちゃんの代理？」

「あ、そうなの。――肝心なこと、忘れてしまうところだった」

と、寿子は言った。「通り魔に狙われたって？　ちか子さん、心配なさって、うちへ帰って来ないか訊いて来てくれとおっしゃったの」

「あのことか。すぐ耳に入るんだなあ」

と、有貴は首を振って、「おばあちゃん、情報部でも抱えてるのかしら」

「そうかもしれないって、私も思うことがあるわ」

「心配しないで。夜遅く帰ることって、この文化祭がすんだら、もうなくなるわ」

危うく刺されかけて、塚田克士に助けてもらったのだが、やはり他にも被害が出る心配があると思ったので、一度マンションへ来た、前田という刑事に連絡して、犯人の落として行ったナイフを渡したのである。

「その前田って刑事さんが、伸男さん——社長さんに会いにみえて、それで聞いたのよ」

「あ、そうか」

「呑気ねえ。大けがしてたかもしれないのに」

と、寿子は言った。「自分が娘を持つと、他人事《ひとごと》じゃなくなるわ」

「正直、怖いわよ。あの奈良って人が殺されたのも刃物でしょ。でも、私の場合は別だと思うけど……」

「用心に越したことないわ」

「ええ。考えてみるけど……。お父さんとお母さん、一緒にはいさせたくない」

寿子は少し間を置いて、

「分るわ」

と言った。「でも、よく考えてね。あなたの身に何かあったら、それこそ智春さんも悲しむわ」

「悲しんでくれりゃいいけど……」

と、有貴は言った。

「――寿子さん、それを言いに来たの?」

「他にもあるの。塚田って子のこと」

「ああ……」

克士がマンションにまで来たことは、誰にも言っていなかった。

「私が、ちか子さんに言われて調べたの」

と、寿子は手帳を出してめくった。

有貴は、寿子が祖母のために働いているのを見て、あまりいい気持はしなかった。とはいえ、寿子には美幸がいる。今の仕事を失うわけにはいかないのだろう。

「なかなか複雑なのよ。――塚田朋美と克士は確かに姉と弟。でも、両親が離婚したとき、姉の方は父親に、弟の方は母親に引き取られたの」

父親はすぐに二十も年下の女と再婚した。

克士の母親は、貧しい中、神経を病み、克士は高校を中退して働くようになった……。

有貴は克士自身からその話を聞いていた。

「――朋美って子は、普通の女子大生らしいわね」

と、寿子は言った。「もちろん、伸男さんとのことを考えたら、普通って言えるかどうか分らないけど」

「お父さんのことはお父さんが決めればいい」

と、有貴は言った。「私は、お母さんのことだけが心配なの」

「弟の克士って子のことだけど、その後、何か言って来た？」

「何も。悪い子じゃないわよ。私のこと、助けてくれたんだし」

「それはそうだけど……。用心してね。すぐ仕事をやめてしまうらしいわ。もし、お金をせびって来ても、あげちゃだめ。私に言って。助けてくれたお礼は、むろんしてもいいって、ちか子さんもおっしゃってるわ」

有貴は、寿子が克士のことを「不良少年」としか見ていないらしいことに失望した。もっと痛みの分る人だと思っていたのだ。

でも、寿子にそう言っても仕方ない。

「分った。――何かあったら、連絡する」

と、立ち上って、「クラブの方、あんまり長く抜けてられないの。もういい？」

「あ、ごめんなさい。——じゃ、本当に何か心配なことがあったら、私に言って来てね」

「うん」

と、有貴は肯いた。


「——沢柳は、しっかりした奴ですよ」

と、朝倉は学校の外まで寿子を送って来て、言った。

「ええ、少ししっかりし過ぎてるくらいにね」

と、寿子は言って、「ありがとう。会えて嬉しかったわ」

「こっちこそ！　——また会いたいですね」

「これ名刺」

と、寿子はバッグから名刺を出して渡し、「もし、有貴ちゃんのことで、何か変ったことに気が付いたら、知らせて下さい」

「分りました、先生」

と、朝倉は言って笑った。

寿子はタクシーを停《と》めて、

「それじゃ」

と会釈して乗って行った。

朝倉は、タクシーが見えなくなるまで、じっとその場で見送っていた……。

寿子は、タクシーの中で、携帯電話を取り出した。

「――もしもし。奥様ですか」

「寿子さん、有貴に会った？」

と、ちか子が出て訊く。

「はい、家へは戻らないとおっしゃってました」

「そうでしょうね」

と、ちか子は笑って、「でなきゃ有貴じゃないわ」

「塚田克士のことはどうしましょうか」

「有貴はどんな様子？」

「特別な付合いとは見えません。まだ知り合ったばかりですし」

「そうね。目を離さずにおきましょう」

「はい。――これから会社へ行きます」

「ご苦労様。美幸ちゃんは大丈夫？」

「はい。お友だちに頼んであります」

と、寿子は言った。「今夜何かつかめるかどうか分りませんが」

「焦らないで。もし何か見ても、手を打つのはよく考えてからね」

「よく分っています」

と、寿子は言った。

——会社へ着いたのは、九時半ごろだった。

明日と明後日は連休になるので、会社は早々に引き上げる者と、やっておかなければいけない山のような仕事を抱えた者に二分されていた。

各フロアには、まだ明りが一杯についている。

寿子は、帰りがけの女子社員と何人かすれ違ったが、社長秘書の寿子が夜になって会社へ戻って来ても、誰もふしぎに思う者はいない。

「お先に」

「お疲れさま」

というやりとりが何度かくり返されて、寿子は、会議室へと入って行った。

会議室に仕掛けられた盗聴器。それを一体誰がやったものか調べるのが、ちか子から言いつかった仕事である。

今日の昼間、ここで会議があった。寿子は前もって、その盗聴器をそっと布で包んでおいた。

どこかで会議の中身に耳を澄ましていた人間は、話がよく聞こえず、苛々したはずである。

寿子は、人気のない会議室へ入り、床へ膝をついて、盗聴器を包んだ布を外しておいた。

そして、明りを消して廊下へ出る。

隣の会議室へ入ると、予《あらかじ》め「触らないこと」と書いておいた箱から、ビデオカメラを取り出す。三脚を立ててカメラを固定すると、靴を脱いで机の上に上った。

隣の会議室との仕切りに、換気用の穴があって、今はふさいである。昼の間にその板を外しておいたので、金網を張った穴から、隣の会議室が覗けるのだ。

机の上に椅子をのせ、さらにその上に三脚を立てる。——カメラが例の机を映し出すように、高さと角度を調整した。

考えているより、やってみるとなかなかうまくいかず、汗をかいたが、ともかく何とかセットを終えた。

部屋の明りを消し、椅子にかけて、後は待つばかりである。

——十時をもう二十分近くも過ぎていた。

静かなフロアに、カシャ、カシャ、と音が響く。

他のフロアの照明が切られていく音だ。

寿子は、そっと廊下を覗いて、人のいないのを確かめると、またドアを閉め、中からロックした。——もし、管理の人間がやって来ても、ドアが開かなければ、無理に開けてまで中を調べはしないだろう。

さて……。

誰かやって来るかどうか。

寿子は、暖房が切れて寒くなってくることが分っていたので、膝かけを用意して来ていた。

まさか、探偵の真似《まね》をしようとは思わなかったが……。

ふと寿子は、携帯電話で美幸を預けた友人の家へかけてみようと思った。

発信音を確かめ、ボタンを押そうとしたとき、エレベーターがこのフロアで停る音がしたのである。

寿子は電話をバッグへ入れて、じっと耳を澄ました。

緊迫の夜

まさか……。

寿子は、盗聴器を仕掛けた犯人を見付けられたら、と思って隣の会議室に隠れているわけだが、むろん現実にはそううまくいくわけがない。

でも、まさか。

本当にその犯人がやって来たのだろうか。

エレベーターから降りたその「誰か」は、廊下をやって来た。

でも、いくら何でも、こうもタイミング良くやって来るだろうか?

寿子は、もし誰かが盗聴器の具合を確かめに来るとしても、もっと夜中の遅い時間だろうと思っていたのである。

でも、考えてみれば、あまり遅い時間になったら、ビルの中へ入ることさえできなくなってしまうわけだ。今ならまだ社員が何人かは残っているだろうし、外部の人間でも、「急な用事」と言ってビルへ入ることができる。

つまり、この時間に犯人がやって来ても、少しもおかしいことはない、ということだ。

足音は、寿子の身を潜めている会議室の前を通りすぎると、正に隣の会議室の前で止った。

寿子はハッとして、机の上に上り、セットしたビデオカメラの録画ボタンを押した。力が入りすぎて、三脚がグラつく。ヒヤリとしたが、ともかく何とか三脚が椅子の上から落ちるのだけは食い止められた。

隣の会議室のドアが開いた。

赤いランプが点灯し、テープは回っていた。だが――ちゃんと映っているだろうか？

グラついて、レンズの向きが変ってしまったような気がする。

寿子は、カメラのファインダーを覗き込んだ。――案の定、レンズが下を向いて、ただ壁が映っているだけだ。

急いでレバーを緩め、レンズが通風孔の方へ向くようにした。

暗いファインダーの中に、問題の机の辺りで動く人影が、ぼんやりと見分けられた。

ビデオカメラの感度は高い。後でテープを再生すれば、「犯人」が分るだろうと寿子は思った。

寿子は、机の上に立ったまま、じっと動かなかった。――下手に動くと、何か物音がして、気付かれそうだったからである。

じっと息を詰めて、ファインダーを覗いていると、その「誰か」が机の下へ潜り込んでいるのが分った。

やっぱり！　本当に盗聴器の具合を見に来たのだ。

寿子は興奮していた。ほんの思い付きの計画が、こうも上手《うま》くいくなんて！

しかし相変らず暗いファインダーには、ぼんやりと黒っぽい影が動くだけで、その人物の顔どころか、男か女かさえ見分けられない。

その「誰か」は、立ち上ったらしい。盗聴器はどうなったのだろう？ 外したのか、別のマイクと交換したのか……。

いずれにしても、仕事はすんだようだ。

その「誰か」は会議室を出て、そっとドアを閉めたのである。

寿子も、静かに息を吐いた。

カメラはいじらず、まだ回したままになっている。その人物が完全に行ってしまうまでは……。

足音が、この会議室の前を通り過ぎていく。

靴の音だ。でも……。

寿子が、じっと息を殺して、耳に神経を集中させていたとき——突然、爆弾が爆発したかのように、携帯電話が、寿子のバッグの中で鳴り出したのである。

一瞬、寿子は凍りついた。

スイッチを切っていなかった！

止めなくては！ ——とっさのことで、それしか考えなかった。

むしろ、放っておけばまだ良かったのだ。

だが、寿子があわてたのも無理はない。机から下りて、バッグの中から携帯電話を取り出し、スイッチを切る。

ちょうど前を通りかかった「誰か」は、ドアを開けようとした。ノブが回って、カシャカシャと音をたてる。

ロックしてあるから開かないが、しかし——こじ開けるのは大して難しくないだろう。

ドンドン、とドアを叩く音がした。

寿子は、会議室の奥へジリジリと退《しさ》って行った。

電話は、ベルこそ鳴らないが、呼び出しの点滅を続けている。

寿子は、会議室の一番奥の隅まで行くと、電話の受信ボタンを押した。

「——もしもし、——ママ？」

美幸の声が聞こえた。

美幸！——美幸！

「もしもし？　ママ、聞こえる？」

寿子は、外の「誰か」が、ドアを開けようと激しく揺さぶっているのを、ただ見ているしかなかった。

「——はい、もしもし」

と、寿子は小声で言った。

「ママ！　何してんの？　会社？」

と、美幸の明るい声が聞こえた。

「え、ええ……。まだ会社よ」

「早く帰れないの？」

「まだ……お仕事が終らないの。美幸、どうかしたの？」

「でも迎えに来て。遅くてもいいから。ね？　寝てたら、起してもいい」

美幸は、母親がどんな状況か知るわけもなく、甘えた声を出した。

「そうね……。きっと迎えに行くわ」

美幸！　――ママは殺されるかもしれない。美幸！

何か重い物でドアのノブを叩いているらしい。ガン、ガン、と耳を刺すような音がした。今にもドアが開く。そして犯人が寿子の頭上にあの重い物を叩きつけるだろう。

美幸……。ママはまだ死にたくない！

「ママ？　どうしたの？　忙しい？」

「ええ……。ね、美幸、仕事がすんだらママの方からお電話するから――待ってて。ね？」

「うん」

と、少しつまらなそう。「ママ、美幸のこと、愛してる？」

ＴＶドラマで憶えたセリフだ。何となく二人で寝る前に、お互い「愛してる」と言って頬《ほ》っぺたにチュッとキスをするのが習慣になっている。

「愛してるわ！　美幸、大好きよ」

と、寿子は叫ぶように言って、電話を切った。
自分が殺される瞬間を、美幸に聞かせたくなかった。
ガン、と何かが弾ける音がして、ドアがその勢いでゆっくりと開いた。
美幸……。
そのとき、
「何してるんだ?」
と、廊下に声が響いた。「——おい、待て!」
ダダッと駆け出す足音。
今の声は——このビルのガードマンだ!
懐中電灯の明りが廊下に揺れた。
「おい! 貴様!」
と、ガードマンが叫んだ。
爆発音が——今度は本当の爆発音が、鋭く乾いた音をたてる。
そして、廊下はシンと静まり返ってしまった。
寿子は、やっと行動する余裕ができた。
会議室の電話! 飛びつくように受話器を取る。
ガードマンがもう一人いるはずだ。
管理室の番号を押すと、すぐに向うが出た。

「はい、管理室」

「会議室です！　今、誰かが忍び込んで――」

「何ですって？」

「撃たれたようです！　急いで一一〇番して！」

「撃たれた？　誰が？」

「ガードマンの方が」

「そいつは――。すぐ行きます！」

警察へ直通の非常ボタンを押したのだろう。ビルの中にサイレンが鳴り渡った。

足音がした。しかし、それは廊下をそのまま突っ走って行った。

寿子は、その場にしゃがみ込んだ。膝が震えて立っていられなかったのだ。

何が起ったのか。今の音は本当に銃声だったのだろうか？

サイレンが鳴り続ける中、

「誰かいるか！」

と、声がした。

今電話に出たガードマンだ。――寿子は、何とか立ち上って、

「ここにいるわ！」

と叫んだ。

明りが点いて、急に救われたような気がした。

「――内山さんでしたか」

と、若いガードマンが顔を出す。「どうしたんです？」

「分らないの……。バン、って音がして……」

寿子は廊下へ出た。

「あれだ」

そのときには、もうガードマンは相棒を見付けていた。

廊下の奥に、そのガードマンは倒れていた。

「――何てこと」

と、寿子は呟いた。

血だまりが広がっていく。それは今も広まっていく途中だった。

「救急車だ」

「私が呼びます」

寿子は、目の前の会議室へ飛び込むと、電話の外線へかけてから一一九番へ連絡した。

やっと、少し落ちつきが戻った。――何かするべきことがあった方がいいのだ。

「――畜生《ちくしょう》！　もう死んでる」

と、若いガードマンは青ざめて声を震わせた。「犯人を見たんですか？」

「いいえ」

「どこへ逃げたんだ！」

と、行きかけるのを、

「危いわ！　向うは銃を持ってるんですよ！」

と、寿子は急いで止めた。

「――そうでしたね」

と、息をつき、「パトカーが来るのを待ちましょう」

と、肩を落とす。

そのとき、寿子は近付いてくるパトカーのサイレンを聞いた。


それからの何十分かは混乱のひと言だった。

犯人が万一、ビルの中に残っていたら、というので、あわてて大勢の警官が動員され、大捜索が行われた。

結局、怪しい人間は見付からず、ビルに残っていた何人かの社員も仰天しているばかりだった。

寿子は、沢柳家へ電話を入れた。

気が重かった。とんでもないことになってしまったのだ。

元はと言えば、寿子の言ったことから起ったのである。

電話に出たちか子は、寿子の話を黙って聞いていたが、

「――それで、あなたはけがしなかったの？」

と言った。

寿子は、正直、当惑した。

「はい、大丈夫です」

「それなら良かったわ。それにしても、銃を持っているような人間が盗聴器を仕掛けていたというのは問題ね」

「はい」

「明日、うちへ寄って。相談しましょう」

「分りました」

——ちか子が、寿子の身を心配してくれるというのが、ふしぎだった。

むろん、それはそれで嬉しいことではあったものの……。

——寿子は、友人の家へ電話して、美幸の様子を訊いた。

眠ってしまっているというので、ホッとしたが、

「今から迎えに行くわ」

と、言って切った。

そして思い出した。——ビデオ！

犯人の姿が映っているかもしれないのだ。

寿子はあわてて、あの会議室へと駆けて行った。

しかし——寿子は唖然として立ちすくむことになった。

ビデオカメラは机の上に投げ出され、カセットは抜き取られてしまっていたのである。

「お母さん……」

有貴は、朝起きると、そっと母の寝室を覗いた。

中は暗くて、耳を澄ますと、母、智春の静かな寝息が聞こえてくる。

「――お母様、よく寝てらっしゃるでしょ」

と、朝ずいぶん早くから来ていてくれた、お手伝いの江梨子が廊下をやって来る。

「ええ。珍しいことね。具合悪いわけじゃないわよね」

と、少し心配になって有貴は言った。

「ええ。私も気になったんで、ちょっとつついてみたんです。失礼でしたけど！」

と、江梨子があわてて頭を下げる。

「いいのよ。それで？」

「目を開けられて、『どうかしましたか？』ですって。安心して、『何でもありません』って申し上げると、すぐにスヤスヤ寝入ってしまわれました」

「そう……。それならいいけど」

今のような状態になってから、母は朝早く起きていることが多いので、こうしてぐっすり眠っていられると、却って心配になってしまうのである。

「さ、早くお出になるんでしょ」

と、江梨子が言った。

「うん。文化祭だからね!」

と、有貴は居間へ入って、ウーンと伸びをした。「お天気は?」

答える代りに、江梨子が居間のカーテンをサッと開けた。

光が一杯に射し込んでくる。――申し分ない上天気に違いない。

十一月三日。祭日で、みんなぐっすり眠っているかもしれないが、学生は早起きしている子が多いだろう。この日に文化祭という学校が沢山ある。

「何か召し上って行って下さいね」

「あ、悪いけど、食べないで出る。大丈夫よ。今日はほとんど誰も朝食なんかとってないわ。それに途中で時間を見付けて適当に食べる」

「じゃ、ちゃんと召し上って下さいね」

と、江梨子が念を押した。

「コーヒーだけちょうだい」

と、有貴は注文した。

顔を洗ってさっぱりすると、念入りに髪をとかした。そこへ、

「――有貴さん!」

と、江梨子が呼んだ。「TVに……」

「え？」

「TVを見て下さい！」

「どうしたの？」

江梨子のあわてた声で、有貴はびっくりして居間へ戻った。

TVに映っているのは――。

「あれ？　お父さんの会社？」

見たことのあるオフィスビルだった。

「ガードマンが殺されたんですって」

江梨子が目を丸くしている。

「人殺しがあったの？　怖い！」

自分だって殺されかけているのだが、TVのニュースの方が「怖い」と感じるというのも妙なものである。

ニュースを途中から見ただけでは、詳しいことは分らない。

「ニュース見といてね」

と、有貴は江梨子に言って、出かける仕度をした。

「じゃ、行って来ます！」

有貴がマンションを勢いよく飛び出したのは十五分後のことで、その間にちゃんとコーヒーは一杯飲んでいた……。

沢柳伸男は渋い顔で、母、ちか子と内山寿子の二人を交互に眺めた。

「困るじゃないか」

と、伸男が寿子の方へ言った。「僕にひと言も相談なく、あんなことされちゃ」

母親に向っては、とても言えないのだろう。

「申しわけありません」

寿子は素直に詫《わ》びた。「あんなことになるとは思わなかったものですから」

「それにしたって……。会議室で盗聴器を見付けたことだって、報告してくれなくっちゃ」

「はい……」

「いいのよ」

と、ちか子が言った。「私が指示して、寿子さんはその通りにしただけですからね」

「いえ、奥様。言い出したのは私です。あの時点で、よく考えていれば、こんな悲劇にはならなかったかも……」

「あんなこと、誰だって予想できやしませんよ」

と、ちか子は言った。「それに伸男、たとえあんたに話して、どうしようかって訊いても、あんたは『母さんに任せるよ』としか言わなかったさ。違う?」

伸男も、母親にそう言われると、何とも返事ができない。言われた通りに違いないのだから。

——沢柳家の居間である。

「幸いだったのは、今日、会社が休みだってことね」

と、ちか子が言った。

「私、行ってみます」

と、寿子は言った。「現場がどうなっているか、気になりますし」

「様子を知らせてちょうだい」

ちか子が、居間の戸口の方へ目をやって、「あら、弥生さん」

田所弥生が入って来た。

寿子は、弥生がここへ越して来たときは、会っていたが、今、弥生を見てびっくりしていた。

わずかの日々の間に、弥生はすっかりこの沢柳家の空気になじんでしまっていた。そして、すでに良二の「妻」としての落ちつきさえ感じさせたのだ。

「大変なことで……」

と、弥生が言った。「寿子さん、怖かったでしょうね」

「命拾いよ」

と、寿子は微笑んだ。

「弥生さん。あなた、寿子さんと一緒に行ってくれる？」

と、ちか子が言った。「一族の者が顔を出すと、経済誌辺りがうるさいのよ」

「かしこまりました」

と、弥生は言った。「良二さんが、記者会見でもした方がいいんじゃないかとおっしゃってました」

「冗談じゃないよ、何て言うんだ」

と、伸男が顔をしかめる。

「こっちから話してしまった方が、妙な噂が飛ばなくていいわ」

ちか子は、内山寿子へ、「記者会見をこの連休の間にセットしましょう」

「かしこまりました。でも、記者が集まりますか?」

「それが狙いよ。却って、うるさく訊かれないですむし、こっちの説明をそのまま活字にしてくれるわ」

ちか子はさすがに読んでいる。「でも——問題は、どう説明するか、という点ね」

「みなさんでお話をなさって、あの状況を説明できる筋を作っておかないと」

「盗聴マイクの様子は?」

と、ちか子が訊く。

「まだそのままです」

と、寿子が言った。「たぶん、故障していないことを確かめて、そのままにして行ったんだと思いますけど」

「盗聴のことは、警察には話してないのね？」

「はい。でも、黙っているわけにはいかないと思います。隣の会議室で何をしていたのか、説明ができませんから」

「そうね。それに、どうせ犯人の方も、こっちが気付いてると知ったわけだし。隠しておいても仕方ないでしょう。こっちが被害者なんだから、隠すと、却って邪推されるわ」

「週刊誌辺りが面白がって書きそうですね」

と、弥生が言った。

「だからこそ、先手を打って、こっちからしゃべってやるのよ」

と、ちか子は言って、「あんたの仕事よ」

と、伸男を見る。

「僕の？」

「当り前でしょ！　社長なのよ」

と、母に言われて、

「分ったよ」

と、伸男は情ない顔で肯いたのだった。


「――いらっしゃいませ」

と、有貴は、部屋へ入って来てくれた中年の夫婦に頭を下げた。「どうぞ、カセットをおためし下さい」

何といっても、文化祭というのは、発表の場として、演劇だの音楽だののクラブの方が派手で人が集まる。

研究発表とかいっても、一般の人たちが見物して面白いものにするのは、容易ではない。朗読、という有貴の所属する同好会も、地味という点、否定はできない。

苦労して吹き込んだカセットを並べても、手に取って聞いてくれる人はほとんどいない。

——まあ、想像できたことだから、ショックというわけではないが。

「——聞かせてもらうよ」

と、入って来た紳士が言った。

「はい、どうぞ!」

と、思わず声が弾《はず》んだ。「あの——よろしければ、ウォークマンごとお持ちになって、学内を持ち歩いていただいて構いません。お帰りのとき、受付へ返して下されば」

「それはいいね」

初老の紳士は、その本とカセットが並んでいるのを眺めて、「君が吹き込んだのはどれだい?」

「私……ですか?」

有貴は、ちょっと面食らった。「あの——そこの『雪女』です」

「ああ、なるほど。じゃ、聞かせてもらおう」

「ありがとうございます」

と言いながら、この人、誰だろう、と有貴は考えていた。

会ったことはないと思うが……。

すると、赤いスーツ姿の女性が入って来て、

「ここなんですね」

と言った。

「ああ」

と、紳士が振り返って、「ほら、沢柳有貴さんだよ」

有貴はびっくりした。

「あの……」

と言いかけると、

「まあ」

と、赤いスーツの女性が足を止め、「そうだわ……。すっかり大人っぽくなられて」

「え？」

有貴は、その女性を見た。そして——どこかで、この人と会ったことがある、と思った。

「お会いできて良かったわ」

と、女は言った。

「さあ、行こう」

と、紳士が促すと、

「はい。——じゃ、有貴さん、お母様によろしく」

と、女が会釈していく。

誰だろう？　——有貴は、ポカンとして立っていた。

母のことを知っている。父母会ででも、会ったことがあるのだろうか。

しかし、有貴のことを知っていて、しかも有貴の方も知っている……。

首をかしげて、有貴は今の紳士が持って行ったウォークマンの空間をじっと見つめていた。

テキストとして使った「雪女」の本が置かれている。

自分の声を誰かが聞いていてくれる、というのは妙な気分だった。いささか気恥ずかしいようでもある。

声……。

あの女の声……。どこかで聞いたことがある。

お母様によろしく……。

「——まさか」

有貴は分った。

今の女……。あれは、刑務所から出て来た奈良敏子だ！

「そんなわけない！」

と、思わず口に出している。

だって、奈良敏子がどうしてあんな立派な身なりで、ここへやって来るだろう？

有貴は廊下へ飛び出すと、隣の部屋、その隣、と覗いて行ったが、もうどこにも二人の姿は見えなかった。

訪問客

「悪いね」

車をS女子大の正門前で停めると、沢柳伸男は言った。

「いいのよ」

塚田朋美は、興味深げにS女子大の中を覗き込むように見て、「――あなたこそ、会社で大変なことがあったのに、無理してくれて……」

「君のためなら、ちっとも構わないさ」

と、伸男は言った。「――駅まででも送ろうか？」

「本当にいいの。私、タクシーを拾うから、ここで」

朋美と出かける約束で、楽しみにしていたところへ、会社のビルでガードマンが殺されたという、とんでもない事件だ。

それでも、朋美と何とか会いたくて、伸男はいいことを思い出した。母のちか子へ、

「有貴の奴、文化祭で朗読のテープを入れたって言ってたから、ちょっと行ってやりたいんだ」

我ながら立派な（？）口実だった。

ちか子は、信じたのかどうかはともかく、

「行っといで。父親らしいことも少しはしなきゃね」

というわけで、朋美と会うには会ったが、さすがにのんびりしているわけにもいかず、事情を話すと、

「じゃ、ちゃんと見て行ってあげなきゃだめよ！」

と、意見されてしまった。

そこでこうして有貴の学校までやって来たというわけだが――。

「じゃあ、また電話するわね」

と、朋美は車の外で手を振った。

「ああ。待ってるよ」

と、伸男は答えて、「君――真直ぐ帰るのか？」

訊いてどうするのか、我ながら妙だ。

「私の大学も、一応今日から文化祭なのよ」

と、朋美は澄まして、「気が向いたら行ってみるわ」

「そうか。じゃあ」

伸男の車が正門を入って行き、案内の学生と言葉を交わすと、大方《おおかた》駐車場がどこか聞いたのだろう、車はカーブを切って見えなくなった。

塚田朋美は、タクシーが通るのを待つ様子で道路に立ったが、若い子たちが連れ立って大

学の正門を入って行くのを眺めている内、クルッと向きを変えて、自分もS女子大の中へと入って行った。

案内図の前で足を止め、付属高校の位置を確かめると、のんびりと並木道になった大学前の広い道を歩き出した。


「沢柳さん。お昼まででしょ？　いいわよ、食べて来て」

「はい」

先輩に言われて立ち上った有貴は、もうお腹ペコペコという状態だった。

すぐそばに、カレーとサンドイッチを出す簡単な「食堂」が開いている。そこで素早くすまそうと廊下を急ぐと、

「有貴！」

びっくりして振り向く。

「お父さん――」

何しに来たの、と言いかけて口をつぐんだ。そう言っては皮肉に聞こえるだろう。

「覗いてみようと思ってな」

と、伸男は微笑んで、「どこかに行くのか？」

「お昼、これから食べるんだ」

「そうか。じゃあ……」

と、ためらっている父を見て、つい有貴は、

「一緒に食べる？」

と、訊いていた。

「ああ。いいのか？」

伸男が嬉しそうに言う。

有貴は、その臨時の食堂になった教室で、父と向い合ってカレーを食べるはめになった
……。

「――奈良敏子？」

伸男がカレーを食べる手を止めて言った。

「うん」

「確かに、奈良敏子だったのか」

「うん」

有貴は、せっせとカレーを食べていた。――あまり長く部屋を空けてはいられないのである。

伸男は、またカレーを食べながら、

「しかし……一緒にいた男って、誰だ？」

「私、知ってるわけないじゃない。でも、ともかく貫禄《かんろく》のある人だったよ。奈良敏子も立派な格好してた」

「そうか……。何も話さなかったのか」

「『お母さんによろしく』って言っただけ」

伸男にとっても、全くわけの分らない話である。

「お祖母ちゃんにでも話したら？　何でも調べ出すのが得意じゃない」

「ああ……」

伸男が少し苦笑いしている。──有貴は、父が例の女子大生の「彼女」のことを考えているのだと察した。

祖母がちゃんと承知していることを、父も分っているのだろう。

「──有貴。あんまり母さんの所に行けなくて、悪いな」

と、伸男は言った。「仕事も忙しいし、俺も疲れて、早く休みたいときがあるんだ」

こんな所で、そんな話をしないでよ、と言いたかったが、何とか抑えた。

「私、もう戻らないと」

「うん。俺も会社がどうなってるか気になるから、行くよ」

「ガードマンが殺されたんだって？」

「そうなんだ。誰がそんなことをしたのか、見当もつかない。──じゃ、行くか」

「ああ、お皿は置いといて。係の子が片付けるよ」

二人は立って、廊下へ出た。

「出口、分るね。車は？」

「この裏の駐車場だ」

「じゃあ、ここを行って、階段下りるのが一番早いよ」

「ありがとう。——遅くなるのか?」

「たぶんね。でも、みんなでワイワイやってるのが楽しいから」

と、有貴は言った。

「有貴。お前……。しっかり育ってくれたな。俺も安心してる」

伸男はそう言って、少し照れくさそうに、「それじゃ……。また——近々行くからな」

「うん」

有貴は、父が足早に帰って行くのを見送った。

近々行く、と言ったって、いつのことやら。それに、来てほしいとも、有貴は思っていなかった。

でも、三年前とは有貴も違っていた。

父は悪い人ではない。ただ、大人になり切れていないところがあるのだ。

そんな父が社長をやっているのだから。——考えてみれば、物騒な(?)話だ。

有貴は、ともかく奈良敏子のことを父に話せただけでも良かったと考え直し、朗読同好会の部屋へと戻って行った。


「これはどうも」

会議室にいたのは、意外な顔だった。

「前田さん……でしたね」

と、内山寿子はその刑事を見て言った。

「そうです。どうもその節は」

前田刑事は、会議室の中を見回し、「いや、事件のことを聞いてびっくりしましてね。あなたが危《あぶな》かったそうで？」

「ええ……。まさか、あんなことになるとは思いもしませんで——。あ、こちら田所弥生さんです」

寿子は、前田刑事に弥生を紹介してから、

「——あの事件のこと、何か分りまして？」

と、訊いた。

「娘さんを狙った犯人のことですか？　ナイフの指紋が今ひとつ不明瞭でしてね。今、照会しているところですが」

「その前の奈良さんのことは？」

「あれはさっぱりです。大方、通り魔的な犯行と見ているのですが」

前田も、あまり話すことがないようで汗でもかきそうにしている。

「——しかし、あなたも危い目に遭われましたね」

と、前田は言った。「お話をうかがってもよろしいですか？」

「ええ、実は……」

寿子が、隣の会議室に仕掛けられた盗聴器のことを説明すると、前田は肯いて、

「なるほど。それで分りました。どうも、あなたがここにおられた事情が今一つつかめなかったんですが。しかし、それは面白い話ですな。無責任な言い方ですが」

「本当に」

と寿子が言って、三人は笑ってしまった。

「――おっと。人一人、亡くなったというのに不謹慎でした。じゃ、その盗聴器を見せて下さいますか」

「どうぞ」

「万一、向うがまだ聞いているといけない。口をつぐんでいることにしましょう」

と、前田が言うと、それまで黙っていた田所弥生が口を開いて、

「でも、何もしゃべらなかったり、足音を忍ばせていたら、却って妙ではありません？　ごく自然にしていないと、気が付いていると教えてやるようなもので」

「なるほど。確かにそうだ。では、内山さん、ゆうべの出来事をかいつまんで聞かせて下さい」

「分りました」

寿子が、廊下へ出ながら話を始める。

隣のドアは開いていた。前田が靴を脱ぐと、靴下のまま中へ入って行って、床にかがみ込

んだ。

弥生もそれにならう。

まだ盗聴器は取り付けられたままだった。

前田はじっくりとそれを近くで眺め、立ち上った。

廊下を少し先まで行くと、

「電波がまだ出ているかどうか、調べてみましょう」

と言った。「しかし、何か盗聴されそうな秘密でも?」

「さあ、それは……。社長に訊いて下さい」

と、寿子は言った。「記者会見を開きます。その席で、きちんと筋の通った説明がなされるはずです」

「筋の通った、か……。いや、世の中、筋の通ってることの方が少ないものなんですよ」

と、前田刑事は言って、「さて、私はこれで失礼します」

「ご苦労様です」

寿子たちは、エレベーターの所まで前田を送って行って、深々と頭を下げた。

「――あの方が刑事さんなんですか」

と、弥生は言った。

「そう。いわゆる刑事さんって感じと少し違うわね」

弥生は、何だか今の刑事のことが気になっていた。

「――いらっしゃいませ」

と、先輩が声をかけたとき、有貴ははがれそうになった研究成果の発表の紙を、貼り直しているところだった。

「どうぞ。よろしかったらご試聴下さい」

「ありがとう」

若い声。振り向くと、女子大生らしい。

並べてあるカセットと本に見入っている。

「沢柳さん、ちょっとお願いね」

先輩のボーイフレンドが来ることになっているのだ。

「はい」

と、有貴は受付の席に戻った。

もちろん、客はそうなく、暇ではあった。

さっき、奈良敏子たちが借りて行った有貴のテープは、三十分ほどで戻って来た。あの二人は、ほとんど他の部屋を見ずに帰ったのだろう。

部屋の中には、その若い女性と有貴の二人だけ。

「――ごめんなさい」

と、声をかけられて、

「はい」

と、有貴は顔を上げた。

「沢柳……有貴さんね」

その瞬間、有貴には分った。

「あなたは――」

「塚田朋美といいます」

やっぱり、そうだったのか。

父が来て、そして「父の恋人」が来て……。

暇なくせに忙しい、妙な一日になったのである。

「お父さんには内緒ね」

と、塚田朋美は言った。

「言いたくもありませんけど、どうせそんなに会わないし」

と、有貴は言った。

何だか妙におっとりした感じの女性である。しかし、女子大生にしては落ちついていると
も言える。

「この大学の前で別れたんだけど、ちょっと顔を見たくなって」

「そうですか」

――話すことなどない。

自然、沈黙は重苦しくなる。

「私のこと――」

「やめて下さい。TVドラマじゃあるまいし」

と、ついはね返すように、「母がいるんです。あなたのこと、いないと思うしかないじゃ
ないですか」

朋美は、少し目を見開いて有貴を見ていた。

「――ええ、そうね」

「弟さんと会いました」

どうして言ってしまったのか。自分でもふしぎだ。朋美は心底びっくりした様子で、

「弟に？　あの――克士と会ったの？」

「ええ。金を出せ、って言われました」

「まあ……。ごめんなさい。ごめんなさい」

と、朋美は頭を下げた。

「いいんです」

有貴は、急いで言った。「もうそのことは――」

「いえ、良くないわ。克士に話します」

「もう、すんだことなんです。――いい人ですよ、弟さん」

朋美は、感謝の視線を向けて、

「ありがとう」

と言った。「あの子は……すねてるだけで、いい子なんだけど」

「私も、生意気だけどいい子です」

「まあ」

と、朋美は笑った。

有貴も、お付合いでかすかに笑って、やっと肩がほぐれた。

「あなたのお母さんのこと、聞いてます。私、ただお父さんの気持を少しでも軽くしてあげたいだけ。信じてね。決して、あなたやお母さんに迷惑はかけない」

そんなこと、あり得るの？　そう訊いてやりたかったが、やめた。

他の客が入って来て、有貴はそっちへ行って説明を始めた。

話しながらチラッと見ると、塚田朋美が出て行くところだった。

「――ごめんね、一人にして」

と、先輩が戻って来る。「これ、何？」

受付の机のメモを手に取る。

「あ。――私のです。すみません」

〈朋美〉とあって、電話番号が書いてある。

「恋人かと思った」

と、冷やかされて、

「先輩じゃありませんから」

有貴はつい言い返してしまうのだ。

ともかく――メモをたたんで、有貴はしまい込んだ。

塚田朋美のことを考えて、ごく自然に克士のことを思い出している。

「おい、どうだ？」

と、顔を出したのは、担任の朝倉。

「あ、先生！　ちゃんと見てってね」

有貴は素早く朝倉の腕をつかんでいた。


「待って」

内山寿子が小声で言って、田所弥生を手で止めた。

「何か――」

「しっ」

寿子は、弥生を押し戻して、自分もビルの中へ戻った。

「――どうしたんですか？」

「裏に、まずいのがいるわ」

と、寿子は言った。

「まずいの？」

「TV局のレポーターね、よくいる。正面から行くと面倒だわ」

「どうします？」

「何とか……。あなたは顔知られてないわ。一人で出て行ける？　きっと、ここの人ですか、って話しかけて来るわ。届けものがあって来ただけですって言って、逃げて」

「寿子さんは？」

「私、いなくなるのを待って出るわ。私の顔も知ってるから、あの女《ひと》」

「厄介ですね」

「ガードマンが殺された事件の取材で来てるのに、前社長の愛人がここにいるってことで、妙にこじつけられちゃかなわないものね」

「分りました。じゃ、知らん顔して出て行きます。後で様子を知らせましょうか？」

「そうね。でも用心してね。カメラマンもいるし、目に付かないようにね」

「はい」

弥生が肯いて、夜間・休日用の通用口から出て行こうとしたときだった。

「――いい加減にしろ！」

と怒鳴る声が聞こえて来て、二人は顔を見合せた。

「――あれ、伸男さんでは？」

「そうだわ！」

寿子がドアを開けて飛び出した。

「感想だけでいいんです」

女性レポーターが、マイクを伸男へ突きつけて、カメラも向いている。

寿子は急いで、

「待って！」

と声をかけたが、

「うるさい！」

と、伸男が怒鳴ると、レポーターを突き飛ばした。

ハッと寿子が息をのむほどの勢いで、その女性が倒れた。マイクが転がる。

「やめて下さい！」

寿子が伸男の前に立った。「社長、早く中に」

「俺が悪いんじゃない！　こいつがしつこいからだ！」

伸男はすっかり頭に血が上ってしまっている。とてもいさめるどころではない、と寿子には分った。

ともかくレポーターの女性へ駆け寄って、

「大丈夫ですか？」

と、膝をついて訊く。

「そんな奴、放っとけ！」

と、伸男が怒鳴る。

黙って！　お願いですから、黙って！

カメラはちゃんと伸男を映しているのだ。

「――苦しい？」

寿子は、レポーターの女性を抱き起して、びっくりした。青ざめた顔に冷汗《ひやあせ》が浮かんでいる。

「──寿子さん」

弥生が駆けて来た。

「弥生さん！　社長を早く中へ」

「はい！」

弥生が腕を取ると、さすがに伸男も渋々ついて行く。

だが寿子は、ただごとでないレポーターの様子に息をのむことになった。

出血している！　まさか──。

「弥生さん！」

と、寿子は叫んだ。「救急車を！　急いで！」

弥生があわててビルの中へ駆け込んで行くのが見えた。しかし──もし──。

寿子は、自分が苦しげなレポーターを抱き起している姿までカメラにおさめられていることを、ちゃんと分っていた。

せめて、やれるだけのことはやった、と後で言われるようでなければ。

早く。──早く救急車を。

時間が、無限に長く感じられた。

「申しわけありません」

と、寿子は言った。「もう少し早く気付いていれば……」

ちか子は、じっと苦しい表情で腕組みしたままの伸男を見て、ため息をついた。

何か言っても、反発するだけだと分っているのである。

「それで？」

「流産したそうです……」

ちか子は、額《ひたい》に深くしわを寄せて、

「できるだけのお詫びはします」

と言った。「あなた、何か考えて」

「はい」

寿子は肯いた。「——例の記者会見はどうしましょう」

「事件としては殺人事件の方が大きいけれど、今度のことは、ＴＶで取り上げられやすいでしょう。——両方兼ねてというわけにはいかないわ。まずお詫びの会見を」

「分りました」

寿子はそう言って、「あの——一旦帰宅していいでしょうか。美幸を迎えに行かなくてはなりませんので」

「ええ、もちろん」

と、ちか子は言った。

「明日、朝一番でセッティングします」

寿子は伸男の方へ一礼して居間を出て行った。

入れ替りに良二が弥生と一緒に入って来た。

「母さん……」

「弥生さんから聞いた？」

「うん」

良二は、伸男の方へ、「兄さん。謝りに行くべきだよ」

「お前の指図なんか受けない！」

と、伸男は言い返した。「あの女！　カンに触ることばっかり言いやがって！」

「伸男」

と、ちか子が静かに言った。「子供じゃないのよ。そんな言い分が通用しないのは分るでしょう」

伸男は立ち上ると、居間から大股に出て行ってしまった。

「――困ったね」

良二がソファにかけて、「何を言われたか知らないけど、ともかく兄貴が悪いよ」

「当然ね。ところが当人はああだから」

ちか子は首を振って、「どうしたもんかね」

「僕が話してみるよ」

「むだだろうけどね。でもやってみておくれ」

と、ちか子は言った。

しかし、兄を追って居間を出た良二は、すぐに戻って来て、

「車で出かけたって」

「今から？　――あの女の所ね」

「女って……女子大生か」

「そう。またTVカメラに狙われてなきゃいいけど」

ちか子の心配は、具体的なものだった。


「――何ごと？」

朋美が、店に入って来ると、息を弾ませて伸男の前に座った。

「ごめんよ。どうしても顔が見たくて」

伸男は水割りを飲んでいた。

「私、コーラ」

と、朋美はオーダーして、「車じゃないの？」

「車だよ」

「だめよ、もう飲んじゃ」

「ああ。分った」

朋美は、髪を直して、

「急いで出て来ちゃったから、こんな様子よ」

「俺は……またまずいことをしでかしたよ」

「何のこと？」

伸男の話を聞いて、朋美もしばし言葉がなかった。

「――じゃ、流産しちゃったの？」

「ああ」

「気の毒に……」

「俺のことは気の毒じゃないのか！　畜生！」

「急に大声を出さないで」

朋美が急いで言った。

「もう沢山だ。――もともと社長なんて柄じゃないんだ」

「また、そんな風に投げやりに。起ったことは仕方ないわ。後の対応よ」

「詫びるのか？　ＴＶカメラの列の前で」

伸男はグラスを空けて、「もう一杯くれ」

「もうやめて。車なのよ」

「俺に指図しないでくれ。頼む」

――伸男は握りしめた拳を、自分の額へ強く押し付けたのだった。

恐怖の朝

明け方に目が覚めてしまうのを、「貧乏性」と言うのなら、これこそ正にそうね、と弥生は思った。

遮光カーテンが朝の光を遮って、寝室は真夜中と同じように暗い。それでも、ベッドに起き上って時計を見ると、午前六時。

この目覚し時計も、あのアパートから持って来た物だ。

「いくらでも、ゆっくり寝てていいんだから」

と、良二は言ってくれるが、そういうわけにはいかない。

それに、良二についてニューヨークに行けば、ほとんど眠る間もないくらい忙しくなるだろう。今の内から、忙しさに慣れておく方がいい。

それにしても……。

弥生は、じっと天井の闇を見上げながら思った。——こんなに幸せになっていいのかしら?

弥生は、「自分には幸せが似合わない」と思って来た。妙なことだが、貧しくて、幸せとはとても言えない状況にいると安心していられた。

だから、こうして大きな――両手両足を、お行儀悪く思い切り大の字に広げてもはみ出すことのない大きなベッドに寝て、この広い屋敷の中で、まだ正式に妻ではないにしても、「若奥様」扱いされていると、ときどき、とんでもなく不安になる。

私はこんな所にいていい女じゃない。そう思えるのである。

しかし――現実に良二は自分を愛してくれているし、ちか子も弥生に優しい。夢ではない。現実なのだ。

いつも隣のベッドに良二が寝ていてくれるということも……。

そのとき、弥生は初めて気付いた。良二のベッドは空になっていたのだ。

こんな朝早くに？　――どうしたんだろう。

弥生はベッドから出ると、パジャマの上にガウンをはおって、寝室を出た。

一度、ネグリジェを着ようとして、寒くて風邪《かぜ》をひきかけたので、アパートのころのパジャマを今でも着ている。

一階へ下りて行くと、居間から明りが洩れている。

「――良二さん？」

と、覗くと、ソファで良二がパジャマ姿のまま居眠りしていた。

「風邪ひくわ！」

と、急いで近寄って揺さぶると、目を開けて、

「――や、おはよう」

と、寝ぼけ顔。

「こんな所で、何してるの？」

「ああ……。俺、寝ちまったのか！」

良二は伸びをして、「いや――兄貴を待ってたんだ」

「伸男さんを？」

「帰って来たか？」

「さあ……。でも、ご用なら朝でもいいでしょう」

「そうじゃない。兄貴に言ってやりたかったんだ。流産したレポーターに謝れ、と。男として、手をついてでも詫びるべきだって」

「良二さん……」

「女にとって、それがどんなに辛いことか、兄貴は分ってないんだ」

良二は、怒りの色を隠さなかった。

「分るわ、でも……」

「君にはよく分るだろう」

「ええ」

弥生は、良二の手を握りしめた。「――あなたが立ち直らせてくれなかったら、今ごろどうなってたか……」

「兄貴には、人の痛みが分らないんだ」

と、良二は弥生の肩を抱いて言った。

「手が冷たいわ……。ね、ベッドに入りましょ」

「ああ」

良二は立ち上ると、「――君のベッドに入ろうか」

「まあ」

弥生は笑って、「朝の六時よ」

「いいさ。まだどうせ、みんな起きやしない」

二人は居間を出て、二階へ上って行った。

「兄貴に社長の資格があると思うか」

「何、突然？」

弥生は面食らった。

「人を使うってことは、大勢の社員に責任を持たなきゃならないんだ。経営者っていうのはそういうもんだ。兄貴はそれが分ってない」

良二の口から、そんな言葉を聞くのは初めてだった。

良二は変って来た。――弥生は、逞《たくま》しく、力強くなった良二の言葉が嬉しかった。

寝室のドアを開けると、

「本当に？」

と、弥生が訊く。

「ああ」

「それじゃ、ドアに〈ドント・ディスターブ〉の札でもかけとかなきゃ」

弥生は、おどけて言うと、ベッドのわきに立って、パジャマを脱いで行った。


何だ……。

畜生！　どうしてこんなに頭が痛いんだ？

伸男は、起き上ろうとして頭痛のひどさに思わず呻《うめ》いた。

こんなことは初めてだ。——いや、二日酔《ふつかよい》は珍しくないにしても、こうもひどいことは……。

それでも、じっとして目をつぶっていると、いくらか頭痛が楽になってくる。こわごわ起き上ってみる。

何とか……大丈夫そうだ。

どこなんだ？　俺はゆうべ何してたんだ？

ゆうべ、というのは、窓の分厚いカーテンの両端から朝の光が洩れ入っている様子だったからで、はっきり何時と分っていたわけではない。

どうやら……ホテルだ。

少し目が慣れて、都心でよく用事のあるときに泊るCホテルだと見当がついた。いつチェックインしたものやら、まるで思い出せないが。

しい。

　ともかく、何とか頭をスッキリさせないと……。

　ベッドから這い出す。——ワイシャツとズボンという格好、服も脱がずに寝てしまったら
「ああ……畜生！」

　そうだった。

　あの生意気なＴＶの女レポーターが勝手に転んで流産したからって、どうして俺が謝らなきゃいけないんだ？　俺は突き飛ばしたりしちゃいない。ただ軽く押しただけだ……。

　それをあいつが勝手に倒れやがったんだ。

　誰が何と言おうと、事実はそうだったんだ！

「はいはい。分ったから、もう飲まないで」

　——あれは誰だったのかな？

　朋美！　そうだ、塚田朋美だった。

　朋美……。きっと、君がこのホテルを取って、俺をベッドへ入れてくれたんだな。

　そう思うと、漠然とした記憶が残っているような気もするが、それが本当か空想か、自分でも判断がつかない。

　やっとの思いでバスルームへ辿《たど》り着くと、伸男は洗面台の上にのしかかるようにして、思い切り水を出し、その下へ頭を突っ込んだ。

　悲鳴を上げたくなるほど冷たかったが、それで大分頭はスッキリした。

タオルで濡《ぬ》れた髪を拭《ふ》きながら、バスルームを出て、窓のカーテンを開ける。

まぶしさで目がくらむようだ。もう昼近いかもしれない。

目を光からそむけて、初めて広いダブルベッドの、クシャクシャに乱れた毛布から女の手が出ているのに気付いた。

——朋美！　そうか、朋美と泊ったのだ。

「仕方ないわね……。今夜だけよ」

と、朋美が言ってくれた。

今夜だけ。——今夜だけ。

ありがとう。君だけが、僕の気持を分ってくれている。君だけが。

いつも、「泊ってはいけない」と言っている朋美である。こんな時間まで寝ていて大丈夫なのだろうか。

「朋美。——おい、起きろよ」

伸男は大欠伸して、頭を強く振ってからベッドに腰をおろすと、毛布をめくった。

「朋美。もう昼になる——」

と言いかけて、伸男の言葉は途切れた。

——何だ、これ？

誰なんだ、この女？

見たことのない若い女が、裸で寝ている。

朋美ではない。朋美でないことは確かだが、しかし——。

その女は、朋美と違って「帰らなくても大丈夫」だったのかもしれないが、帰りたくても帰れなかったのである。

女の首には、タオル地の紐《ひも》が、巻きついていた。バスローブについている腰紐である。

それが若い女の首に深く食い込んでいた。白眼《しろめ》をむいた、紫色の女の顔。

それは、どう見ても二度と起きることのない、死体に違いなかった。


どれくらいの間、呆然と座っていたのだろう。

伸男は、ピピピという電子音で、飛び上るほどびっくりした。

電話？　——携帯電話だ。

その鳴り方で、かけて来ているのが朋美だと分った。

あわてて上着のポケットを探ったが、なかなかつかめなかった。

手が震えている。ショックを受けたと感じられないほど動揺しているのだ。

切らないでくれ！　——朋美、待っててくれ！

やっとの思いで、着信ボタンを押した。

「——もしもし？」

と、朋美の声が聞こえた。

これは現実だ。夢じゃないのだ。

ベッドの方へ向くと、女はやはり死んでいた。

「もしもし？　──伸男さん？」

「君か……」

「起きたのね！　今まで眠ってたんでしょ？」

「ああ……」

「凄い勢いで眠っちゃったものね。酔っ払って。頭、痛いでしょ」

伸男は何と言っていいか分らず、ただぼんやりとベッドを眺めていた。

「──もしもし？　大丈夫？」

「朋美……。ゆうべ、僕は一人だったか？」

「え？　私は一緒にそのホテルの部屋まで行ったわよ」

「うん、それで……君は帰ったんだな」

「だって──『今夜だけ』って言って、泊ろうと思ったけど、あなたグーグー眠ってるんだもの。あれじゃ、泊っても泊らなくても同じでしょ」

と、朋美は笑った。「私が帰ったから怒ってるの？」

「いや、そんなことじゃない」

「どうしたの？」

「君が帰るとき──僕は一人だったんだな」

「もちろんよ。──何があったの？　声が普通じゃないわ」

「普通じゃないことがあってね……」

伸男は、自分の声を、TVのドラマでも見ているような気分で聞いていた。

「話してみて。落ちついてね」

「女がいる。ベッドに」

少し間があって、

「――そう。どんな女？」

「若い……。たぶん二十才くらいのもんだろう」

「つまり……その子と寝たのね」

「憶えてない」

「仕方ないじゃない。すんじゃったことでしょ。お金、持ってるんでしょ？　おこづかいあげて帰せば？」

「朋美……。女は死んでるんだ」

「死んで……。死んでる？」

「ああ」

「――病気？」

「いや……、どうしよう？　女が首を――首を絞められて死んでる。僕の寝てたベッドの中で！」

「落ちついて！　落ちついて！」

朋美の声も、さすがに上ずっていた。「確かなのね？　その子、死んでるのね」

「ああ……。確かだと思う」

伸男は、途方にくれていた。「どうしよう？」

「待ってて！　すぐ行くわ。電話が鳴っても出ちゃだめよ。分った？」

「ああ。しかし、君に迷惑が――」

「そこにじっとしてて！　いいわね」

「うん」

父親のような年齢の自分が、頼り切ってしまう。情ないようではあったが、伸男は救われた思いで、電話を切った。

ホテルの廊下を、笑い声が通り過ぎて行った。

母の帰宅

「じゃ、出てくるから。江梨子さん、よろしくね」

と、有貴は言って、薄手のコートをはおった。「できるだけ早く帰るから」

「はいはい」

江梨子がタオルで手を拭きながら玄関へとやって来た。「お母様は居間ですか?」

「たぶんね」

夕食の後、有貴は、奈良敏子のことで、祖母のちか子に会いたいと思ったのである。父にも話しはしたが、頼りにならない。

高校生の娘に「頼りない」と思われては哀れなようだが、事実だから仕方ないよね、と有貴は思った。

「——お母さん」

と、有貴は居間を覗いて、「おばあちゃんの所に行ってくるけど——」

「あら」

と、江梨子も覗いて目を丸くする。

「お母さん、どうしたの?」

有貴は、智春が外出用のコートをきちっと着てソファに端然と座っているのを見てびっくりした。

「お出かけでしょ」

「うん。――お母さんもお出かけ？」

「一緒に行きます」

と、至って愛想よく、「一度、ちゃんとご挨拶しようと思っておりましたから」

「――あ、そう」

有貴は、ちょっと迷った。でも母の方から「家《うち》へ行く」と言い出したのは初めてだ。

「じゃ、参りましょ」

と、智春が立ち上ったので、有貴はあわてて、

「あ、ちょっと待って！　江梨子さん、タクシー、呼んで！」

「もったいないわ」

と、智春がたしなめるように、「電車があるでしょう」

「そりゃそうだけど」

有貴は、母のどことなくおっとりした落ちつきを見て、これなら大丈夫、と思った。

「分ったわ。じゃ、電車でね。その方が早いし」

「でも、危いことでもあると――」

江梨子が言いかけてやめた。有貴が狙われたことは、智春に内緒にしてある。

「大丈夫よ。まだ時間も早いし。帰りは送ってもらうから」

有貴は、母が玄関へ下りて靴をはくのを手伝うと、「じゃ、行こうか！」

と、元気よく言った。

——文化祭の二日目は、穏やかに終った。

初日は、なぜか奈良敏子が現われ、父がやって来て、塚田朋美まで顔を見せるというにぎやかさ（？）だったが、二日目は、友だちが何人かやって来たくらいで、何事もなかった。

「片付けは明日ゆっくり」ということになったので、今日は思ったより早く帰れたのである。

「——寒くない？」

と、外を歩きながら有貴は母に訊いた。

「少しも」

と、智春は首を振って、「あなたは大丈夫ですか？」

「うん。——久しぶりだね、こうやって二人で歩くのって」

「そうですか」

智春は、他のことに気をとられているような調子で答えた。

——有貴は、ふっと涙がこぼれそうになって、母に気付かれまいとあわててわきを向き、急いで指先で涙を拭いとった。

母と二人で外を歩ける。——これだけだって、一度死にかけたことから考えたら信じられないような、すばらしいことなのである。

ぜいたくを言っちゃいけない。昔のままに母と娘として歩ける日は、もう来ないかもしれないが……。

そうは思っても、よく知っているはずの道を、珍しげにキョロキョロと眺めて歩いている母の姿を見ると、有貴は胸が詰って、何も言えなくなってしまう……。

人通りがあるので、心配なことはなかった。

塚田克士が、刺されそうになった有貴を助けてくれた辺りに来ると、それでもつい左右を用心深く見回してしまう。

克士が、文化祭に来てくれないかとひそかに期待していたのだが……。忙しい身だ、無理は言えない。

そう。塚田朋美が克士に会って話をしたとしたら、もう克士は会いに来ないかもしれない。いや——マンションだって知っているのだ。その気になれば、いつでも来られる。

有貴は、克士に会っても、格別何の用事があるというわけではない。けれども、なぜかしばしば克士のことを思い出してしまうのだった……。

「——今晩は」

智春がすれ違った人に向って会釈をした。

「お母さん、知ってるの、今の人？」

「いいえ。でも、挨拶は大切ですよ」

と、智春はおっとりと微笑んで言った。

「──有貴ちゃん、何かあったの？」

玄関のドアが開くなり、目の前にちか子がいて、そう訊かれたのにはびっくりした。

「そうじゃないけど……。ちょっと話しといた方がいいと思って……」

「良かった！　でも、ちゃんと知らせてくれたら迎えに行ってあげるのに。──入って」

「あの……一緒に来たの」

と、有貴が、後ろにいた母を前へ出すと、ちか子は立ちすくんで、

「まあ、智春さん……。お元気？」

と言った。

「おかげさまで」

ていねいに頭を下げる智春に、ちか子は引きつったような笑みを浮かべた……。

──居間へ落ちついた有貴は、

「お父さん、帰ってないの？」

と訊き返した。「でも、今日もお休みでしょ？」

「色々あってね」

と、ちか子は口ごもった。「──伸男に用で？」

「そういうわけでも……」

母の前で奈良敏子のことを話していいものかどうか。

ためらっていると、居間の入口に良二が現われた。

「智春さん！　よく来たね！」

と、呼びかけると、智春はていねいに立ち上って頭を下げ、

「初めまして」

と言った。

「良二。智春さんを案内してあげて。この家の中を。退院してから、ゆっくりしたことがないだろ」

ちか子の方を良二はチラッと皮肉っぽい目で見て、

「いいとも。——さ、智春さん、行きましょう」

と、腕を取る。「——有貴ちゃん、心配しないでいいよ」

「よろしく」

と有貴は微笑んだ。

智春と良二が出て行くと、有貴は奈良敏子が文化祭に現われた話をした。

ちか子は眉を寄せて聞いていたが、

「初耳ね。伸男も行った？」

「うん。でも、奈良敏子には会ってないよ。私、話はしといたけど」

「伸男はそれどころじゃなくてね」

と、ちか子はため息をついた。

「何かあったの？」

「それは後で話してあげる。じゃ、奈良敏子と、男が一緒に？」

「うん。身なりの立派な、どこかの社長か重役って感じだった」

と、有貴は言って、「お父さんも社長なんだ」

そのひと言に、ちか子は笑い出してしまった。

「――奈良敏子が出所した後、姿をくらましちまったのは確かよ」

と、気を取り直して、「でも、仮釈放中だからね、居所ははっきりさせておかなきゃならないの。調べさせてるから、じき分るでしょう」

「そう……。私、何だかいやな予感がして」

「予感？」

「何か悪いことが起りそうな気がする。――そんな予感」

「もう充分起ってるわよ」

「ガードマンが殺されたって……」

「それもあるけどね」

「他にもあるの？」

と、思わず呆れた声になる。

「お義母様《かあ》」

田所弥生が入って来て、「どうしましょうか。記者会見のことですが」

「伸男がいなきゃ、開いても仕方ないしね」

と、ちか子は肩をすくめた。

「ですが、あの女性レポーターの件がＴＶで流れると――」

「何のこと?」

と、有貴が言った。

「いいのよ。あんたは気にしないで」

ちか子は立ち上ると、弥生を促して廊下へ出て、ヒソヒソと話し始めた。

有貴が雑誌をパラパラめくっていると、電話が鳴った。

ちか子が戻ったときには、近かった有貴が受話器を上げていた。

「――はい、沢柳です。――え?　もしもし?」

「有貴さん?」

という声。

「ええ……。塚田朋美さん?　そうでしょ」

ちか子がびっくりしてやって来る。

「ええ。あなた、今、一人?」

「いえ。あの――父はいませんけど」

「ここにいるわ」

と、朋美が言った。「とても困ったことになってるの」

「困ったこと？」

ちか子が、

「替るわ」

と言った。

「お父さんと一緒だって」

と言って、有貴はちか子へ受話器を渡した。

「――もしもし。伸男の母です」

声は落ちついている。「伸男は今どこに？」

有貴は、何だか聞くのが怖くて、ちか子から離れた。

困ったこと。――塚田朋美の口調は、ただごとではないと思えた。

「有貴さん……」

様子を見ていた弥生が小声で、「どうしたんです？」

「さあ……」

ちか子は何も言わず、じっと相手の話に耳を傾けている。

有貴は、祖母の顔から血の気がひき、表情が厳しくなるのを、身震いする思いで見ていた。

何が起ったんだろう？

いやな予感が当ったのか。それとも……。

ずいぶん長い時間がたったようだったが、実際はほんの四、五分だった。

「——分りました」

と、ちか子は言った。「今からそこへ行きます。——それまで、伸男をよろしく」

ちか子は電話を切った。

有貴は、声をかける気になれなかった。

ちか子は深く呼吸すると、

「弥生さん。良二を呼んで」

「はい」

弥生が急いで出て行く。

「有貴ちゃん」

ちか子は有貴の肩に手を置いて、「今日は智春さんを連れて帰って」

「はい」

「車を呼ぶわ。タクシーの方が早いかしらね」

有貴は、ちか子がお手伝いの芳江にタクシーを呼ぶよう言いつけるのを聞いていた。

良二がやって来て、

「何だい？」

「智春さんは？」

「二階に。弥生が一緒だよ」

「すぐ仕度して。出かけるよ」

「どこへ？」

「後で言うから。急いで車を」

「分った」

良二がいぶかしげに有貴を見る。有貴は小さく肩をすくめて見せた。

ちか子も良二も、出て行ってしまった。居間に一人で残って、有貴は漠然とした不安の中で、母が戻って来るのを待っていたのだ……。

隠す

チャイムを鳴らすより早くドアが開いて、若い女が顔を覗かせた。

「ちか子さんですね」

「ええ」

「どうぞ」

ホテルのセミ・スイート。ダウンライトは消してあって、バスルームの明りが、開け放したドアから射していた。

「塚田朋美です」

と、その若い女は言った。「そちらは――」

「伸男の弟、良二です」

と、ちか子は言った。「伸男は？　どうして明りを消してあるの？」

「ベッドを見たくないとおっしゃるので、伸男さんが」

朋美は、壁のスイッチを押した。室内が明るくなって、部屋の隅に、ソファを引張って行って身を沈めていた伸男がまぶしそうに顔をしかめた。

「母さんか……。良二も来たのか」

ちか子は、憔悴《しょうすい》し切った息子の様子を見るに堪えなかったのか、すぐ目をそらして、

「朋美さん。あなたはゆうべ一緒だったの？」

「ここへ伸男さんを連れて来て、寝入るのを確かめて帰りました。家が、遅く帰るとうるさいのです」

「でも、悪いけど、もう少しいていただくわ」

ちか子は、ためらう気配もなくベッドの方へ目をやった。

毛布が、人の形に盛り上っている。

ちか子が良二の方へ肯いて見せると、良二がベッドに近付き、毛布をはがした。

ちか子はベッドのそばに寄って、首に紐の巻きついた若い女の死体を、固く無表情を装って見下ろした。

良二がため息をついた。

「どういうことなんだ？」

「私の知っている限りのことをお話しします」

と、朋美が落ちついた声で言った。

ちか子はチラッと伸男の方へ目をやったが、放心状態の伸男は、話を聞いてもいない様子。

「伺いましょう」

と、ちか子は言って、一人がけのソファに腰をおろした。

朋美の話を、ひと言も口を挟むことなく聞き終ると、ちか子は腕時計を見て、

「ホテルの方へは何か言ってありますか」

と訊いた。

「一泊延長する、と連絡しておきました。眠っているから掃除やベッドメークは必要ない、と。してほしいときにはこっちから連絡すると言いました。それから色々考えたんです。けれども……」

朋美は伸男の方を見て、「この死体を運び出すにしても、私一人の力では到底《とうてい》無理ですし、伸男さんには期待できそうにない。伸男さんを連れて出ても、このホテルでは伸男さんはすっかり知られた顔ですから、逃げてもむだでしょう」

朋美の話は筋が通っていた。

「それで、うちへ電話をかけて来たのね」

「それ以外、この事態を何とかできる方法を思い付かなかったんです。――私のことを快く思ってはおられないでしょうけど、今はそれどころじゃないと……」

「分りました」

ちか子は肯いた。「少なくとも、あなたの取ったやり方は間違っていなかったと思いますよ」

「そうおっしゃって下さって、嬉しいです」

と、朋美は言った。「でも、もちろん一番大切なことは――」

「そうだよ」

と、良二が言葉を挟んだ。「肝心なことが抜けてる。この女の子を、兄貴が殺したのかどうかってことだ」

ちか子は良二の方を見て、

「分ってるわ。でもね、死んだ者は生き返らない。それも事実よ」

良二は母親を見て、

「――どういう意味だい、母さん？」

ちか子は答えずに、立ち上った。ぼんやりと座っている伸男の方へ歩み寄ると、

「伸男。何か思い出さないの？　あの女の子のこと。――正直におっしゃい」

伸男は、ゆっくりと首を振って、

「憶えてない……。だけど……どうして俺があんな女の子を、殺さなきゃいけないんだ？」

「落ちついて。――よく考えるのよ。いい方法を」

「いい方法だって？」

良二が呆れたように、「人が殺されたんだ！　警察へ通報しないつもり？」

「良二。伸男を『これが犯人です』って、警察に突き出すのかい？」

「母さんは……隠すつもりなのか」

ちか子は、伸男の肩に手をかけて、

「伸男だけじゃないわ。〈エヌ・エス・インターナショナル〉のすべてがかかってるのよ」

と言った。「良二。お前も約束して。このことは決して口外しないって」

「母さん……」

「約束して。伸男を守るって」

伸男が力なく母親の手を握ると、

「いいんだ」

と言った。「俺はどうせ——社長の器じゃないんだ。俺が逮捕されても、良二がいる。ちゃんとやっていくさ」

「伸男さん……」

と、朋美が言った。「あなたがやったとは限らないのよ。そんなこと、決めつけないで！」

「ありがとう。しかし——他に考えられるかい？」

伸男は、やっと弱々しい笑みを浮かべて、「僕のベッドの中で寝ている女の子を、他の誰が絞め殺す？」

朋美は黙って伸男の手を握りしめた。

「——分ったよ」

と、良二が言った。「ともかく、死体を運び出さなきゃな」


「おやすみなさい」

母、智春が居間に顔を出す。

「あ、おやすみなさい」

有貴は、あわててソファに起き上った。

パジャマ姿でソファに引っくり返ったまま、ウトウトしていたのである。

「風邪をひきますよ」

と、智春が忠告した。

「はい」

智春が深々と一礼して、寝室へ行ってしまうと、有貴は息をついた。

風邪をひきますよ……。

あんなことを言ってくれるのは、やはり少しずつでも昔の母に戻りつつあるのだろうか。

希望を持つことは胸のときめくことだったが、裏切られたときを思うと怖くもある。

——欠伸をして、

「寝ようか……」

と、呟く。

明日は片付けなので、そう早く学校へ行かなくてもいい。

でも——有貴は気になっていた。

あの塚田朋美の電話は、一体何だったんだろう？

父の身に何か起ったというのか？

ちか子の様子から見て、ただごとでないことは分る。しかも、有貴に何も言わなくて、良二を伴って出かけて行った。

何か、とんでもないことがあったのだ。

有貴は、ふと電話して訊いてみようかと思った。——田所弥生なら、何か知っていることを教えてくれるかもしれない。

だが、有貴がかける前に、電話が鳴り出したのだ。

「——はい」

夜中である。用心しながら出ると、

「あ……。俺、克士だよ」

思いがけない声に、有貴は当惑して、

「何だ」

と言っていた。

本当は克士の声を聞いて嬉しかったのだが……。

「がっかりしてんのか。他の男からかかってくることになってたのか」

「だったら、妬《や》ける?」

「馬鹿言え」

と、克士は言い返して、「——その後、何もないか?」

と訊いた。

「うん」

寝るのは、もっと遅くなりそうな気配だった……。

車の音に、弥生は階段を下りて行った。

玄関から、ちか子と伸男が入って来る。

「お帰りなさい」

弥生は、スリッパを揃えた。

「いいのよ、あなたはそんなことしなくても。——伸男が少し具合悪いの。寝床へ入れてやって」

「はい。——まあ、本当に青い顔！　じゃ、お風呂へお入りになりますか？」

「いや、このままでいい……」

伸男は、小さく首を振って、「俺は大丈夫。一人でやれるよ」

「でも……」

弥生は、階段を上って行く伸男を見送っていたが、途中、伸男がよろけて手すりにつかまるのを見て、あわてて駆け上り、

「さ、私に摑《つか》まって。足下をよく見て」

「ごめん……。弥生さん、すまんね……。智春が元気なら、やってくれるんだろうけどね……」

「そんなことおっしゃって！」

「いや分ってる……。良二の奴、いい嫁さんがいて幸せだ」

「突然何ごとです？」

と、弥生は笑ったが、伸男の表情を見て、笑いはすぐに消えてしまった。

「良二は用で別行動よ」

と、下からちか子が言った。

「はい」

用事？　こんな時間に、何だろう。

弥生は、いやな予感がした。

――伸男にシャワーを浴びさせてから、寝かせると、弥生は居間へ下りて行った。

「――良二さん、どこへ行ったんですか」

と、居間のちか子に訊くと、

「さあ……。かなり時間がかかるわ。先に寝た方がいいわよ」

「そんなに、ですか」

「明け方になるでしょう」

明け方？　――一体どこまで行っているのだろう。

「何があったんですか、お義母様？」

弥生がそう訊いて、ちか子の表情にぐったりとした「疲れ」を見てとった。

重ねて訊くことはできなかった。

「では、おやすみなさい」

弥生は、そう言って居間を出たが、二、三歩行って、また戻り、そっと中を覗いた。

ちか子が両手に顔を埋《うず》めて泣いていた。

あの気丈なちか子が。――弥生は愕然として、そして気付かれない内に、そっと居間を離れたのである。


「姉さんが？」

と、電話の向うで克士が声を上げた。「何があったって？」

「分りゃ訊かないわ」

と、有貴は当然のことを言った。「ね、お姉さんに訊いてみて。心配なの」

「うん……。でも、そんなこと、話せないんだよな」

「何よ、姉弟《きょうだい》でしょ」

「いつも自分のことだけでケンカになっちまう」

「少しケンカは休んで、当ってみてよ」

「ＯＫ。それじゃ――一度、晩飯に付合ってくれるか？」

「あら、デートの誘い？　危くない？」

「お前みたいに元気のいいの、襲う奴、いないぜ」

「何よ、それ」

と、むくれる。

有貴は、自分がこんな口調で男の子としゃべっていられるのがふしぎだった。

「――なあ、いいだろ？」

「時間さえあればね。そっちは働いてるんでしょ？」

「適当さ。いつでも抜けられる」

「じゃ、明日。学校、文化祭の片付けすんでから、夕方なら会えるわ」

「分った。どこがいい？」

克士はホッとした様子で言った。

有貴も、克士に会うと思っただけで胸がときめく。

恋してる、私？　――有貴は、自分にそう訊いていた。

会　見

目を覚ました弥生は、隣のベッドがもう空になっているのを見て、急いで自分も起き出した。

ベッドには寝た跡がある。――良二はいつ帰って来たんだろう？

そんなに遅くまで寝てしまったのかと焦って時計を見たが、朝の九時。――弥生としてはよく眠った方である。

良二が何時に帰ったにせよ、もう起き出しているということは、そう何時間も眠っていないはずだ。

大急ぎで顔を洗い、身仕度を整えて寝室を出た。

階下へ下りていくと、ダイニングから話し声が聞こえる。

「――手順はそれでいいわ」

ちか子の声が、よく通って聞こえてくる。

弥生は、ゆうべ一人で泣いていたちか子が、いつもの張りのある声を出しているのを聞いて感心した。凄い人だ。

「おはようございます」

弥生がダイニングへ入って行くと、ピタリと話が止《や》んだ。

「あの……すみません、寝坊して」

どぎまぎして謝ると、

「いいんだ。起きて来なくても良かったんだよ」

と、良二が立って、「座れよ。今、色々話し合ってたところだ」

「私……お邪魔でしたら、外していますけど」

「いいえ、どうぞかけて」

と、ちか子が言った。「弥生さんにも承知しておいてもらわないと」

「仰天するだろうな」

と、良二が苦笑いして、「詳しいことは後で僕が話す」

弥生は、テーブルを見て、

「何か朝食の仕度、させましょう」

「いいのよ。今はコーヒーだけ。聞かれては困る話があるから」

ちか子は、内山寿子の方へ、「十一時から記者会見ということでいいのね」

と言った。

「はい。午後のＴＶでのワイドショーに間に合せた方が、局側が喜びます。できるだけ、好意的に扱ってもらう工夫をしておきたいのです」

内山寿子は進行のタイムテーブルを説明した。

弥生は、自分でコーヒーを注《つ》ぎ、それを飲みながら寿子の話を聞いていた。

そして、ふと妙なことに気付いた。肝心の伸男がいない。

「あの……伸男さんは?」

と、良二の方へ小声で訊くと、

「それも後で話すよ」

と、良二が答えた。

しかし、ちか子が代って答えてくれた。

「伸男は、しばらく療養することになったの」

「まあ。――どこかお悪いんですか」

「色々とね」

「じゃ、記者会見はどなたが――」

「良二がやるのよ」

弥生はびっくりして良二を見た。

「心配するな。何とかなるよ」

「ええ……」

「弥生さんも、当分大変でしょうけど、頑張ってね」

と、内山寿子が言った。

「はあ……」

ポカンとしていると、良二が咳払《せきばら》いして、

「あのね、兄貴がしばらく休むんで、とりあえず僕が社長代行になる」

「社長？」

「代行だ。ま、留守番みたいなもんさ」

「良二。代行といっても、社長のすることはすべてやるのよ。いいわね」

「分ってる」

「初仕事が、あんな事件というのはいやでしょうけど、それを乗り越えてくれないとね」

「分ったよ」

「——何の話？」

と、弥生はさっぱり分らない。

「要するに、今日の記者会見から、良二さんが『社長』ということですよ」

寿子の言葉は、弥生の、まだ少しボーッとしていた頭をガツンと一撃した。

社長！　良二さんが！

「弥生さん、異存ないわね」

と、ちか子が言った。

むろん、逆らえるものか。

「あの……伸男さんはどこかへ入院されるんですか？」

弥生の問いに、ちか子はすぐには返事をしなかった。

そして、コーヒーを一口飲んでから、

「そう……。どこか遠くへ行くことになるでしょうね」

と言った。


「有貴。――ね、有貴」

と、佐々木信子が声をかけた。

有貴は、ラーメンを食べていた手を止めて、

「うん？」

「ノン子、何？」

「TV、見て。――あれって……」

文化祭の後片付けに出ていた有貴は、たまたま仲良しの信子と会って、遅めの昼ご飯を食べることにしたのである。

入ったラーメン屋で、TVが点けっ放しになっていて、

「あ……。良二さんだ」

有貴は、TVの画面に、背広姿の良二が出ているのを見て、びっくりした。

「――兄も深く反省しています」

と、良二は言っていた。「ただ、体調を崩しておりまして、この場に出席できません。レポーターの方には、誠意を持ってお詫びに伺い、できる限りのことをしたいと思っていま

す」

「——何の話？」

有貴は、それまでTVを見ていなかったので、何があったのか分らない。

信子が、ニュースの内容を説明してくれた。

お父さんが、レポーターの女性を突き飛ばして流産させた？　——有貴の胸が痛んだ。

同時に、お父さんならやりかねない、とも思っていた。

しかし、「体調を崩して」いるというのは嘘だろう。こんな所へ出て来て謝罪するなんて、できる人じゃない。

良二に代りに謝らせているのだ。

「——『兄』って、有貴のパパのことだね」

と、信子が言った。

「うん……。いやだな、みっともない」

と、顔をしかめる。

「金銭的な面でも、ということですか？」

と、会見の席に質問が飛ぶ。

「はい。むろん、お金でどうなるものではありませんが、少しでも気持を示す意味で」

と、良二が答える。

「沢柳伸男さんは、ご自分でおいでになれないんですか」

「兄は入院しております。しばらくは出社できないと思います」

「すると、会社社長としての業務はどうなさるんですか？」

「本日付で、私が社長代行となりましたので、私が業務を進めることになります」

「いつまでですか？」

「分りません。兄の具合次第です」

と、良二が答える。

ここまで聞くと、有貴も心配になってきた。

お父さん、本当に具合が悪いんだろうか？

それに、会社のビルでガードマンが殺された事件も気になる。

「――大変だね、色々」

と、信子は同情してくれた。

「うん……。まあね」

有貴は、ＴＶが他のコーナーに変ったので目を離した。

ゆうべの祖母の様子はただごとじゃなかった。しかし、今のレポーターのことだったら、あれほど緊迫した空気になるだろうか？

そうだ。おばあちゃんに正面切って訊いてみよう。

でも――今夜はだめだ。克士と会うことになってるんだから。

現金なもので、そのことを考えると、重苦しい気分はたちまちどこかへ飛んで行ってしまった……。


「――お疲れさま」

と、弥生は言った。

「ああ。――どうだった？」

良二は、汗を拭った。

「ええ。とても誠実に見えたわ」

と、弥生は言った。

会見したホテルの一室。――休憩用に借りてあったのである。

弥生は、ここでＴＶを見た。

良二は、別人のように見えた。いや、いかにもビジネスマンらしく見えて、びっくりした。

会見を終えて、良二はこの部屋へ、ちか子と二人で入って来た。

「まずまずね」

と、ちか子は言った。「弥生さん」

「はい」

「良二から聞いたわね」

「――はい」

「分ってるわね。絶対に秘密よ」

「分っています」

「伸男は、ほとぼりがさめるまでどこかで遊んでいてもらう。良二が社長代行ということは、弥生さん、あなたは『社長夫人』なんだから、そのつもりで」

「はい」

つい、声は小さくなった。

チャイムが鳴って、開けると内山寿子が入って来た。

「いかがでしたか」

「結構。反応は？」

「もみ消そうとせずに、素直に詫びたのがいいんです。全体に、マスコミも好意的です」

「とりあえず良かった」

と、良二がホッとした様子。「でも、その女性レポーターへのお詫びをきちんとしておかなくちゃ」

「私が行きますわ」

と、寿子が言った。「良二さんはこれから大変ですし」

「いいえ」

と、弥生はつい口を出していた。「良二さんが行くべきよ。そこまでやって、初めて向うも信じてくれる」

「僕もそう思う」

と、良二も肯いた。「彼女の家を調べておいてくれ」

「分りました」

と、寿子は言った。

「じゃ、私は行くよ」

と、ちか子は言って、「良二、汗を流したら、会社へ来なさい。色々やっておくことがあるわ」

「うん、分った。兄貴の方は——」

「伸男のことは、もう気にしないで」

ちか子は寿子を促して、一緒に出て行った。

弥生は、良二が上着をソファの上に投げ出し、ネクタイを外すのを見ながら、

「大変なことになったわね」

伸男のベッドで女が殺されていたことを、弥生は良二から聞かされたのである。

「ああ……。ばれたらこっちも捕まる」

良二は、ベッドに引っくり返った。そして、

「弥生——」

と、呼ぶ。

弥生は、良二の傍《かたわ》らに横たわった。

「——もう後戻りはできない」

「ええ……」

「死体を湖へ捨てて、後は何とかとりつくろうんだ。僕だって、兄貴が捕まるのを見たくないからな」

「ええ……。でも、いつまでも知られずにいるかしら」

「運を天に任せるしかないよ」

良二は、腕を弥生の肩に回して抱き寄せた。

「何だか……怖いわ」

「僕がついてる」

「そうね。――しっかり抱いててね。離さないで」

弥生は、少し汗くさい良二の胸に顔を埋めたのだった。

容疑

どうしたんだろう。

——有貴は、腕時計を見直した。

約束の時間を一時間過ぎても、塚田克士は現われなかった。そう遅い時間ではないにしても、心配はふくらんでくる。

有貴は自分が約束の時間に遅れるのが嫌いな性格なので、よく、いつも遅れてくる友だちとケンカになったりする。

しかし、その性格も母のことがあってからはずいぶん変り、今では、

「人は人、私は私」

と、割り切って、腹を立てるだけ損だ、と思えるようになっていた。

それでも、相手が好きな男の子となると話は別で、腹を立てるより、「事故にでも遭ったんじゃないか」と心配になってしまうのである。

どこかの店の中ででも待ち合わせれば良かったのだが、お互い、知っている店が違うので、結局、外で待つことになって、有貴が時間を長く感じたのはそのせいもあるのかもしれない。

駅前のロータリー。待ち合せる人も少なくないが、たいていは五分か十分で相手がやって

来て、腕など組み、さっさと改札口の中へ消える。

有貴は、ショルダーバッグを掛け直して、ため息をついた。

「忘れてた、なんて言ったら、ぶっ飛ばしてやるから」

そこへ、

「ごめん！」

と、息せき切って――。

「何よ、もう……」

と、振り向いた有貴は、そばにいた女の子が、

「遅いじゃないの！」

と、その男の子と足早に行ってしまうのを、呆然として見送った。

声が克士と似ていたので、つい……。

もう、やって来ないのかもしれない。――有貴はいやな予感がした。

すると、ロータリーへ入って来た外車が静かに有貴の前に停って、後部席の窓ガラスがスーッと下りると、

「有貴君」

と呼ばれてびっくりした。

「あの……」

その車から顔を覗かせている男に、見憶えがある。

ああ……。そうだ。おととい、文化祭で。

「——思い出したか」

と、その男は言った。「乗ってくれないか。君に話したいことがある」

奈良敏子と一緒に文化祭へやって来た男である。

「何のご用ですか」

と、少し用心しながら、有貴は訊いた。

「心配ないよ」

と、男は笑って、「私は実業家だ。久保田といってね。別に君を誘拐しようってわけじゃない。大丈夫だよ」

「予め断ってから誘拐する人っていないと思いますけど」

と、有貴は言い返した。

「なるほど、それも一理ある」

久保田と名のった男は車から降りると、運転手に、「——少しこの辺りを回って来い」

と命じた。

そして、有貴の方へ、

「静かで、話を人に聞かれる心配のない所を教えてくれないか」

と言った。

「私……友人と待ち合せてるんです」

「もう、とっくに待ち合せの時間は過ぎてる。そうだろ?」

有貴は用心しながら、

「あなた、どうして……」

「塚田克士君は、ここへ来ない。来られないんだ」

と、久保田が言って、有貴はドキッとした。

「どういう意味ですか」

「彼は今、警察に捕まっている」

有貴は息を呑んだ。久保田は穏やかに、

「ゆっくり話そうじゃないか。——いいだろ?」


「——麻薬?」

有貴は話を聞いて青ざめた。

「小さな声で」

久保田は顔をしかめて、「もう少し、落ちつける店はないのかね」

と、女子学生で一杯のファーストフードの店の中を見回した。

「学生の入れる店なんて、限られてますから」

と、有貴は言った。「でも、どうして?」

「それは彼に訊いてくれ」

「いいえ、そういう意味じゃありません。どうしてあなたは、克士君が警察に麻薬の所持で捕まったことを、知ってるんですか」

久保田はちょっと笑って、

「なるほど。しっかりした娘さんだ」

と言った。「私はね、大分前から塚田克士のことを気を付けていたのさ。なぜなら、彼の姉が、沢柳伸男の恋人だからだ」

有貴は、表情を変えずに聞いていた。

「君も知っていた？　お父さんの彼女のことだからな」

「ええ。知ってました」

と、有貴は言った。「あなたはどうしてそんなことに関心があるんですか？」

「ビジネスさ。――私はビジネスマンだ」

「でも、父と恋人のことなんか、ビジネスと関係ない、プライベートなことじゃないですか」

「経営者にプライベートな生活というものはないんだよ。恋人の弟が麻薬で捕まって、それが週刊誌などで報道されると、〈エヌ・エス・インターナショナル〉の株は値下りするだろう」

有貴は、用心深く久保田の様子をうかがって、

「その話を私にして、どうするんですか？」

「力を借りたい。君のね」

「力って？」

「君は、何といっても沢柳伸男の娘だ。お父さんの知られたくないようなことを、知ってしまう機会もあるだろう」

「それを、あなたに密告するんですか？」

有貴はびっくりして、「そんなこと、できるわけないじゃないですか」

「いや、その気になればできる」

と、久保田は言った。

「その気、ないです」

「その内、気が変るかもしれないよ」

と、久保田は言って席を立つと、「そのときになったら会おう」

と言って、店から出て行く。

「——変な奴」

と、有貴は呟いた。

でも——克士のことは本当だろうか。

もし本当に警察へ連れて行かれたのなら……。

でも、どうやって調べれば、それが本当かどうか、分るだろう？

有貴は、ともかく席を立って、店を出た。

「――ここにいたのか」

有貴は、目の前に克士が立っているのを見て、ポカンとしていた。

「克士……。何よ、今ごろ来て！」

と、つい食ってかかってしまう。「心配したじゃないの！」

「怒るなよ。俺だって、好きで遅れたんじゃないぞ」

と、克士は首をすぼめて、「間違ってサツに引張ってかれてさ」

「え？　――警察に？　どうして？」

「麻薬持ってた奴がいて……。特別仲のいい奴じゃないんだ。顔、知ってるってくらいで。でも、たまたまそいつが調べられて、ポケットからクラックが出て来たとき、そばにいたんだ。それだけで一緒に引張られて……」

「そんな子と付合わないでよ！」

と、有貴はかみつきそうな声を出して、「――でも、良かったね。疑い、晴れたの？」

「そういうわけでもないんだ。ただ――よく分んないんだけど、久保田とかって奴が、俺の身許《みもと》引受人になってくれて、釈放されたんだ」

久保田。――じゃ、本当だったのか。

「その人と、会って話した？」

「電話だけ。――でも、礼は言ったよ。俺、全然知らない奴なのに、どうして助けてくれたのかな」

と、首をかしげている。

有貴は、何も話さないことにした。

「きっと、克士はよく知らなくても、向うはよく知ってるのよ」

「そうかな……」

あまり深くは考えないタイプなのである。

「とにかく会えて良かった」

有貴は、克士の肩を抱いて、「お腹空いた？　何か食べようか」

「うん！」

と、克士は力強く肯いた。

「その後で、連れてってほしい所があるの」

「何だい？　ディスコ？」

「違うわ。お姉さんの所」

「行ってどうするんだい？」

「聞きたいことがあるの。ね、連れてって」

と、有貴はタイミングよく、克士に頼んだ。

いや、とは言えないことを見越していたのだが、この小さな出来事が有貴にとって大きな意味を持つことになるのである……。

伸男は、ためらいながらインターホンのボタンを押した。

少し間があって、

「はい、どなた？」

と、元気のいい声がした。

「僕は――伸男だけど。有貴はいるかな」

「あら。まだお帰りじゃありません」

と、返事がある。

「そうか……。待っていたいんだが、開けてくれ」

伸男は、智春と有貴の住んでいる、このマンションの鍵を持っていない。

オートロックの扉が開くのを待っていたが一向に開かないので、もう一度インターホンで呼んで、

「おい、開けてくれ」

と言った。

「できません」

と、お手伝いの江梨子が答えた。

「できない？」

「有貴さんに言われていませんから。お父様がいらしたとき、上げていいかどうか」

「おい……」

仲男はムッとして、「俺は有貴の父親だぞ！」

「どなたでも同じです。有貴さんが鍵をお預けになっていない方は、入れちゃいけないってことだと思います」

「ふざけるな！　誰がここのマンションの金を払ってると思ってるんだ！」

カッと頭に血が上る。「早く開けろ！　クビだぞ！」

と、怒鳴る。

「どうぞ。私は有貴さんに頼まれて、ここにいるんです。有貴さんがいいと言わない限り、入れてさし上げるわけにいきません」

「こいつ……。誰に向ってそんな口をきいてると思ってるんだ！」

「ロビーではお静かに。ご近所に迷惑です」

あくまで開けない気である。

「上ってやるもんか！」

仲男は叩きつけるように言うと、ロビーを出て行こうとした。

すると――扉が開いたのである。

仲男が却ってびっくりしていると、

「どうぞ」

と、声がした。「お入り下さい」

あの声は……智春だ。

伸男は、オートロックの扉の中へと入って行った。

部屋の前まで行くと、ドアが中から開いて、

「奥様がどうぞ、と」

不服そうな江梨子の顔が覗く。

伸男も、何となく江梨子に対して怒る気が失《う》せていた。

玄関を上ると、居間の戸口に智春が立っていて、

「やあ」

と、伸男が言うと、ていねいに頭を下げ、

「いらっしゃいませ」

と、礼儀正しく言ったのだった。

紅茶の香り

「あいにく、有貴さんはお出かけで」

と、智春は言って、「どうぞ、お楽になさって下さい」

「ああ……」

伸男は、落ちつかない気分でソファに腰をおろした。

お手伝いの江梨子は有貴からあれこれ伸男のことを聞かされているので、あまり面白くなさそうな顔をして立っている。

「お茶をおいれしますか」

と、それでも仏頂面《ぶっちょうづら》で訊いた。

「いいわ、私がやるから」

と、智春が言った。「妻は、夫にお茶ぐらいいれてさし上げなくてはね」

「あら」

伸男はギクリとして智春を見る。

智春は意外そうに、「そうでしたよね？　有貴さんがそう言ってましたわ」

「うん……」

伸男は、智春が記憶を取り戻したのかと思った。そうではないらしいと知って、ホッとしたのだが――それも妙なものであった。

「私がいれます」

江梨子がプイと台所へ行く。

「何を怒ってるんでしょうね、江梨子さんは」

と、おかしそうに笑う智春を見て、伸男は後ろめたい思いをするのを避けられなかった。

ついつい、ここへ来るのを忘れようとしていた自分。――あのお手伝いの子が、俺を入れようとしなかったのは、充分に理由のあることだったのだ。

二人になると、何となく無言になり、伸男はつい目を伏せてしまう。何だか照れてしまうのだ。

「――気分はどう」

と、伸男は言った。

「ええ、おかげさまでとても結構です」

「それなら良かった。――もっと何度も来たいんだが、忙しくてね」

聞こえているのだろう、台所で江梨子がわざとらしく咳をした。

「大変ですね。社長さんでいらっしゃるんですって？」

「――まあね」

今は違う、などと言えはしない。

「自分が社長さんの奥さんだなんて、有貴さんから聞くまで、考えてもみませんでした」

と、おっとり微笑んでいる智春の目には、夫への恨みのひとかけらも感じられなかった。

「智春……。お前は本当に何も憶えていないのか」

「すみません」

と、頭を下げて、「思い出そうとして、やってみるんですけど、何か時々、細切れの場面が浮かぶだけなんです」

「そうか。いや、謝ることはないんだ。お前のせいじゃないんだから」

「そうですよ」

と、江梨子は紅茶を出しながら、「智春様が謝られる必要なんて、少しもありません」

「江梨子さん」

「はい、台所にいます。ご用があればお呼び下さい」

と、サッサと引っ込んで行く。

伸男は紅茶をそっと飲んで、ふとショックを受けた。

この味……。これは、智春がいつもいれてくれた紅茶と同じではないのか。

もともと、伸男は味にそう敏感な方ではない。〈グルメ・ガイド〉でほめてあった店の料理はほめなくてはならないと思っている程度。

しかし、今、この香りと味は突然、伸男に智春との新婚のころを思い出させた。まだ有貴の生れないころ、朝は二人でパン食だったので、必ず紅茶をいれてくれたものだ。

とっくに忘れ去っていたと思っていたことを、香りだけで鮮烈に思い出して、伸男は急に胸苦しさを覚えた。

「あなたはお元気ですか」

と、智春が訊いた。

「――まあまあだね」

そう言うしかない。

大体なぜここへ来たのか。自分が一番惨めな気分でいるときに。

「その格好では、お風邪をひきますよ」

「大丈夫だよ」

「でも、大切なお仕事をなさっているんですから。――周りの方のためにも、お体に気を付けないと」

皮肉でも何でもなく、心配してそう言ってくれている。伸男は居たたまれない気持になった。

「また来るよ」

と、伸男は立ち上った。「有貴によろしく言ってくれ」

紅茶が半分以上残っている。――一旦立ち上った伸男は、また腰をおろすと、ゆっくり紅茶を飲み干した。

「――ありがとう」

と、智春が言った。

「どうしてお前が『ありがとう』と言うんだ？　飲ませてもらったのは僕の方なのに」

「飲んで下さってありがとう。その味が、好きなんです。私も」

伸男はじっと妻を見つめた。

「憶えてるんだな。これはお前の味だった。僕も憶えてる」

智春は、黙って微笑んだ。

伸男は、早く出て行きたい気持と裏腹に、いつまでも智春のそばにいたいという思いに捉われた。ふしぎな気持だった。

「――何があったんですか」

「何のこと？」

「辛い思いをなさってませんか」

伸男は詰った。心の奥底まで見通すような智春の目が、伸男の胸を射た。

「――自業自得だよ」

と、目をそらして、「僕には、もともと社長なんか似合わないんだ。無理をしていたんだよ。会社のためには、これでいいんだ。――良二の奴の方が、ああいうことに向いてる。ホッとしてるんだよ。本当だ。好きなようにしてりゃいいんだからな。社長の椅子なんて欲しくもないよ……」

早口に言って、

「それじゃ――」

と、立ち上る。

「いけませんよ」

「何が？」

「投げ出しちゃいけませんよ。あなたを待ってる人が、どこかにいるんですよ」

「――どこに」

伸男の肩が震えた。「誰も……誰もいやしない。誰も、俺のことなんかあてにしちゃいない……。誰も」

「いいえ。どんな人も、誰かには必要なんだと思います」

「智春――」

「辛いときは、辛いと言えばいいんです」

伸男は、引き返し、智春の前に膝をつくと、その太腿《ふともも》の上に顔を伏せた。

「智春……」

伸男は、自分でも気付かない内に泣いていた。今は他人となった妻の膝に顔を埋めて。

智春は、まるで人形の髪をなでるように、夫の頭をそっとさすっていた。

有貴は呆然として、目の前の冷めていくコーヒーに口もつけなかった。

「――話して悪かったかしら」

と、塚田朋美は言った。

「話しちまってからそんなこと言って」

と、弟の克士が文句を言った。

「あんたは黙ってなさい」

「何だよ」

「いいの」

と、有貴は克士を抑えて、「聞いて良かったんです。何も知らないでいるよりも」

「だけど——親父さんがやったとは限らないんだぜ」

克士の言葉は嬉しかったが、有貴は事実から目をそむけることはできなかった。

——有貴と克士は深夜まで開いているチェーンレストランに入り、そこから克士は姉に電話をした。

「家に来られても困る」

と、朋美は自分から出向いて来たのである。

レストランは、大分空いてきていた。

隣のテーブルにでも客がいたら、話し辛かったろう。

「——ともかく私の知っていることはそれだけ」

と、朋美は言った。「その後、お宅の人たちがどうしたかは知らないわ」

「分りました。ありがとう」

有貴は、やっと少し落ちつきを取り戻した。

「でも、あなたって大人ね」

と、朋美が感心したように、「こんな話を聞いても、自分を抑えてられるなんて」

「もともと、人が死んだりすることには慣れてます」

少しやけ気味に言った。

ちょっとぐらいふざけてみないと、やり切れない。

「私から聞いたこと、黙っててね。あなたのお祖母様と約束したんだから」

「はい。信じて下さい」

「克士より一つ年下？　信じられないわね。あんたの方がよっぽど子供よ」

「大きなお世話だ」

と、克士はむくれている。

「――もう帰らなきゃ」

と、有貴は言った。「色々ありがとう。ここは私が払います」

「いいよ、俺が――」

「払わせて。話して下さったお礼」

「その方が気がすむのなら」

と、朋美は先に立ち上った。

「あの――」

「何か？」

「父とは……もう？」

「どうなるかしら。——私より、伸男さんの方の問題ね」

「分りました」

「じゃ」

と、朋美は行きかけて、「今度、じっくり話したいの。電話して」

と、弟の肩を叩いた。

有貴は、克士と二人になって、しばらく黙り込んでいたが、やがて伝票をつかむと、

「ここにいて。私、タクシーで帰る。私がいなくなってから出て」

「お前——」

「言う通りにして」

「うん」

「今夜はありがとう」

有貴は、急いでレストランを出た。

——克士と一緒でも良かった。本当は、克士が「何と言われてもついて行く」と言ってくれるのを期待していた。

でも、そんなのは期待する方が無理だ。先の分ったお芝居じゃあるまいし、そこまで察してくれと言っても……。

う。

タクシーを拾って、マンションへと帰って行く。

一人になって、やはり寂しかったがホッとしてもいた。克士といたら、気をつかっただろう。

それにしても——何てことだろう！

父が人を殺した？

普通の時なら考えられないことだが、酔っていたらどうか。それは有貴にも分らなかった。

朋美の話の通りなら、父がやったという可能性が高い。その後、どうなったのだろう？

——マンションにタクシーが着いて、ひどく疲れた足どりで中へ入って行く。

「ただいま」

玄関を入った有貴は、男物の靴があるのを見て、当惑した。こんな時間に誰が？

「——お帰りなさい」

と、江梨子が台所からやって来た。

「お客様？」

「あの……お父様です」

有貴は立ちすくんだ。

居間のドアが開いて、智春が顔を出した。

「あら、お帰りなさい。あなたのお父さんがみえてるわ」

有貴は居間を覗いて目を丸くした。

ソファに横になって眠り込んでいるのは、間違いなく父だった。

「泣き疲れて眠ってしまったの」

「泣き疲れて?」

ますますわけが分らず、有貴は唖然とするばかりだったのである。

真犯人を捜せ

「まだ起きてたの？」

と、智春の声がして、有貴はふっと我に返った。

「お母さんこそ……。もう寝たと思ってた」

智春は居間へ入って来ると、ソファで眠り込んで身動きもしない伸男の方へ近寄って、

「風邪、ひかないかしら？」

「大丈夫よ。放っとけばいい」

「でも、放っておけないから、あなたもそばにいたんでしょ？」

母の言葉が当っているので、有貴は詰った。

「毛布をかけてあげましょう」

「持って来る」

と、有貴はソファから立って、急いで寝室へ行き、余分な毛布を一枚持って来た。

智春は、それを受け取ると、伸男にそっとかけた。

「――よく眠れるよね」

と、有貴は言った。

「可哀そうに」

「可哀そうって……。お父さんが？」

「よっぽど、くたびれていたのよ。色んなことに」

智春は、同じソファの隅にそっと腰をおろして、夫の寝顔を眺めている。

「お母さん……。今、大変なことになってるんだよ、お父さん」

「そのようね」

有貴はびっくりした。

——もう午前三時を回っている。

明日はいつもの通り学校がある。眠らなくてはならない時間だ。

しかし、有貴は途方にくれていた。もし本当に父が人殺しをしたのだったら……。

そう。学校どころじゃない！

「お母さん、知ってるの？」

「聞きましたよ、この人から」

と、智春は伸男を見て微笑んだ。「よっぽど、自分の中にしまいこんでおくのが辛かったのね」

「じゃあ……」

「目が覚めたら、そばで女の人が死んでいたって……。でも、本当に何も憶えてないんだってくり返してたわ」

お母さんに訴えてどうなるっていうんだろう？　有貴は腹が立つよりも情なくなってきた。

「でも、人が死んだんだものね。黙ってるのって、間違ってるよね」

有貴には、ちか子がこの事件をどうするつもりか、見当がついた。何としても、もみ消してしまおうとするだろう。

智春を自殺へ追い込んだ、あのときと同じだ。ちか子は少しも変っていない。

「でもね——」

と、智春が言った。「本当に誰が殺したか分らないでしょ」

有貴は母を見て、

「お母さん、どう思う？」

「私が？」

「そう。本当にお父さんがやったのか。酔ってて憶えてないだけなのか。それとも——」

「この人はやってないと思うわ」

「本当に？　どうしてそう思うの？」

智春は首をかしげた。

「さあ……。難しいことは分らないけど、私にはそんな気がするの。この人は、酔っていても、女の人に乱暴なことをできるような人じゃないって気がするわ」

智春の淡々とした言い方は、有貴を感動させた。

母にとっては理屈なんかどうでもいいのだ。ただ、自分の直感を信じているのだ。

「――そうかもしれないね」

有貴は、自分なりに考えて肯いた。

みんな――ほとんどの人は、父がその女を殺したと思って、対策を立てているだろう。それなら、自分は「殺していない」という仮定でものを考えてみよう。

それで迷惑する人がいるわけじゃない。といって、もし有貴までが他の人たちと同じ意見になったら、疑いを持つ人間がいなくなる。

「私、お母さんの勘を信じる」

と、有貴は言った。「お父さんに、そんな力、ないよね」

「そうかもしれないわ。殺そうとしても、逆に殺されちゃったかもしれない」

二人は笑った。

笑いごとどころじゃないのだが、何となく二人で顔を見合せると、おかしくなってしまったのである。

だが、当の伸男は、呑気にいびきさえかいて眠っていたのだった。

お昼休みがきっちり十二時からだということ。――そんな当り前のことに、弥生はびっくりしていた。

十二時を二、三分過ぎて、ビルの中へ入って行った弥生は、激流のように溢れ出てくる社員たちの間をすり抜けるのに、ひと苦労しなくてはならなかった。

――弥生は上りのエレベーターに乗ってホッとした。がら空きだった――というより、弥生一人しか乗っていなかったのである。上の階では、早く下りたくてエレベーターが上ってくるのを待っている社員が沢山いるのだろう。

弥生には、いわゆるOL暮しの経験がない。こういう世界は全くの未知の領域だった。

〈社長室〉のあるフロアで降りると、どこへ行ったものやら、キョロキョロしてしまう。

「すみません」

と、通りかかった女性に声をかけ、「社長室はどちらですか」

「社長室ですか」

と、当惑した様子で、「何のご用でしょうか?」

「お弁当を届けに来たんですけど」

と、弥生が手にした包みをちょっと持ち上げて見せる。

「お弁当屋さん?」

「いえ、あの……」

「――弥生さん!」

と、内山寿子が小走りにやって来る。

「あ、寿子さん。少し遅くなっちゃった」

「こちらです。――あなた、失礼よ。社長の奥様よ、こちら」

「いいの。言わなきゃ分らないわよ」

目を丸くしているＯＬを後に、弥生は寿子に案内されて、社長室に向った。

「――失礼します」

寿子がドアを開け、「奥様がお弁当を」

「何だ、来たのか」

弥生は社長室へ入って、おずおずと中を見回した。

「おかけになっていて下さい。お茶をおいれします」

と、寿子が言った。

「あ、お構いなくね」

「そうはいきませんわ。社長の奥様にお茶もさし上げなくて、クビになっちゃ困りますもの」

寿子はニッコリ笑って出て行った。

「――『奥様』ですって。照れちゃうわ」

と、弥生は弁当の包みを、大きな机の上に置いた。「疲れた？」

「座ってるだけで、全力で走ったくらいくたびれた」

良二は、ネクタイを緩めて、「一週間もしたら、十キロはやせる」

「初日ですもの。仕方ないわよ」

「午前中は会議とか打ち合せで過ぎた。――弥生、君も、少しお洒落《しゃれ》しろよ」

いつもの格好のまま来てしまった。「お弁当屋さん」と間違えられても仕方ない。

「似合わないわ、私」

と、弥生は包みを開けて、「さ、食べて頑張ってね」

「旨《うま》そうだ。——兄貴のこと、分った？」

「有貴さんから電話があったわ。あそこのマンションに泊ったんですって」

「智春さんの所に？　図々《ずうずう》しいなあ」

と、早くも食べ始めている。

内山寿子がお茶をいれて来て、

「ちか子様からお電話がありました。さっき」

「私のことで？」

「今夜のパーティに弥生さんも出てくれるように、って」

「ああ、同業者の集まりなんだ。例のアメリカの企業の代表も来る。お袋が君のことも紹介するって」

弥生はポカンとしていたが、

「——この服で？」

「それも言いつかっています」

寿子が笑みを浮かべて、「お宅へ戻られても、あまりそういう服をお持ちでないので、『どこかで買い揃えて』とのことでした。これから私がお供して、全部揃えます」

「はあ……」

「お昼は召し上りましたか？」

「朝がゆっくりだったので――」

「じゃ、午後三時ごろ召し上って下さい。夜のパーティでは食べられませんから、夕食は九時過ぎです」

「はい……」

「十分ほどしたら、お迎えに上ります」

内山寿子は足早に出て行った。

「――目が回りそう」

と、弥生が言った。

もう弁当を半分も空にしている。

「内山君に任せときゃ大丈夫。――こっちも、問題が一杯さ」

「伸男さんのこと？」

「それもあるが、あのリポーターの所へも詫びに行かなきゃならないし、会議室の盗聴器のこと、ガードマンが殺されたこと。何一つ解決してない」

「株を買い占めるって話は？」

「今、調べてる。それと――そうだ、例の出所して来た奈良敏子だけど、お袋が調べ出した。久保田康雄という社長の所にいるらしい」

「誰なの、それ？」

「さあ……。うちと同じような仕事をしてるらしいけど、どうして奈良敏子のことを構ってるのか、分らないよ」

弥生は、ともかく他人のことまで頭が回らない、というのが正直なところだった。

「——なあ弥生」

と、食べ終って、お茶を飲みながら、「こんなことになって、パーティでも『家内です』と紹介することになる。届を出そう」

「結婚の？　——でも、あなたはいいの？」

弥生の胸が熱くなる。

「もちろんさ。ちゃんと式も挙げよう。——長いこと放っておいたからな」

「こんなことになるなんて……」

寿子が、十分たたない内に社長室へ戻って来て、

「奥様。——さ、出かけましょう」

と、ほとんど強引に連れ出されてしまう弥生だった……。

「電車の中では眠らなかったんじゃない？」

と、信子に訊かれて、お昼を教室で食べていた有貴は、

「授業中に少し眠ったけどね」

「少し？　ほとんど眠っといて」

と、信子は笑った。

「そうか……。まずかったかな」

「大丈夫よ」

有貴も、電車で居眠りしたかったのだが、あれこれ考えている間に、着いてしまった。

しかし――昼を食べながら、有貴は考え込んでもいたのだ。

もし、父がその女を殺したのでないとすると、犯人は、父がやったと見せかけるために女の死体をわざわざそのホテルの部屋へ運び入れたことになる。

なぜ、そんな手間をかけたのか。

そして、そのためにわざわざ女を殺したのだろうか？

父への個人的な恨み？

もしそうだとすると……。

しかし、ふしぎなことは他にもある。

そのホテルのどの部屋に父がいるか、犯人は知っていたのだ。それも分らない。

何か――これには裏があるんだ。

有貴は直感的にそう思った。

でも、どこから調べればいいだろう？

ただの一高校生に、探偵の真似はできない。しかし、父以外の犯人を見付けなければ、このまま事件は父のしたことにされてしまうのだ。

「——沢柳さん」

と、事務の人に呼ばれた。「お客様」

「はい」

誰だろう？

有貴は教室を出て、校舎の入口へと歩いて行った。

足が止った。

上り口の所に、所在なげに立っていたのは、奈良敏子だったのである。

視線を感じたのか、奈良敏子が振り返って有貴を見た。

「あ……。どうも」

と、頭を下げ、「文化祭のときは失礼しました」

「いいえ。来ていただいて、ありがとうございました」

有貴の方も、ちゃんとお礼を言う。

「びっくりされたでしょうね」

「ええ……。でも、お元気そうで」

妙な会話だ。――母がああなったのも、この奈良敏子のせいとも言えるのだが、しかし、敏子は罪を償って出て来たのだ。

少なくとも、有貴が今ここで敏子を責めてみたところで仕方がない。

「お昼休みでしょ。ごめんなさい、突然やって来て」

「いえ……。まだ時間はありますから」

「すっかり大人になられて、見違えるくらいでした」

と、敏子は少し目を伏せがちにして、「――私を恨んでおられるでしょうね。お母様の今のご様子もうかがっています。本当に申しわけないことで……」

有貴としては、こんな所でそういう話をされても困ってしまうのである。

「何とも思ってないと言えば嘘になりますけど、あなた一人のせいだとも思っていません。

母は運が悪かったんです」

有貴の言葉を聞いて、敏子はバッグからハンカチを出すと、目頭を押さえた。

「それと……奈良さんのこと、お気の毒でしたね。うちにも刑事さんがみえました」

「もう、心は離れていましたけどね。でも、あんなひどいことになると可哀そうで――。私のせいで出世も台なしになって、勤め先も移り、辛かったと思います」

「あの……それで何のご用ですか」

と、有貴は訊いた。

「ごめんなさい。――これ、今の私の連絡先です」

敏子は名刺を有貴に渡した。

「〈G〉の支配人……」

「小さなアクセサリーのお店です。支配人なんていっても、他に女の子が一人いるだけの小さな店なんです」

と、敏子は言った。「ただ――気になるのは、そのお店の持主が久保田康雄といって……」

有貴はギクリとした。

「文化祭に一緒にみえていた人ですね」

「ええ。私とは何の知り合いでもなかったんですよ。それが、刑務所を出たとき、迎えを寄こしてくれて……」

「どういう人なんですか」

「さあ……。ともかく実業家というか、ビジネスマンだというのは確かです。ただ――」

と、敏子は少しためらってから、「有貴さん。私は今、久保田さんのおかげで生き返っています。あの人は恩人です。ですからあの人のことを悪く言うのはためらってしまうのですけど……」

「悪く、というと？」

「あの人は、たぶん――あなたのお父さんの会社を狙っています」

敏子の言葉に、有貴は息をのんだ。

「本当ですか」

「証拠があるか、と言われると困るんです。でも、何か企《たくら》んでいるらしいと感じるんです。縁もゆかりもない私のことを助けてくれたのも、きっと何か考えがあってのことだと思います」

敏子の話は、もちろん有貴の中で、塚田克士の「身許引受人」になってくれたこととつながった。

「――漠然とした話でごめんなさい」

「いいえ。伺って良かった。その内、一度お店へお邪魔してもいいですか」

「どうぞどうぞ」

と、敏子はホッとしたような笑顔を見せて、

「ぜひいらして下さい。大丈夫、久保田さんは忙しくて滅多に顔なんか出しませんから」

と言った。

チャイムが鳴った。

「五分前のチャイムだ。――じゃ、もう行かないと」

「どうもお邪魔して。――お母様へよろしくお伝え下さい。といっても、お分りにならないでしょうけど」

「伝えておきます。たとえ分らなくても、憶えているでしょうから」

奈良敏子は、ていねいに頭を下げて帰って行った。

――久保田康雄。一体何をやろうとしているのだろう？

教室へ戻ろうとして、有貴はテレホンカードをポケットに入れていたことを思い出し、入口の近くの公衆電話へ走った。

「――あ、もしもし、芳江さん？　有貴です。お祖母様は？」

「今、お昼寝を――。少しお待ち下さい」

ちか子は、それでも長く待たせることなく電話口に出た。

「有貴ちゃん！　どうしたの？」

ちか子の声には、一種の緊張感があった。

有貴から、父がマンションに泊ったと知らせてやって、ホッとして眠っていたのだろう。起されて、「また何かあったのか」と思ったのに違いない。

「ごめんなさい。びっくりさせて」

と、有貴はわざと明るい声で言った。「今お昼休みなの。お父さん、戻った？」

「まだよ。でも、居所が分ればいいの」

「あのね、今電話したのは――。昼休みに奈良敏子さんが私のこと、訪ねて来たの」

「――まあ。何て言ってた？」

有貴は、敏子の話を手短かに伝えて、

「もう教室へ戻んなきゃ。一応知らせておこうと思って」

「分ったわ。ありがとう」

と、ちか子は言った。「後は私の方で考えるから、心配しないで」

「はい。それじゃ」

ともかく、祖母へ知らせて有貴は一安心だった。

「遅れちゃう！」

有貴は、あわてて教室へと駆け出し、ちょうど廊下をやって来た朝倉とぶつかりそうになった。

「おい！　――危いじゃないか！」

「すみません」

有貴は、危うく転ばずにすんで、「先生か！　誰かと思った」

「走っちゃいかんぞ」

「はあい」

と言って、有貴は全力で駆け出した。

「――全く！」

朝倉公介は、有貴を見送って苦笑いしたのだった……。


「社長。――前田さんです」

秘書の一人が社長室に顔を出す。

「どこの前田だ？」

良二は、顔を上げずに言った。

「T署の前田です」

と、前田刑事が、自ら返事をした。

「ああ、どうも。――失礼しました」

良二も、この刑事には、独立して暮している事情などを訊かれたことがある。

「社長就任だそうで。いや、おめでとうございます」

「とんでもない。今日が初日で、もう肩がこって……。かけて下さい」

「お忙しいでしょうから、手短かに。こちらのガードマンが殺された事件で、鍵はこちらの会議室の盗聴器にあると思われます。仕掛けた人間も、気付かれていることは承知でしょう。そこで――」

前田刑事は座り直すと、「盗聴器を取り外し、調べたいと思います。指紋や入手経路など、分るかどうかはともかく、取り付けたままでは、そちらもお困りでしょうから」

「はあ。そちらがそうお思いなら、もちろん構いません」

「では、技術の者を呼んで、外させます。了解して下さって安心しました」

「何か分るといいのですがね」

と、良二は言った。

そこへ、ドアが開いて、

「社長。――お客様のところすみません」

内山寿子である。

「ああ。刑事さんがね、あの隠しマイクを外すとおっしゃるんだ。君、お話を伺ってくれ」

「かしこまりました」

と、寿子は一礼して、「奥様のお仕度が整いました」

ドアを大きく開けて、寿子がわきへ退くと明るいピンクのスーツを着た女性が入って来た。

照れたように、目を伏せている。

「――弥生か？」

と、思わず良二は訊いていた。

「そんなにおかしい？」

と、弥生が情ない顔をする。

「いや、すてきだよ！　本当だ」

前田刑事も、

「いや、すてきですね」

と、目をみはっている。

「恐れ入ります」

と、弥生はひたすら赤くなる。

「美容院でも、時間をとられてしまったんです。でも、それだけのことは充分あると思いますわ」

「うん。すばらしい！」

良二もしばらく仕事のことを忘れて、弥生の「変身」に見とれていた。

「――では、会議室の方へ」

と、前田が立ち上って、良二もハッと我に返り、

「失礼しました」

と、赤くなっていた……。


「――こちらです」

と、寿子が案内すると、前田刑事は会議室の床に膝をつき、

「どうも……妙ですね」

と言った。

「何がですか？」

「この間はあなたがここを見張っていた。そして、誰かがこれを調べに来た。――あなたが危うく殺されていたかもしれないと思うと、いささか無鉄砲でした」

「分ります。私も、あのガードマンの方が来合せなかったら、どうなっていたか……」

「問題はあなたが撮ったビデオテープです。警察が駆けつけて、大騒ぎになっている間に盗まれた」

「はい」

「つまり、犯人はまだこのビルの中にいたわけです。いや、同一人物でないことも考えられますが」

「でも、……少なくとも、社内に協力者がいたということですね」

前田は肯いて、

「社内で、最近金回りの良くなった者がいないか、それとなく注意していて下さい」

「分りました」

「あなたを煩わせて申しわけないのですがね。お子さんもいらっしゃるというのに」

寿子は、この隣の会議室で、殺されるかと怯《おび》えながら、娘の美幸と電話で話していたこと

を思い出して、改めてゾッとした。もしあのとき、ガードマンが来合せなかったら……。

「お子さんはいくつです？」

前田が思いがけないことを訊いた。

「――七才です。今、小学校の一年生で」

と答えて、「ご存知《ぞんじ》なんでしょ？　父親が誰なのかも」

「いや、女性は逞しくなりました。私など尊敬してしまいますよ」

前田は真面目くさった顔で言って、「さ、どうぞ仕事へ戻って下さい。後はこちらでやります」

「よろしくお願いします」

寿子は、社長室へと戻った。

――良二のそばに、弥生が寄り添うようにして、ファイルを覗き込んでいる。

「奥様。何か召し上った方が。社長はお車の中でしか時間がありません」

「分った。――社長業は、最高のダイエットだな」

と、良二は苦笑した。「じゃ、弥生、後でまた」

「私、怖いわ。パーティなんて……」

「大丈夫。僕の方だって怖いんだから」

良二は大真面目に言った。

――社長第一日目が暮れようとしていた。

乱闘

「お先に失礼します」

と、女の子が会釈して行く。

「お疲れさま」

奈良敏子は微笑んで、「――あ、いいわよ、鍵はかけるから」

客が三人も入れば一杯になってしまいそうな小さなスペースだが、一応このアクセサリーの店〈G〉は、「敏子の世界」である。

といっても、商売など全く知らない敏子にとっては、初めの内、一日が一週間にも感じられるほどくたびれたものだ。

やっと、少し余裕を持って客に接することができるようになって、「品物を売る」ことを面白いと感じられるこのごろだった。

もちろん、いちいち金庫にしまうような高価な宝石など置いているわけではないので、夜八時、定刻に店を閉めると、後はショーケースに鍵をかければ、戸締《とじま》りは終りである。

敏子は、接客用に置いてある小さな応接セットのソファに腰をおろし、タバコに火を点けた。――タバコを憶えたのは、この仕事を始めてからだ。

照明も落としてあるので、店内は薄暗い。それが敏子の神経をやさしく包んでくれるのだった。

久保田に言われるまま、この店の〈支配人〉などにおさまっているが、心の底では不安が消せない。久保田が何のために敏子にこんなことをしてくれるのか、分らないのである。

久保田に感謝してはいる。もし、刑務所を出て、久保田と出会わなかったら……。

今ごろ、敏子は住む家もなく、どこかの道端に倒れていたかもしれない……。

感謝すればするほど、なぜ久保田が自分を助けてくれたのか、敏子には分らなくなってしまうのだった。

タバコを灰皿へ押し潰して、立ち上ろうとした敏子は、誰かがそばに立っているのに気付いて、危うく悲鳴を上げるところだった。

「オーナーが自分の店に入って悪いかね?」

と、久保田が笑って言った。

「久保田さん!　――ああ、びっくりした!　足音をたてないで歩かれるんですか?」

「そうだ。猫のようにね」

久保田はソファに腰をおろすと、「どうかな、商売の方は?」

「私が持主なら、こんな能なしの支配人はとっくにクビです。――コーヒー、召し上りますか」

「いいね。いただこう」

小さな流しが店の奥についている。

敏子は、ポットのお湯を熱くして、コーヒーをいれた。

「——どうぞ」

二杯のカップから立ち昇るコーヒーの香りは、小さな店内をすぐに充《み》たした。

「お帰りですか。今日は？」

「どうするかな」

と、久保田はコーヒーをゆっくりと飲んだ。

敏子も、もう呑み込んでいた。久保田が、「どうするかな」と言ったときは、敏子に「相手をしてくれ」ということなのだ。

「でも……どうしてですか」

と、敏子は言った。

「何のことだ？」

「私みたいな、くたびれた女を。いくらも若い子がお相手するでしょうに」

久保田は口の端に笑みを浮かべて、

「沢柳有貴と話したか」

と訊いた。

「話しました。言われた通りに話しておきましたけど」

「それでいい。——あれは利口な娘だな」

「ええ。しっかりして、行動力もあります。母親の不幸で、娘さんは一度に大人になったんです」

「今どきの若い子としては、珍しく世間は貸しと借りでできていることが、よく分っている。大人だ」

久保田の手が敏子の腰を抱いて引き寄せた。

「——分りませんわ。こんな体のどこがお気に入り？」

敏子は逆らわない。久保田は、この狭い空間で、敏子を抱くことが楽しいようなのだ。

「間違えるな」

と、久保田は敏子の太腿に手を這わせながら、「お前は感謝することを知ってるからだ。今の若い女たちは、何をしてもらっても当り前だと思っている」

敏子は、久保田の膝の上に腰をおろして、目を閉じた。

「私はね、感謝されることが好きなんだ」

久保田は、敏子の胸を開いて、顔を埋めた。敏子は深くため息をついた。

「——もう帰らなきゃ」

と、有貴は言った。

「まだ九時だぜ」

塚田克士は不服そうである。

「私は高校生なのよ。勉強だってしなきゃいけないわ」

「厄介だな。学校なんかやめちまえよ」

「無茶言って」

と、有貴は笑って、「やめてどうするの？」

「そりゃ、二人でラーメンの屋台でも引張って暮すのさ。お前が背中に赤ん坊、しょって」

「古い発想」

と、有貴はふき出した。

二人は、夜の公園にブラリと入ると、ベンチに腰をおろした。

十一月である。夜風は少し寒い。

「あなたも、どこかで働いたら？」

「それを言うな」

「あんたのためを思って言ってるのよ」

「大きなお世話だ」

と、克士はそっぽを向いて、「お前、段々姉貴に似てくるな」

「あら、私、あんなに美人？」

「口やかましいところがさ」

「心配してるから、やかましいのよ。どうなっても知るか、と思えば何も言わないわ」

有貴は、克士の少し寂しげな横顔を見て、

「二人だけの姉弟《きょうだい》でしょ。仲良くしなさいよ」

「あんなのについて行けるか」

克士は、ことさら「ワル」ぶっているが、姉がもっと自分を認めてくれたら、という気持があるのだろう。

「——私は、少なくとも二十七、八までは結婚しないわ。何か打ち込める仕事を見付けて、思い切りやってみる。一度、そういう経験をしてみたいわ」

「甘くないぜ、世の中」

「そう言う人に限って、世間を知らない」

と言い返す。

どう見ても恋人同士には見えないが、話の中身はもっと「恋人」のムードには遠い。

「——お袋さん、元気か?」

「うん。母はね。問題は父親の方」

「どうしたんだ?」

「どうってことないけど……。何かっていうと、私と母のマンションに来るようになったの」

「だって夫婦だろ」

「でも勝手よ! 自分がちょっと辛い目に遭うと、救いを求めて来て」

有貴にも分っていた。本当に腹が立つのは、父がやって来ること自体ではない。

その父を快く迎え、グチを静かに聞いている母を見ているると苛々するのである。江梨子も面白くないらしく、何かというと、有貴と二人、父のことをこき下ろしている。

「――このところ、姉貴も会ってないようだぜ」

「そうでしょ。どんな顔して会いに行くの？」

「社長の座は下りたままか」

「良二さんが頑張ってるみたいよ」

そう。――実際のところ、あの少しだらしないところのあった良二が、ああも変ってしまうかと有貴もびっくりした。

弥生と一緒にニューヨークにも飛んで、立派に話をまとめて来たようで、ちか子は機嫌が良かった。

しかし、その「光」の部分の裏側の「影」の部分は何一つ明るくなってはいない。

その点では、爆弾を抱えた平和とでも言えそうである。

「――私は学生だからね。まず勉強よ」

「分ったよ」

と、克士が苦笑して、「じゃ、送って行こう」

と促す。

二人は立ち上って公園の中を歩き出したが――。

「助けてくれ！」

突然、男の叫び声が上って、数人の男たちが公園へ駆け込んで来た。

克士はびっくりして、有貴を後ろへやるのが精一杯だった。

「おい！　けりはつけてもらうぞ」

「何言いやがる！　言いがかりだ！」

男二人を、四人が取り囲んで、険悪な空気である。

手にナイフが光る。

克士が、

「巻き込まれちゃだめだ」

と、有貴の手を取って離れようとしたとき乱闘が始まった。

ワーッと叫びながら、逃げていた一人が有貴たちの方へ駆けて来た。

「危い！」

克士が有貴を押しやると、駆けて来た男をよけようとして、男の足を引っかける格好になってしまった。

男が転倒し、

「何しやがる！」

「ごめん」

克士はあわてて、離れようとする。

「ふざけやがって！」

やけになったのか、男は克士へと切りつけて来た。

「やめろよ！」

克士は素早くナイフの刃をよけて、逃げようとしたが、有貴との間にその男が入ってしまい、ナイフを振り回しているのだ。

「おい！　使え！」

追っていた男の一人が克士へナイフを放り投げた。克士は反射的にそれを受け取ってしまった。

「だめよ！」

と、有貴は叫んだ。

そのとき、逃げていたもう一人が切りつけられて悲鳴を上げた。

「大丈夫か！」

と、仲間は駆け寄ろうとして——克士ともろにぶつかった。

克士は、相手の刃をよけて尻もちをついた。

「邪魔しやがると、ただじゃおかねえぞ！」

と、男は言い捨てて、けがをした仲間を立たせる。

有貴がその間に克士の所へ走り寄って、

「今の内に——」

と、立たせようとした。

そのとき、克士とやり合った男が、四人の相手にやみくもにナイフを振り回したと思うと、有貴の方へ駆けつけ、腕をつかんで、ナイフの切先《きっさき》を突きつけた。そして、

「おい！　こいつの命が惜しかったら、俺たちの味方しろ」

と、克士へ怒鳴った。

「何してる！　彼女を離せ！」

と、克士は立ち上った。

「だめよ！　ケンカに巻き込まれないで」

有貴は叫んだ。

だが――後ろから抱きすくめられ、有貴の手から鞄が落ちる。白い喉にナイフの刃が当てられる。

だが、思いがけない方向へと事態は進んだ。

パトカーが公園の前に急停車し、警官が飛び出して来たのである。

「逃げろ！」

たちまち、どっちの男たちも逃げ出そうとする。

「克士！」

「待てよ！　彼女を連れてくな！」

克士が前を遮る。

有貴は、男の足を力一杯踏んづけた。

男の手が緩み、有貴は突き飛ばすようにして逃れた。

「おい！」

と、警官が怒鳴る。

その男は、警官の方に気を取られて、克士たちを見ていなかった。

逃げようと駆け出した正面に、ナイフを持った克士が立っていた。

気が付いたときには、克士の手にしたナイフが、その男の腹を刺していた。

血が、克士の手を濡らす。——有貴は呆然として、地面に崩れるように倒れる男と、血のついたナイフを手に立ちすくむ克士を眺めていた。

警官が克士からナイフを取り上げた。

公園は、また静かになった。

深夜の電話

固い木の椅子にかけていると、寒さが少しずつ体の奥へとしみ込んでくる。

有貴は、壁の時計をそっと見た。——別に動いてはいけないと言われているわけではないのだが、何となく腕時計を見るのもはばかられる空気なのだ。

午前一時を回っている。

人が刺されたのだから、色々手間取るのは仕方ない。

心配なのは、もちろん克士のことである。ほんの弾みとはいえ、相手を刺してしまった。いや、むしろ向うがナイフに「刺さってしまった」と言った方が正しい。

有貴も、警官にそう話しはしたが、その後、どうなったのか……。

家へも連絡した。——こんなときだから仕方がない。

一応、父へ連絡を入れて、来てくれることになっている。

問題は克士の方だ。

「——あの、すみません」

通りかかった刑事は、さっき有貴の話を聞いてくれた初老の穏やかそうな人で、思わず声をかけていた。

「ああ、君。沢柳君だったね」

「はい。塚田君——どうしてるでしょうか?」

「ご両親は?　連絡した?」

「はい。来てくれることになっています」

有貴がそう言い終らない内に、

「沢柳と申します」

よく通る声が聞こえた。

ちか子だ。——父、伸男を連れて、やって来た。すぐに有貴を見付けて、

「有貴ちゃん!」

と、大股にやって来ると、「けがはなかった?　とんでもないことになって」

「私は大丈夫。——私のこと守って、相手を刺しちゃったのよ」

克士が一緒だったことも、隠しておくわけにいかないので、急いでそう説明した。

「それなら、警察の方だってちゃんと分って下さるでしょ。さあ、帰りましょう」

と、促す。

「待って!　——克士君がどうなるか……」

「もう少し時間がかかると思うがね」

と、刑事が言った。

「どうしてですか?」

「何といっても、相手は刺されて重体だし――」

「だって、それは――」

「分ってる。あの子は直接ケンカに係ってなかったことは、他の連中の話でも分ってるんだよ」

「そうですか」

有貴は少しホッとした。同時に、今の話をちか子が聞いていてくれて良かった、と思った。

「それなら、また後で連絡すればいいだろ？　車で送るよ」

と、父が有貴の肩に手をかけた。

「ただ……前にクスリを持ってて捕まってると分ったもんでね」

と、刑事が言った。

「何ですって？」

ちか子が厳しい顔になって、「有貴ちゃん、そんな子と付合うのはやめて」

「違うわ！　たまたま一緒にいた子が持ってたんです。本当よ。よく調べて下さい」

と、有貴は訴えた。

「うん、まあ大丈夫だよ」

と、刑事はなだめるように言って、「ただ、一応前回、身許引受人になってくれてる人に足を運んでもらわんといかんのでね」

久保田のことだ。有貴はドキッとした。

考えてもみなかったが、久保田もここへ来るのだろうか？

「それなら、有貴ちゃんも安心でしょ？　さあ、明日も学校があるのよ」

と、ちか子が肩を叩く。

有貴が歩き出そうとしたとき、署内に入って来る久保田の姿が目に入った。

「――有貴ちゃん、どうしたの？」

「あの人……」

「あの人が――」

「久保田っていう人。――敏子さんの言ってた……」

ちか子が、伸男と顔を見合せる。

久保田が有貴に微笑みかける。

「――や、どうも」

「今晩は」

有貴はぎこちなく会釈をした。

「とんでもないことに巻き込まれたね。心配することはない。僕があの子のことは引き受けるよ」

「お願いします」

と、有貴は言った。

「久保田さんですね」

と、ちか子が言った。「有貴の祖母です」

「ああ、これは……」

久保田が「仕事用」の笑顔になって、「久保田と申します。業者のパーティでお見かけしてはいたのですがね」

こんな所で名刺交換というのも、ひどく場違いなものに見えた。

「あなたが、塚田克士という子のことを?」

「妙な成り行きでしてね」

「それじゃ、お願いしますわ」

ちか子は真直ぐに久保田を見つめて、「この有貴に、二度と近付かないように言って下さい。——行くわよ!」

さっさと行ってしまうちか子を、有貴はあわてて追いながら、

「よろしく、克士君のこと……」

と、久保田へ声をかけていた……。

——伸男の運転する車の中で、しばらくはちか子も有貴も口をきかなかった。

「ともかく」

と、ちか子がやっと口を開いて、「今夜は帰って寝るのよ」

「おばあちゃん、私——」

「よく考えて。その子の姉は伸男の彼女で……。その姉弟は、うちにとって疫病神だわ」

バックミラーにちょうど運転している父の顔が見えて、有貴がチラッと目をやると、父の方も有貴を見た。そして、伸男はちょっと眉を上げて見せた。

今、ちか子に逆らっても仕方ない。有貴も父と同感だった。

「分ったわね」

と、ちか子が念を押す。

「はい」

と、有貴は言って、人通りの少なくなった夜の町へと目を向けたのだった……。


「――弥生様、何かご用は」

と、お手伝いの芳江が声をかけると、

「特にないわ。ありがとう」

と、弥生は答えた。「先にやすんで」

「弥生様は……」

「私はお義母様が戻られるのを待ってるわ。いいのよ。二人も起きてても仕方ないし」

「それじゃ、お先にやすませていただきます」

「おやすみなさい」

弥生は居間で一人になると、軽く息をついて、リモコンを取り、ＴＶを点けた。

ビデオを再生する。

良二がニューヨークのパーティでスピーチしたときの録画だ。

丸暗記した英語でのスピーチだが、何とか通じたようで、ジョークには笑いも起きた。

しかし、ビデオで見ていても良二の額に汗が光っているのが分る。きっと、当人は死にそうだったろう。

「――何見てるんだ?」

と、声がした。

「あなた、起きてたの」

良二はTVを見て、

「やめてくれ! 今見ても冷汗が出る」

と、リモコンを取り上げ、ビデオテープを止めた。

「いいじゃないの。立派だったわ」

「その代り、後で何を話しかけられても、チンプンカンプンだ。――少し英会話をやらなきゃな」

良二は、伸びをした。「今まで内山君と電話で打ち合せてた」

「まあ。寿子さんも美幸ちゃんがいるのに大変ね」

良二はソファに並んで腰をおろすと、弥生の肩を抱いた。

「――疲れたか?」

「少しは……。でも幸せよ。疲れぐらい、どうってことない」

「弥生……。な、子供、作ろう」

　弥生は赤くなって、

「何よ、急に！」

　と、笑いながらにらんだ。

「いや、内山君なんか見てると、子供があることで、女性はくたびれるどころか倍も元気になると思ってさ」

「そうね。――ああいう立場の人としては、寿子さんは恵まれてるんだと思うけど」

「そうだな。しかし、親父が倒れたとき、よくお袋が内山君を追い出さなかったもんだ。お袋の直感かな。必要になる女性だと思ったんだろう」

「私も、直感が当ってくれるといいんだけどね」

「もう大当りさ」

　良二は弥生の頰にキスした。「君がいなきゃ、とてもニューヨークものり切れなかったよ」

「努力するわ」

「な、ちゃんと式を挙げて、子供を作って……。ハネムーンに行ってる時間はないかもしれないけど」

「ありがとう……」

　弥生は、良二の肩に頭をのせた。

　幸せ。――これ以上の幸せが望めるだろうか？

子供……。それだけが、弥生の中の小さな不安だった。

前に流産したとき、医師から、

「妊娠は難しいかもしれない」

と言われていたのだ。

そのことは良二も知らない。

どうせ、良二との暮しでは子供など考えられなかったから、それでも良かった。

全く不可能というわけではない。——そう聞いていたから、この家へ迎えられたとき、親子での暮しを夢にも見た。しかし、時間がたつにつれて、不安の方が大きくふくれ上ってきたのである。

一度、検査を受けてみようか。でも、良二に知られずに受けることは難しいだろう。

それに、弥生も「社長夫人」として、たちまち時間単位で予定の入る身になってしまった。

ただ——大勢の人に一目置かれ、丁重に扱われる気分は、生れて初めて経験するもので、それは弥生を魅了した。

その心地よさに慣れていく自分が、怖かった……。

「あなた、もう寝ないと。朝九時から会議でしょ?」

「ああ。しかし、お袋が——」

「大丈夫。私がお待ちしてるわ。必要なら起すから」

「うん。——そうするか」

良二は、欠伸しながら居間を出て行った。

正直なところ、弥生も眠い。しかし、良二が明日の会議で大欠伸などしないようにするのが妻の務めだ、と——古いのかもしれないが、そう思っていた。

何といっても、良二は突然外からやって来た「よそ者」である。表立って聞こえては来ないが、社内には、色々不満や悪口が飛び交っているに違いない。

そういうことを忘れずにいること。それも妻の役目だと弥生は思っていた。

電話が鳴り出した。

「——はい」

大方、ちか子だろうと思った。ところが、

「もしもし」

と、男の声が言った。「奥さんですか」

弥生は直感的に、これはまともな電話じゃないと思った。

「どちら様でしょう?」

と訊き返しながら、指は〈録音〉のボタンを押していた。

留守番電話になるので、必要なときは今の通話をテープ録音することができる。

「ご相談があるんですがね」

「何のことです?」

「死体を一つ、買っていただきたいんですが」

「何を買えって？」

「死体です。湖で拾った女の死体でね」

弥生が何も言えずにいると、男は低い声で笑って、電話を切ってしまったのだった。

ある提案
「どうしたらいいでしょう？」

と、弥生は言った。

弥生の話を聞いていた沢柳ちか子は、「死体を買え」と言って来た男の電話の声を録音したマイクロカセットテープを手にして眺めていたが、やがて傍らの内山寿子へ、

「あなたが持っていて」

と、渡した。「弥生さん、今の話は誰にもしていないわね」

「はい、もちろんです」

――会社のビルの近くにあるティールーム。

個室があるので、ちか子はよくここで内密な打ち合せをする。

「寿子さん、良二の会議は何時まで?」

「十二時までです。たぶん、十五分くらい延びると思います」

「その場にいなくてどうしてそんなことが分るんですか?」

と、弥生が訊く。

「勘です。いつも説明の長い部長が今日、発言の順番になっていますから」

きっと、寿子が言う通りなのだろう、と弥生は思った。

「じゃあ弥生さん、この後、お昼を良二と食べていらっしゃい」

と、ちか子が言った。「あの子が一番リラックスするのは、あなたのそばにいるときらしいから」

「お義母様――」

と、言いかけて、「いつも、こうなれなれしくお呼びしていますけど……」

「いいのよ。遅くても二、三か月の内には式を挙げさせますからね。もう少し待っていてちょうだい」

ちか子は、弥生の心を読んでいる。

「もちろんです。――でも、その電話の件は……」

「社長夫人がそんなことに気をつかわなくていいのよ。こちらで考えます。良二には、どこであれを捨てたか確かめなくてはならないけど」

「どういたしましょう?」

と、寿子が訊く。

「この男はまだ何も要求して来ていないわ。次に連絡して来たとき、何か言ってくるでしょう。それから考えましょう」

「かしこまりました」

「常に録音できる状態にしておいてね」

「でも、お義母様、その電話は、お屋敷のプライベート用の電話へかかって来ているんです」

と、弥生が言った。「あの番号は、そう知られていないはずです。それに、次には誰が出るかも分りません」

「それなら番号を変えればいいわ」

と、寿子が言った。「別に一本引いて、それをプライベートに。簡単です」

「あなたの考えることは手早いわね。——まあ、相手がお金目当てだとしたら、まだ話は簡単だけど」

「問題は——伸男さんのことですね」

「そうね……。家にいてもらっては困るわ」

「どうしますか」

ちか子は、寿子の方を向いて、

「外国へやりましょう。どこかいい所を当っておいて。私が話をするわ」

と言った。

「分りました」

寿子は腕時計を見て、「じゃ、弥生さん。社へ行って、社長室でお待ちになったら？」

「ええ、でも……」

「ご心配なく。今のことは、知らないことにしておいて下さればいいんです」

そう言われても……。

弥生は、寿子と一緒にティールームを出て、エレベーターに乗った。

「どういうことになるんでしょうね」

と、エレベーターの中で弥生は言った。

「社長の奥様が、そんな顔しちゃいけませんよ」

「からかわないで」

と、弥生は苦笑した。

確かに、寿子やちか子に「任せて」、自分は何も知らないことにしておく、というのは、弥生にとって最も楽な道に違いない。

だが、一方で伸男は外国へやられる。良二にしても、殺された若い女の死体を湖に捨てたのだから、もしばれたら罪になるだろう。

そうなると、良二も社長でいられなくなるかも……。

「社長は、お疲れでしょうから、お気持を煩わせるようなお話は避けて下さい。必要なことは、私が機会をみて、うかがいますから」

寿子の言葉に、弥生は肯いた。これでいいのかしら、と思いながら、肯いたのである。

「沢柳」

と呼ばれて、昼休み、有貴は足を止めた。

「朝倉先生。——何ですか？」

「ちょっと来い」

朝倉公介は、有貴を手招きすると、校庭へ出た。——よく晴れていたが、風は冷たい。

「なあに、先生？　寒いよ」

「何だ、若いくせに」

と、朝倉は笑って、「塚田克士というのはボーイフレンドか」

有貴はドキッとして、

「友だちです。どうして？」

「お前との付合いを気にして、連絡して来た人がいる。男の人だ」

久保田か。——たぶん、そうだ。

「それで……」

「人を刺したって？　本当か」

有貴は、そのときのいきさつを朝倉に説明した。

「——本当です。もし嘘なら、警察が彼を釈放するわけないでしょう？」

「分った。お前を疑うわけじゃない。ただ、このことが職員会議で問題になると、厄介だからな」

「——分ります」

「しばらく会わないようにしろ。いいな？」

有貴は、

「はい」

と答えるしかなかった。

——下校時に、有貴はクラブへ休むと届けを出し、他の子たちと会わないように裏門から出た。

足早に歩いて行くと、ふと後ろに気配を感じ、振り向く。

車が一台、静かに有貴の後をついて来ていた。分っていた。久保田だ。

「——やあ」

後部席の窓が開いて、久保田が顔を出す。

「どうも……」

「乗ってくれないか。少し話がある」

有貴はちょっと迷ったが、断るわけにいかなかった。

「この窓ガラスは外から見えない。心配することはないよ」

久保田は並んで腰をおろした有貴へ、そう言った。「相談というのは、他でもない」

「家のことは知りません」

と、有貴は言った。

「まあ、そうカリカリすることはない」

と、久保田は笑って、「君とあの塚田克士との間を邪魔するつもりはない。しかし、私が届け出れば、あの少年にとっちゃ、いささかまずいことになるだろう」

有貴は、久保田の横顔を見た。

「——どうしろって言うんですか?」

「教えてもらいたいことがある」

「何ですか」

「君のお父さんは、女の死体をどこへやったのかな?」

有貴は、思わず息をのんだ。

——久保田の車が静かに停る。

「さあ、駅前だ」

と、久保田は言った。「いいね。連絡してくれよ」

「私に教えてくれなかったら?」

「君は利口だ。訊き出す方法はいくつもあるだろ?」

久保田はニヤリと笑った。

運転手がドアを開けてくれる。

有貴は、何も言わずに車を降りると、振り向こうとせずに、そのまま駅の改札口へと急いだのだった。

「——ただいま」

有貴は、玄関を上ろうとして、父の靴に気付いた。

また来てる！　人の迷惑も考えないで。

カッカしながら、居間を覗くと、

「やあ、お帰り」

と、伸男が振り向いた。

「お母さんは？」

「お帰りなさい」

智春が台所から声をかけた。

「お母さん……」

有貴は、母が江梨子と一緒に台所に立っているのを見て、びっくりした。

「何ができるか、お楽しみね」

と言って、智春は笑った。

その笑いの明るさが、有貴の胸を打った。

これがお父さんのせいなら、頭に来るな、と有貴は思ったりもした。それとも、夫婦というものは、そういうものなのだろうか……。

「着替えてくる！」

と、有貴は言って、自分の部屋へ駆けて行った……。

――夕食は、にぎやかだった。

伸男も一緒で、智春の作ったものをおいしそうに食べている。

でも、母の記憶が戻ったというわけではないようだった。

江梨子が大体の仕度をして、智春は最後に火を通すだけだったのを、有貴は見ていた。それでも、母が安心して火を使えるというのは、驚きだった。

「——おかわり」

と、有貴は茶碗を出した。

「私がよそうわ」

智春が楽しげに山盛りにして、

「多すぎる！　太っちゃうよ」

と、有貴に苦情を言われ、嬉しそうにしている。

「当分はここへ来ないよ」

と、唐突に伸男が言った。

「——え？」

智春が当惑した様子で、「お忙しいんですか？」

「いや……。この間のことでね。やはりまずいらしい。外国へしばらく行っててくれ、ってお袋から言われた」

伸男は、ご飯にお茶をかけながら、「——しばらく帰れないと思う。元気でな。有貴も……」

有貴は、何と言っていいか分らなかった。

——父が家に来ていることに腹を立てていたが、考えてみれば、それが「父」というものなのだ。

「お断りになればよろしいわ」

と、智春がアッサリと言った。

「何を？」

と、伸男は面食らっている。

「外国へ行きたいんですか？」

「いや……。そりゃ行きたくないよ。いつ帰れるかも分らない」

「じゃ、お断りになれば？　行きたくありません、とおっしゃって」

「そんなことが……」

「ご自分のことですよ。ご自分でお決めになればいいわ」

智春の言い方が、いかにも淡々として明るいのが、ふしぎな説得力を持っている。

「しかし……。居場所がなくなるかもしれない」

と、伸男は言って、「ここに置いてくれるか？」

智春は、江梨子の方へ、

「江梨子さんが構わなければ」

「私は、奥様がよろしければ……」

と、ややむくれてはいるが、「別に私の亭主じゃないんですし」

有貴は母を見て、

「私の方には訊かないの？」

と言った。

「あなたはよろしいんでしょ？」

そう言われると、「いや」とも言いにくい。

「まあ……ね」

と、渋々肯いた。

「それじゃ、決った」

と、智春は微笑んだ。「でも、ずっと隠れてるのも妙なものですね」

「変装でもする？」

と、有貴が言うと、伸男と江梨子は笑った。

だが、智春は真顔で、

「それも悪くありませんね」

と、言った。

有貴と伸男は、思わず顔を見合せたのである。

「また！」

と、ちか子がため息をついた。「どこへ行ってたの」

伸男はブラリと居間へ入って来ると、

「どこだっていいじゃないか。どうせ仕事もないことだし」

と、伸びをした。

「塚田朋美の所？」

「違うよ。あの子だって、僕のことは敬遠してる。他の女の所さ。母さんの知らないガールフレンドだっているんだぞ」

「自慢するようなこと？」

と、ちか子は苦笑した。「寿子さんを呼んで。何とか間に合いそうだわ」

と、ちか子が芳江に言いつける。

すぐに内山寿子が現われた。

「やっと、うちの道楽息子が帰って来たから。まだ間に合うわね」

「はい、道がよほど混んでいなければ大丈夫でしょう」

と、寿子が肯く。

「じゃ、伸男。早速出かけて」

伸男は面食らって、

「どこへ出かけるの？」

「成田よ。寿子さんがあんたのパスポートも持ってる。航空券もね」

「待ってくれよ！」

伸男は目を丸くした。「帰って来るなり、突然そんなこと言われても――」

「ゆうべ話すつもりだったのに、あんたが帰って来ないからいけないんじゃないの」

と、ちか子は言い返して、「さ、飛行機に乗り遅れると大変。急いで。必要な物は向うで買えばいいわ」

「だって……。どこへ行くのさ、一体？」

「ニュージーランド」

伸男はポカンとして、

「カンガルーのいる所？」

と、子供のようなことを言ってしまった。

「あれはオーストラリアでしょ。ニュージーランドは羊が人口の何倍もいるって所よ」

「あんまり羊の趣味はないんだけどね」

「馬鹿言ってないで！　早く出かけるのよ」

と、ちか子が手を振る。「何もアマゾンの奥地へ行けってんじゃないわ。何かあれば電話でもファックスでも送れるわよ」

「ニュージーランドって……」

何が何だか分らない内に、伸男は服も着たまま、せかされる。寿子が、

「あちらは夏ですから、薄手の下着も入れてあります」

と、スーツケースを手に玄関へ。

「ああ……。でも、急な話で……」

それでも、伸男はまだブツブツ言っていたが、寿子にせき立てられて車に乗った。

「私が運転します」

確かに、内山寿子の運転はなまじの男性よりずっと安定していて、しかも思い切りがよい。

高速道路へ入って、成田までそう混んでいないと分ると、寿子は少しホッとした様子で、

「その小さなバッグに、パスポートと現金、カードの類《たぐい》も入っています」

と、説明した。

「あ、そう」

伸男は助手席でややふてくされている。

「要するに厄介払いなんだ」

「伸男さんのことをお考えになってのことですわ」

と、寿子は微笑んで、「いいじゃありませんか。ニュージーランドでのんびり過してりゃ

いいんですから。替れるものなら替りたいわ」

「しかし……その脅迫電話から後、何もなかったんだろ？」

「でも、伸男さんのためですわ」

車がただひたすら真直ぐな道を成田へと向う。

「——会社のためって言う方が正しいんじゃないのか」

と、伸男は言った。

寿子はチラッと伸男を見て、

「それももちろん……。ちか子様は、何とか生きている間に会社の足下を、しっかりしておきたいんですわ」

「お袋がそう簡単に死ぬもんか」

と、伸男は言ってやった。「今ごろクシャミしてるってことも、お袋ならありっこないよ」


「——じゃ、もうお入りになった方が」

と、寿子は案内のボードを見ながら言った。

「向うで、預けた荷物を受け取るのを忘れないようにして下さいね」

「ああ、大丈夫」

伸男は搭乗券を見て、「ファーストクラスだな」

「はい、もちろん。ニュージーランドまでは結構かかります。ゆっくりおやすみになって行かれて下さい」

「向うから連絡するよ」

と、伸男は言って、「ちょっとトイレに行ってくる」

「お待ちしてましょう」

寿子が、伸男の小さなバッグを預かった。

伸男は人の流れをかき分けて、化粧室を見付けて、入って行った。

手を洗い、さて、と息をついて鏡の中を見る。

こんな所まで来て迷っている。

智春の言ったように、「自分のことは自分で決める」と、母に向って言ってやればと思うのだが……。いざ面と向って口を開こうとすると、

「分った」

と、言ってしまうのだ。

やれやれ……。智春や有貴に迷惑をかけることを思えば、このまま一人でニュージーランドへ行って、コアラだかペンギンだか（それも違ったかな？）と遊んでいた方がいいのだろうか。

このままでは、寿子に見送られて、無事飛行機へ乗り込んでしまいそうだ。

伸男は化粧室を出て――あれ？　どっちから来たんだっけ？

一瞬、迷った。方向音痴なのが伸男を救ったのである。

男が一人、スッと前に出て来た。同時に、女子の化粧室の方から、えらくあわてた様子のおばさんが飛び出して来た。

そのおばさんと目の前の男がぶつかって、

「キャッ！」

おばさんはもののみごとにすっ転んだ。

手にしていたバッグが落ちて、口を開き、中身が飛び出した。

「遅れちゃう！　飛行機が出るのよ！」

と、そのおばさんはパニック状態になって飛び出した物も拾おうとしない。

「落ちついて！　大丈夫ですよ」

伸男は、手早く飛び散った物を拾ってやると（リップクリームだの、コンパクトだのに混って、なぜか乾電池があったりした）、

「さ、これ持って」

と、そのおばさんへ渡してやる。「何時の便？」

「集合に二十分も遅れちゃったんですよ！」

「集合に？　じゃ、大丈夫。充分余裕をみてますよ」

と、伸男は笑って言った。「気を付けてね！」

「ありがとうございます」

と、ペコペコ頭を下げると、「あの人、ぶつかっといて、謝りもしないで！」

と、にらんだのは、コートを着て、サングラスをかけた男。

伸男が見ると、スッと目の合うのを避けて人ごみの中へ消える。

何だろう？　――伸男は、その男が明らかに自分のことを知っていると感じた。本当は俺にぶつかって来ようとしたのかな？　スリか？　しかし……。

「じゃ、どうも」

と、そのおばさんが行きかけるのを見て、

「あ、ちょっと――」

と、伸男は呼び止めた。

「え？」

「コートが――破れてるんですか、それ？」

「あら、本当だ！　いやだわ、いつの間に破れたのかしら」

スッときれいに裂けめが入っている。

伸男は、刃物で切ったのだと思った。

あの男が？　ぶつかった拍子に、刃があのおばさんのコートを切り裂いていたのだとしたら……。

もし俺がぶつかっていたらどうなったか？

伸男はゾッとした。

あの男は、俺を殺そうとしていたのだろうか？

伸男は〈タクシー乗場〉の矢印を見付けると、急いでそっちへ向って歩き出した。

そして、歩き出して十歩もしない内に、駆け出していたのだった……。


クラブがあって遅くなった。

有貴は駅を出ると、家に電話を入れて、江梨子に、

「お腹ペコペコ！　死にそう！」

とだけ言った。

向うで江梨子が笑い転げていただろう。

でも、そういう江梨子が、有貴は好きだった。

電話を切って、戻ったテレカを財布へしまっていると、

「お茶一杯、付合ってくれよ」

その声……。

「何よ！　ちっとも電話して来ないで」

と、有貴は克士をにらんでやった。

かくて――「腹ペコで死にそう」なはずの有貴は、克士と「お茶する」はめになった。

「だって、やっぱりまずいと思ってさ」

と、克士は言った。

有貴と二人、「空きっ腹にケーキ」というやや胸やけしそうな状況で、

「何かあった、その後?」

「この間のことか? いいや、刺された奴は、大したことなかったみたいだ。うまいこと、太い血管が切れてなかったんだって」

「そうか。自分のせいだよね」

「でも……今でも忘れないよ、あの、ナイフで刺しちまったときの手応え。いやなもんだな」

と、克士は顔をしかめて、「俺も……少し腰落ちつけて働ける所、捜そうかと思ってる。フラフラしてたら、いつの間にかこの前の奴らみたいにさ、あんなことになるかもしれないもんな」

あの不運な出来事が、克士にとって、思いがけない啓示になったようで、有貴は、何が幸いするか分らない、と思った。

「お前の親父さん、姉貴の所にも連絡してないみたいだな。『冷たい人だ』って、姉貴が怒ってたぜ」

「どの顔さげて行けばいいのか、当人も恥ずかしいんでしょ」

と、有貴は笑った。「——久保田って人から何か言って来てる?」

「いや。何だか妙な人だよな」

克士は、どうして久保田が自分のことで保証人になってくれているのか、さっぱり分っていない様子だった。

有貴もあえて説明しようと思わない。——久保田が本当に何を狙っているのか、有貴にもよく分っていないのである。

「じゃ、もう帰るわ」

と、有貴は立ち上って、「私の携帯にでもかけてね」

「うん、そうするよ」

——克士と別れて、有貴はお腹こそ空いていたが、いい気分で家へと帰って行った。

「——ただいま」

と、玄関を上って、「ごめんね、遅くなって」

「その辺で倒れてらっしゃるのかと思いました」

と、江梨子が出て来て、「早く食べないとなくなりますよ」

「どうして？　お母さん、そんなに食欲があるの？」

「さあ」

「お父さん」

有貴は、ダイニングへ入って、びっくりした。「——靴、玄関にあった？」

「隠したの」

と、智春が言った。

「隠した？」

「殺されかけたんだ」

と、伸男が言った。「ここにしばらく隠れてることにした」

「殺されかけた？」

「そういうことで、有貴も黙ってるのよ」

母は、まるで面白がっているように、シッと指を唇に当てたのだった。

意外な組み合せ

「あれ？」

校門を出たところで、有貴は車にもたれて立っている内山寿子を見て足を止めた。

寿子の方もすぐに気付いてやって来ると、

「ごめんなさい、突然。ちょっと時間をもらえます？」

「ええ。——じゃ、ノン子、今夜電話するね」

一緒に出て来た佐々木信子にそう言って別れ、寿子の運転する車に乗った。

「——お父さんが？」

「ええ。成田まで行って、もうチェックインもすませたのに、姿をくらましちゃったんです」

寿子は首を振って、「何を考えてらっしゃるんだか……。ちか子様は、会社のためにも伸男様のためにも一番いいように、と思って決められたはずです。それを……」

有貴は何も言わなかった。

内山寿子は、有貴の祖父、沢柳徹男との間に美幸という女の子までいる。いわば〈愛人〉だ。しかし、祖母のちか子は寿子に伸男の秘書としての才能を見出《みいだ》し、働かせている。

そういう気持、神経は有貴にとって理解できないものだが、大人には大人のやり方があるのかもしれないと思うから、何も言わない。

ただ、寂しい思いを抱くことがあるのは、寿子がすっかり今ではちか子を尊敬し、何でもその言いつけを第一としていることについてである。

以前の寿子は、「日かげの身」として、祖母だけでなく、祖父に対しても批判的でさえあった。それが今では、ちか子の「腹心の部下」というところである。

「――塚田朋美にも訊いてみました。でも、伸男様は何の連絡もとっていないと……。かばっている、という風でもないんですよ」

と、寿子は言って、車を駅へ向けた。「他の女の所なんでしょうけど……。ともかく、困ったことなんです」

「それで……私に何かできるの？」

と、有貴は訊いた。

「一応お知らせしておけという、ちか子様のお話で。――もし電話でもあったら、どこにおいでか、うかがってみて下さい」

「言わないんじゃない？」

「それなら仕方ありませんけど。ニュージーランドへ行かれているはずなので、びっくりされてはいけないと思って」

「あ、そこの改札口の前でいいわ」

と、有貴は言って鞄を手に取った。

「はい。——それじゃ、気を付けて」

「うん」

有貴は、ドアを開けて車を降りた。

「有貴さん」

「え？」

「あの子——塚田朋美の弟と、会ってますか？」

「ああ、克士君？　ここんとこ会ってない。電話で話すぐらいはしてるけど」

「そうですか。——それじゃ」

寿子は、それ以上言わなかった。

車がぐるっとロータリーを回って行くのを有貴は何となく見送っていたが、

「あ、そうだ」

帰りに、参考書を買うことにしていたのだった。信子も寄っているかもしれない。

有貴は、いつも行っている書店に向った。

——案の定、ほとんど同時に信子も店にやって来た。

「いいタイミング」

と、有貴と信子は二人で笑って、参考書を買ってから、のんびりとファッション誌などを眺めて、たちまち二十分くらいはたってしまう。

「――ね、ね」

と、信子が有貴をつつく。

「どうしたの？」

「あれ、朝倉先生」

「え？」

首を伸《の》ばして覗くと、担任の朝倉公介が書棚を眺めている。

まあ、教師なのだから本を見ていてもふしぎではないが。

「――待ち合せだ」

と、有貴は言った。「ね、本なんかほとんど見てないよ。さっきから腕時計ばっかり見てる」

「本当だ。いやにソワソワしてるね」

二人は顔を見合せた。

さては――デートか？

朝倉が、足早に書店を出て行く。

「見逃す手はない！」

「同感！」

と、二人も急いで書店を出た。

朝倉は、駅前のロータリーから少し外れた信号の所で足を止め、青になっても渡ろうとしない。

「あそこで待ち合せかな」

と、信子が言った。

「きっと相手は車で来るんだ。それに乗って――」

「ドライブ？」

「さあね」

ま、朝倉は独身だし、どこへ行こうと有貴たちがとやかく言う筋合のものでもない。

「見て、車――」

信子が言いかけて、

「――嘘！」

と、思わず有貴は言っていた。

車が一台、スッと朝倉の方へ寄って停り、朝倉が素早く乗り込むと、車はすぐにスピードを上げて走り去った。

「有貴……。今の車、さっき有貴が乗った――」

「うん」

「そうだよね」

間違いない。あれは、さっき有貴の乗った、内山寿子の車だ！

寿子さんと朝倉先生？

「——昔、朝倉先生の家庭教師だったたって、寿子さん」

その縁か。それにしても……。

有貴は仰天して、ものも言えなかった……。


「内山君が？　そうか」

伸男は夕食をとりながら有貴の話を聞いて肯いた。

「もちろん何も言わなかったけど」

と、有貴は言った。「でもおかしいね。お父さんがここにいるなんて、寿子さん、思ってもみないみたい」

「そうでしょ？　ここにもちか子さんが電話して来られたけど、ここへ来てないか、とは訊かれなかったものね」

と、智春は楽しげに言った。

大人にいたずらを仕掛けて喜んでいる子供みたいだ。

しかし——有貴は、口にこそ出さないが、このままずっと父をここへ置くのだろうか、とひそかに心配していた。

母と自分と江梨子の三人で楽しくやっていた生活に、男が一人入ってくるのは、大事件である。

ベッドも、母と有貴のしかない。

父は、居間のソファに寝ていた。その点、ずいぶん変ったというか、自分の立場をよくわきまえていた。

「内山君に何かとばっちりがいかなきゃいいんだがな」

「大丈夫でしょ。おばあちゃんは、ずいぶん寿子さんを気に入っちゃったみたいよ」

「その辺は、お袋も大したもんだ。内山君や良二の奥さん——弥生さんといったかな」

「ええ。今や社長夫人だものね」

「あの人もそうだ。お袋にしてみりゃ、少し手切金でも払って別れさせるのが普通だろうが、彼女の場合は、〈社長夫人〉としてやっていけると、お袋は判断したんだ。そういうこだわらないのが、いいところだ」

有貴はその話に加わらずに食事を続けていた。

——父が、祖母のことを評価しているのを聞くのは、意外な気がした。

父は変った、と思った。——社長だったときの、背伸びをした感じがない。

社長を弟に譲って、正直なところホッとしているのではないか。

「——でも、いつまでもここに隠れてるつもり？」

と、食事がすんでから、有貴は言った。

「見付かるまで、かな」

「無理をすることはないのよ。自然にしていればいいわ。出かけたいときは出かけて、外で泊りたいときは泊って」

と、智春は言った。

そうやっていると、却って見付からないかもしれない、と有貴は思った。

「でも、殺されかけた、って話はどうしたの？」

「うん……。確かにそう思ったんだけどな。しかし、誰が俺を殺したりする？」

「分んないよ、そんなこと。あの女の人だって――」

「有貴さん。そのことは――」

「分ってるわ、お母さん。私だって、お父さんがやったとは思わない。でも、人が間違いなく死んでる以上、危険はあるってこと」

「心配してくれるのか？」

と、伸男が意外そうに言った。

「ここで殺されたら、気分悪いもん」

わざとからかって言ってみた。

話が深刻になるのを、母が避けたがっていることを、有貴は知っていた。

「――電話だ」

有貴は、自分の部屋で携帯電話が鳴っているのを聞いて、急いで席を立った。

「――はい、もしもし」

切れてしまったのかと思った。しかし、向うに人の気配がある。

「もしもし？」

「有貴……」

「何だ、克士君？　びっくりするじゃないの！」

「一人か？」

と、克士は押し殺した声で言った。

「うん……。待ってね」

有貴はドアを閉めた。「何かあったの？」

「お前の親父さん、行方不明なのか」

「え？」

「いや、姉貴の所にさ、『どこにいるか知らないか』って、訊いて来たっていうから」

相手が克士でも、母の手前、言うわけにいかない。

「大丈夫。元気でいるのよ。どこにいるのか知らないけど」

「そうか。それならいいけど。心配でさ」

「ありがとう。今、どこでかけてるの？」

「そこのマンションの下」

「何だ！　じゃ行くわよ」

「いいのか？」

「文句なんか言わせない！　子供じゃないんだから」

「分ったよ。おっかねえな」

と、克士は笑った。

「待ってて、ロビーで」

有貴は、急いで電話を切ると、ダイニングの方へ、

「ちょっと出てくる！　すぐ戻るから」

と、声をかけて、さっさと玄関を出た。

――ロビーへ下りて行くと、克士がポケットに手を突っ込んでぶらついている。

「何かあったのね」

と、克士の腕を取って、「少し歩こう」

「外、寒いぞ」

「二人だもの」

身を寄せ合って、冷たい風の中を歩くのは、楽しいものだった。

「――勤め先が決ったんだ」

と、克士が言った。

「へえ！　凄いじゃない。どこ？」

「姉貴の大学の先生に紹介してもらってさ。小さな出版の仕事してる所で――。編集プロダクションっていうのか」

「そこでアルバイト？」

「一応、正社員にしてくれるって約束だ。一年か二年したら」

「じゃあ……きちんと勤めるんだね」

「うん。使い走りから始めるんだろうけどな」

と、克士は照れたように言って、「でも、時間が不規則な仕事だから、会うのは面倒になるかもしれない」

「仕方ないね……。我慢する。でも、時間ができたら、いつでも呼んで」

あまり会えなくなると思うと、有貴の胸はキュッと痛んだ。

「長く続けられるように、頑張るから」

「うん。しっかりね」

足を止めると、有貴は伸び上ってキスした。

肩を抱く克士の手に力が入る。

抱いて。――抱いて。

有貴は、いつか克士と結ばれることになるだろう、と予感している自分に気付いて、頬《ほお》がカッと熱くなった。

病室

「分りました」

と、内山寿子が言っているのが聞こえた。

「用心してね」

と、ちか子が念を押す。「落とした跡が残っているか、引き上げた形跡があるかどうか。それを確かめて報告してちょうだい」

──有貴は、居間のドアの手前で、じっと息を殺していた。

学校の帰りに、ちか子に呼ばれてやって来たのだが、思いもかけない話を聞いてしまった。

今、ちか子と寿子が話しているのは、──間違いなく父が殺したことになっている女の死体のことだろう。

あの久保田という男から「調べ出すように」と言われているが、正直なところ、父は知らないし、良二にも正面切って、そんなことは訊けない。

それが今……。

「あ、有貴さん」

と、弥生がやって来て、声をかけた。

有貴はギクリとして、

「今日《こんにち》は。——おばあちゃん、いる？」

と、やっと笑顔を作って見せた。

「中においでのはずですよ」

弥生が言うのと同時に居間のドアが大きく開いて、寿子が顔を出した。

「ちか子様がお待ちです」

「ええ」

有貴は居間へ入りながら、寿子が右手に持っている地図をチラッと見ていた。

大きな地図を折りたたんだものだ。あれに死体を捨てた場所が示してあるのだろうか。

「まあ、悪かったわね」

と、ちか子が笑顔で孫娘に手を振る。「学校の帰りに呼んだりして。忙しいんじゃないの？」

「ううん、大丈夫」

と、有貴は言った。「お父さんのこと、何か分った？」

父が有貴のマンションにいることは、今でも知られていないらしい。先入観というのは妙なものだ、と有貴は思った。

一応こっちから訊くのが自然だろう。有貴もこういう知恵が回るようになっていた。

「それがさっぱり。——電話の一本くらいかけてくりゃいいのにね」

と、ちか子はしかめっつらをした。

息子の身を案じているというよりは、自分が息子の居場所をつかめないことに怒っているようだった。

「――では、行って参ります」

と、内山寿子がドアの所で言った。

「ご苦労様」

と、ちか子が肯いて見せる。

すると、弥生が、

「寿子さん」

と、呼び止めるのが聞こえた。「明日の歓迎夕食会のことなんだけど」

「何ですか？」

「良二さんが、スピーチをどうしたらいいか訊いといてくれと言われました」

「あ、それでしたら、電子メールで入れておいたんですけど――」

と、寿子は弥生と奥へ入って行く様子。

「ごめん」

と、有貴は言った。「ちょっとトイレに行ってくる」

居間を出て、有貴は玄関の上り口に寿子のショルダーバッグが置いてあるのを目に止めた。

居間の方を振り返りながら、バッグの中を探る。――あった！　折りたたんだ地図だ！

寿子はすぐ戻って来るだろう。

有貴はそれを手に、書斎へ駆けて行った。コピーの機械がある。

急いで電源を入れ、地図を広げた。

奥多摩の方の地図らしい。湖や山道に、赤く曲りくねった線が引いてあるのは、道路だろう。

そして湖。――その隅の辺りに×印がつけられている。

有貴は、地図をガラス面にのせて、コピーボタンを押した。ブーンという音と共に、機械が目を覚ます。

しかし、コピーの機械は作動するまでに時間がかかるのである。

早く、早く……。

ジリジリして待っていると、ますます長く感じられる。寿子が戻って来てしまう。

よほど機械をけとばしてやろうかと思ったとき、ガタッと音がしてコピーを取る緑色の光がゆっくりと動いた。

コピーが取れた！　有貴は元通りに地図をたたんで玄関へ飛んで帰った。

寿子は戻っていない。バッグの中へ地図を戻すと、

「――良かったわ。ちゃんと使い方を教わらないとだめね」

と、弥生の声がして、寿子と二人、玄関へ戻って来る。

有貴は、トイレの方へ行きながら、

「寿子さん、お出かけ？」

「ええ、ちょっとドライブです」

「美幸ちゃん、元気？」

と、子供のことを訊いたりする自分に、我ながら感心した。

——コピー機から、コピーを取り出し、小さくたたんでブレザーのポケットへしまう。

居間へ戻ったときには、まだ息を弾ませていた。

「——有貴ちゃん。悪いけど、私の代りにここへ行ってほしいの」

と、ちか子が渡したメモは、病院の名前である。

「病院に何しに行くの？」

「智春さんのお父さんが入ってるのよ」

有貴は一瞬、胸をつかれた。——母の方の祖父、祖母とはもうずいぶん会っていない。ほとんど忘れかけていたことにショックを受けた。母といつも一緒にいながら……。

「分ったわ。でも、行って何すればいいの？」

「病室を移るので、手続きしなきゃならないの。寿子さんにでも行ってもらうといいんだけど、ちょっと急ぎの用があってね」

「いいよ、行ってくる。向うで訊けば分るね」

「その印鑑を持って行って。請求書をくれたら、持って帰って来てちょうだい。後で振り込むから」

「はい」

電車で四、五十分かかるだろうか。駅前からはタクシーに乗るようにとメモにある。

「私、ご一緒しましょうか」

弥生が入って来て言った。

「でも、忙しいでしょ」

「良二さんが戻るのはどうせ夜中ですから」

「そう？　弥生さん、それじゃ悪いけど、ついて行ってやって」

と、ちか子は言った。「この子にやらせてね、細かいことは。憶えさせたいから」

「はい。それじゃ有貴さん――」

「ええ、行きましょ」

有貴は、学校鞄を手にして、「じゃ、行って来ます！」

と、ちか子にいやに元気良く声をかけた。


「――私、知ってる」

と、有貴は言った。

「え？」

弥生は、電車の窓の外を流れていく町の灯から目を離して、「何のことですか？」

「お母さんが自殺するように追い詰められたとき、お母さんは約束させたのよ、おばあちゃんに。少しボケ始めてた父親のことを、ずっと引き受けてくれって」

電車は単調に揺れている。郊外へ出て、窓の外は段々暗闇が深くなっていた。

「――辛かったでしょうね、お母様も」

「だから、私ずっとお母さんの面倒みてあげるんだ。一生独身でもいい」

克士に恋しながら、でもこの気持も嘘ではない。

「そんなこと……。まだ十六でしょ、有貴さん」

と、弥生は笑って、「大人ですね」

「からかってる？」

「ちっとも！　感心してる」

「本当かな」

二人は、ちょっと笑った。

有貴は、弥生と話しているとホッとする。それは、弥生自身が傷つき、泣いたことのある人だからである。

――病院へ着いたのは、夜七時ごろになっていた。

面会時間は決っているが、智春の父、矢崎道雄が入っているのは特別室で、料金も高いが、面会などは自由にできるということだった。

静かな廊下を歩いて行くと、真夜中かと思ってしまう。

「――こういう所で老後を過すのって、どんな気持かな」

と、有貴は言った。

「私は何だか……。夫の面倒がみられる内は、家でみたいわ。でも、私も年齢《とし》をとるんですものね」

「あ、ここだ」

有貴がドアを叩くと、

「はい」

と、返事があって、ドアが開く。

「今晩は」

と、有貴が言うと、

「どちら様ですか?」

有貴は、明るい光の下で智春の母、万里子を見て、愕然とした。

こんなに「お年寄」だった? 髪も真白《まっしろ》で、見たこともない人のようだ。

「あの……有貴です。おばあさん」

「――まあ」

驚いた顔に、やっと昔の面影がよみがえった。「まあ……。大きくなって!」

「入ってもいい?」

有貴は立ち直っていた。明るく、「可愛い孫」として振舞うのだ。

「どうぞ、どうぞ」

万里子は、目に涙を浮かべていた。「まあ、大きくなって！」

と、くり返している。

弥生がおずおずと自己紹介したが、万里子には良二のこともよく分らない様子だった。

「——ずっと来なくてごめんなさい」

と、有貴は言った。

「いいのよ。病院なんて、若い人にはちっとも楽しい所じゃないものね」

と、万里子はハンカチで涙を拭った。

有貴は、母のことをどう言おうかと迷っていたが、万里子は何も訊かない。

「あの——病室を移る手続き、して来てくれって言われてるの。ちょっと行ってくる」

と、祖母に言って、後は弥生に任せて廊下へ出た。

何だかホッとした。——申しわけないようだが、確かに病室の中にいると胸苦しい気分になってしまうのだった。

それに——祖父、矢崎道雄はもう寝たきりの状態らしく、目は何も見ていなかった。その様子は、見ていて辛かった。

通りかかった看護婦に訊いて事務室へ案内してもらい、手続きは簡単にすんだ。

ホッとすると同時に、少し大人の真似ごとをしたという気分になる。

「——いつも、お菓子をありがとう」

と、看護婦に言われ、

「あ、いえ――」

と、曖昧に答えた。

看護婦さんたちにお菓子を送っている。

誰がやっているんだろう。

病室へ戻ろうとして、有貴はふとさっきの地図のことを思い出した。

長椅子に腰をかけて、地図のコピーを広げてみた。赤い線や×印も黒で出ているわけだが、充分に分る。

良二がここで女の死体を捨てたのは間違いないだろう。

でも、内山寿子は何をしにここへ行ったんだろう？

――「引き上げた形跡」と、ちか子は言っていた。

誰かが、女の死体を引き上げたのか？

有貴は、久保田のことを思い出した。どこか他で探り当て、死体を引き上げたのだろうか？

でも、何のために？

有貴がコピーをたたんでポケットへしまい、立ち上ると、

「有貴さん！」

と、弥生が駆けて来た。

「どうしたの？」

「お祖母様が倒れたの！」

有貴は立ちすくんだ。

静かな葬儀

ひっそりとした、地味なものだったが、お葬式がそう派手でも仕方あるまい。

残った人々はともかく、死んだ人間にはどうでもいいことだものね……。

有貴は、そっと母の様子を横目に見ていた。

黒のスーツの母は、髪が白いこともあって、もう「老婦人」という印象だった。

――祖母、矢崎万里子が、寝たきりの夫を看病していて突然倒れ、そのまま亡くなってしまった。

心臓にもともと何かあったのだろう。苦しむことはなく、一瞬の出来事だった。

ちょうど病院へ行っていた有貴にとってはパニックを起しそうな突発事だったが、弥生が一緒にいてくれたので、助かった。

それにしても――人ってこんなに簡単に死んでしまうのか。

それは有貴にとってもショックだった。

母、智春に告げるのは辛かったが、やはり自分がやらねばならない、と思い、電話をして病院へ来て、と言った。電話でなく、直接言いたかった。

江梨子に付き添われてやって来た智春は、察していたのか、それともやはり母親のことも

はっきりした記憶がないのか、

「そうですか。それはどうも」

と言っただけだった。

寝たきりの父親を見ても、智春は顔に何の表情も見せなかった。有貴には分らなかった……。

今、こうして告別式の遺族の席に座り、焼香に訪れる客にいちいち、きちんと礼を言っている智春は、ごく普通のように見える。

だが、旧知らしい人に話しかけられても、一向に分らない様子なのだ。

有貴は、母を見ていて、「本当は何もかも思い出しているのではないか」と思うことがある。それは印象に過ぎないのだが、なぜそう感じるのか、自分でもよく分らない。

けれども、もし何もかも思い出しているとしたら、なぜ忘れているふりをするのだろう？

そんな必要があるだろうか。

「——あ、おばあちゃん」

と、有貴は呟いた。

沢柳ちか子が、良二と一緒に斎場へ入って来た。

むろん、父、伸男は「行方不明」ということになっているから、ここにはいない。

遺族席には、智春、有貴の他に、智春の弟、矢崎浩士《ひろし》が座っていた。

「——大きくなって。もう『ちゃん』とは呼べないな」

よく気の合った、この叔父《おじ》とも、有貴は久しぶりだったので、会うなりそう言われた。

浩士は、今年三十三になるはずだ。

智春が自殺しかけたとき、急いで駆けつけるのに車を運転してくれたのは、浩士の「恋人」の若い男だった。

運転の腕は抜群で、おかげで智春も命をとり止めた、とも言える。

今でも浩士があの男の人と暮しているのかどうか、有貴はあえて訊かなかった。

――ちか子と良二が焼香をして、智春たちの方へやって来た。

「ありがとうございました」

と、智春は礼を言う。

「お気の毒ね」

と、ちか子は言った。「お父様の面倒は、誰か雇って見させますからね。心配しないで。約束は守ります」

智春は、分っているのかいないのか、

「ありがとうございます」

と、頭を下げるだけ。

良二が、

「兄貴も本当なら、ここへ座ってなきゃいけないのに」

と言って、有貴の肩を軽く叩き、ちか子と一緒に椅子に腰をおろした。

弥生は、何かと朝から手伝ってくれて、今も受付をやっている。

万里子は勤めていたわけでもないので、弔問客といっても、そう多くはない。それでも、ほぼ一時間、絶えずに人が来ていたのは、予想以上のことだった。

受付の人も、と呼ばれたのだろう。弥生がやって来て、最後に焼香した。

——終った。

有貴は、母の目に、ついに涙が光るのを見なかった。


降れば霙《みぞれ》か雪かというような、寒い日だった。

出棺まで、あまり時間を取らないように、手早く進んでいく。

そして棺《ひつぎ》に蓋《ふた》を打ちつける前の、「お別れ」で、有貴は初めて祖母の死に顔をじっくりと見た。

老けてはいたが、満足げな表情だった。

「それでは……」

と、葬儀社の人が言いかけると、智春がかがみ込むようにして、両手で母親の顔を挟み、じっと見入った。

それは何秒かのことだったろうが、何分間にも感じられ、有貴はドキドキして頬が熱くなるのを覚えたのだ。

「——失礼しました」

と、智春が退《さ》がる。

有貴は浩士と外へ出ながら、

「お母さん……。知らない人みたいだ」

「ああ。何だかすべてを超越してしまったような感じだな」

浩士は感心している様子。

外へ出ると、北風が震え上るほど寒かった。

二十人ほどの人が待っていた。

ちか子と良二、弥生も、もちろんいる。

「――ご挨拶を」

と言われて、智春はマイクを渡され、ちょっと当惑したように有貴の方を見た。

「お礼だけ言っとけば」

と、有貴は小声で言った。

が、そのとき、人の間をスッと抜けて、父、伸男が黒のスーツとネクタイ姿で現われたのである。

「僕がやる」

と、智春の手からマイクを受け取り、「――本日は、大変お忙しい中、義母《はは》、矢崎万里子のためにお集り下さいまして、ありがとうございました……」

有貴もびっくりしたが、ちか子と良二も、呆気に取られている。

良二が足を踏み出そうとして、ちか子に止められた。

短いお礼の言葉を述べると、伸男は頭を下げた。

「では、出棺でございます」

と、声がして、〈エヌ・エス・インターナショナル〉の若手社員が棺を運んで出て来る。

良二が伸男に声をかけたがっているが、ちか子が抑えて許さない。

棺が霊柩車《れいきゅうしゃ》に納められると、すぐに斎場を出て行く。

「では、車の方へ」

と、案内され、有貴はチラッと父を見た。

伸男は、有貴の方へ肯いて見せて、足早に別の方向へと歩き出した。

「兄さん！」

と、良二が追いかけようとした。

「待ちなさい」

と、ちか子が止める。「今はやめなさい」

「でも――」

「お葬式よ。放っておきなさい」

良二は、弥生と顔を見合せた。

「行きましょう」

と、智春が有貴を促した。

「――もしもし」

有貴は、外で携帯電話を手にしていた。

寒いが、そんなことも言っていられない。

火葬場で待っていると、携帯電話に誰かがかけて来たのだ。音がしないように、振動モードに切りかえてあったから、他の人に分らないよう、トイレに立つふりをして、外へ出た。

ここへかけて来るのは、たぶん克士だと思ったのだ。

「もしもし」

切れてしまったのかしら？

「――お前か」

「やっぱり。今日、お葬式なの」

「誰の？」

「母の方の祖母。何かあったの？」

「そんなとき、悪いな」

「いいけど……何？」

「少し金がいるんだ」

「お金？」

「何か買うってわけじゃない。抜けるのに必要なんだ」

「抜ける?」

「うん……。今度勤めるんで、グループを抜けたんだ。そのとき、金を払ってけって言われて……」

「そう。——いくら?」

「三百万」

「私のこづかいじゃ足りないね」

「うん。誰か、貸してくれる人、いないかな。ちゃんと返すけど」

有貴も、すぐには思い付かない。

「——考えてみるけど。急ぐの?」

「まあな」

と、克士は言った。「あの……久保田って人に頼んでみようか」

「やめなさいよ」

つい、そう言っていた。

「まずいか」

「いえ……。でも、私もよく知らない人だし」

有貴は、口ごもった。

久保田にそんな弱味を作りたくない。しかし、どこで三百万円などというお金を工面できるだろう?

「——いつまで待てる？」

「うん……。明日一杯かな」

「もし出さないと、大変なのね」

「ま、ちょっとけがすりゃすむんだけどな」

と、克士は笑った。

「だめよ！　打ちどころが悪いだけで、命に係ることがあるのよ」

と、有貴は強い口調で言った。「じゃ、明日まで待って。ね？」

「うん——。悪いな」

「ちっとも」

有貴は、息をついて、「仕事、しっかりね！」

と言った……。


「——おやすみ」

と、有貴は居間へ声をかけた。

「ああ、おやすみ」

伸男が新聞を広げている。

有貴は足を止めて、居間での話に耳を傾けた。

「——今日はありがとうございました」

と、智春が言った。

「いや、当然出なきゃいけないからな」

と、伸男が言った。「お義母さんも大変だったな」

「ええ」

「お袋が良二を止めたな。お袋にとっちゃ、お葬式で身内の恥をさらすのは許せないんだろう」

伸男は伸びをして、「じゃ、風呂へ入ってくる」

「ご苦労様でした」

「よせよ。夫婦じゃないか」

有貴は自分の部屋へ入って、ベッドに潜り込んだ。

しかし、なかなか眠れない。

――克士の三百万。父が何とかしてくれないか、と考えていたのだ。

父も、自分の貯金だって、少しは持っているだろうし。有貴が頼めば……。

むろん、気は進まなかった。できることなら自分で用意したい。でも、高校一年生には、とても無理な話である。

――有貴はしばらくして、ふと起き上ると、そっとベッドを出た。

ドアを開け、母の寝室の方を見る。ドアが半ば開けてあった。

有貴は、居間を覗いた。父はまだ風呂から上らないらしい。

台所へ行って、冷たいお茶を一口飲んだ。

空気が乾いて、水がほしかったのである。

——どうしよう。父に言ってみようか。

父はいつも居間で寝ている。風呂から上るのを待って、話してみてもいいかもしれない。

何に使うのか、説明して、納得してくれるだろうか。

椅子を引いて腰をかけると、有貴は父が来るのを待っていた。

夫婦

よほど長風呂だったのだろうか。

父が風呂から上ったのに、有貴は気付かなかった。ほんの一瞬、眠ってしまったらしい。

そして、明るい居間からは薄暗い台所にいる有貴の姿が目に入らなかったのだろう。

ふっと目を覚まして、有貴は初めて眠っていたことに気付いた。

お父さん……。

居間を覗くと、ソファに父の使ったバスタオルが投げ出してある。

もう出てたんだ。——歯でも磨いてるのかしら。

ソファの上に、いつもかけて寝ている毛布がたたんだまま置かれていた。まだ寝てはいないのだ。

有貴は居間を通って廊下を覗いた。

パジャマ姿の父が、背を向けて立っている。声をかけようかと思ったが、何かそれをためらわせるものが、その後ろ姿にはあった。

そして気付いた。父は、母が寝ている部屋の前に立っている。

有貴は、居間の中に身を引いて、そっと目だけを出して見ていた。

父は、ずいぶん長いことそこに立っていた。そして、フッと肩の力を抜くと、戻りかける素振りを見せた。すると、中から、

「どうしたんですか」

と、母の穏やかな声が聞こえたのだ。

「いや……眠ってるだろうと思って……」

と、父が口ごもる。

「そこにいるのは分ってましたわ」

と、母が起き上る気配がして、「入って下さい」

「——いいのか、入って」

「ええ、どうぞ」

父が、細く開いていたドアをもう少し大きく開け、暗い部屋の中へ入った。

ドアは細く開いたままにしてある。有貴は居間からそっと忍び出ると、その隙間へ近付いて行った。

「——あなたはいい方ね」

と、母が言っている。

「僕は……お前にずいぶんひどいことをしてきた……」

「忘れてしまうと楽ですね。楽しいことも憶えてないけど、辛いことも思い出さない」

「智春……」

「でも、あなたはいい人なんですね。ただ、辛いことを我慢する訓練ができていないだけ」

「そうかな」

「今は辛いでしょうけど、それをじっと我慢していたら、次のときはもっと楽になりますよ」

「そうだといいがね」

と、父は言った。「お前がそばにいてくれたら、我慢していられるかもしれない」

「私が？」

「うん。お前が」

「――私は動きませんもの。あなたが近くに来られれば、そばにいることになります」

「そうか」

父が笑った。その笑いは、少しも強がっていない、ごく自然なものだ、と有貴は感じた。

少し間があって、

「そこに入ってもいいか」

と、父が訊いた。

「どうぞ」

「智春――」

「あまり話さない方が。有貴さんが起きます」

――二人の息づかいが混って聞こえて来た。

有貴は、廊下の壁に背をつけて、じっと息を殺していた。

「ああ、あなた……」

母が大きく息をついた。「ドアを――閉めて」

「うん」

父が急いでやって来て、ドアを閉めた。

有貴は、燃えるように熱い頬で、居間へ戻ると、ソファに座った。

夫婦なのだから、少しもおかしいことじゃない。それは分っていた。

でも、記憶を失った母にとっては、父は「他人」ではないのか。

抱き合えば、肌が思い出すのだろうか。

有貴は、パッと立ち上ると、急いで居間を出て、そのドアの前を小走りに通り過ぎ、自分の部屋へ入った。

ベッドに潜り込んでも、体の奥深いところが熱く燃えて、寝つけなかった。

いつか――いつか、私も誰か男の腕の中であぁして――。

枕の中へ顔を突っ込んで、有貴は自分の吐息《といき》が熱く顔を包むのを感じていた……。


ちか子は何となく人の気配で目を覚ました。

「――申しわけありません」

と、内山寿子がベッドのそばに立って、「電話がかかって来ました」

「あの『死体を買え』という電話？」

「はい」

ちか子は起き上ろうとしたが、やはりもう若くない。すぐには起きられなかった。

「無理なさらないで下さい」

と、寿子が急いで言った。

「もう切れた？」

「奥様がおやすみだと言いましたら、あと十五分したらかける、と」

「その時間まで？」

「あと……九分です」

「紅茶を濃くしていれさせて。大丈夫。起きるわ」

ちか子は、大分頭がはっきりしてきて、何とか起き上った。

「こちらの電話へかけさせましょうか？」

「いいえ、年中かけて来られちゃ、愛の告白だってうんざりするわ」

ちか子は、シルクのガウンをはおった。

寿子が一足先に階下へ下りて、紅茶を用意させる。

ちか子が階段をゆっくり下りて行くと、良二が居間から出て来て、

「母さん、大丈夫？」

「ああ。——お前、電話を聞いた？」

「うん」

「何か気が付いた？」

「短かったしね」

「じゃ、次の電話をお楽しみに、ってところね」

ちか子が居間のソファにつくと、芳江が紅茶を運んでくる。ほとんどコーヒーに近い色だった。

午前三時。——とんでもない時間にかけて来るものだ。

住宅地の夜は静かである。

「——目が覚める」

一口紅茶を飲んで、ちか子は目を丸くした。

「濃すぎましたか」

「いいの。これでいいのよ」

ちか子は芳江に肯いて見せて、「寿子さん、録音してるわね」

「はい、むろん」

弥生がやって来て、居間のメンバーに加わる。

「君は寝てていいんだ」

と、良二が言ったが、

「そんなわけにいきません」

「しかし――」

「好きなようにさせてあげなさい」

と、ちか子は言った。

弥生さんは〈社長夫人〉として、知る権利があるわ」

そして、ふと気持が軽くなった様子で、

「ちょうどいいわ。ただ待ってても苛々してるだけでしょう。ここであなた方の結婚式のことを相談しましょう」
ちか子の言葉に、誰もが唖然とした。

「――でも、奥様……」

と、寿子が言いかけると、

「時間のむだよ。人間、できるだけ効率良く働かなくては」

ちか子は涼しい顔をしている。「弥生さんは、どこで式を挙げたいの？」

「あの……どこでも私は……」

「だめだめ」

と、ちか子は首を振って、「結婚式では花嫁が主役。花婿は脇役なの。あなたが決めた方がいいのよ。後はそれに合せて動けばいいんですからね」

「はあ……」

弥生は思いもよらない展開に赤くなっていたが、「それじゃ……どこか教会で……。別にクリスチャンではないのですが、子供のころ、従姉《いとこ》が教会で挙式したのを見て感動したのをよく憶えていて」

「それなら、どこか捜すといいわ。教会は、やってくれる所とやってくれない所とあるわ。信者以外にはね。――寿子さん、いくつか当ってみて、色々コネを使えば、かなり通るはずよ」

「はい」

寿子も、ちか子の気分にのせられて、楽しげにメモを取った。「後の披露宴をどこかのホテルでやるとすれば、あまり遠くない教会の方がよろしいですね」

「そうそう。色々条件を調べて、候補を出して。弥生さんに決めさせて」

「あの……」

「大丈夫。仕事は何とかなるわ」

ちか子は良二の方へ、「今度ニューヨークに行くのは？」

「十二月の初めだよ」

「それに合せて行くのもいいわね。ハネムーンは長くは取れないでしょうけど。そこは我慢してね。落ちつけば、いくらでも世界旅行ができるわ」

ちか子は微笑んで、「そういえば、良二の英会話はどうなの？」

「そんなこと、突然訊くなよ」

と、良二は渋い顔で、「早くかかって来ないかな」

「脅迫電話を、『早くかかって来い』なんて、変だわ」

と、弥生が笑った。

とたんに、合せたように電話が鳴り出したので、みんな一瞬顔を見合せ、それから大笑いしてしまった。

犯人がこれを知ったら、腹を立てただろう。

「出るわ」

と、ちか子が受話器を取る。「――もしもし」

同時に録音テープが回り始める。

「あんたは？」

と、男の声。

「沢柳ちか子ですよ」

「ああ、やっと話せたな」

「お待たせして。午前三時にかけても、普通のお宅は出ませんよ」

「お宅は普通じゃないだろ」

「あなたはもっと『普通じゃない』わね」

「言ってくれるね。死体を買う話だが」

「現物を拝見したいわね」

「物好きだね」

「本当にお持ちかどうか知れないのに、お金は出せないわ」

「まあ、そう言うと思った。——表の門のポストを覗いてみな。写真を入れといた」

良二が居間から飛び出して行く。

「——まあ、いいでしょ。本当として、いくら欲しいの？」

「一億だな」

「たった？」

と、ちか子は眉を寄せて、「馬鹿にしないで！　せめて三億ぐらい要求しなさい。一億に値切るから」

「変な奴だな」

向うが、すっかりちか子に呑まれている。

「支払いは現金？」

「むろんだ。妙な細工をしてもむだだぜ」

やり合っている間に良二が戻って来た。

封筒から、ポラロイド写真を取り出す。

確かに、あの女の死体が、ずぶ濡れになって写っている。

「——いいでしょう。いつまでに？」

ちか子は、その写真を見ながら言った。

やりとりを聞いている寿子がメモを取る。

「――明日の真夜中ね。十二時？　三時なんかにしないでね。もう若くないんですから、こっちは」

ちか子は、すっかり自分のペースに巻き込んでいる。聞いていて、弥生は呆れてしまった。

「――はい、それじゃ、引き換えですよ。どこかよそを捜せなんて言ったら、びた一文、渡しません！」

ちか子の口調は、どっちが脅迫しているのか、よく分らないものだった……。

電話を切ると、

「ともかく、これですむとは思えないわ」

と、ちか子は言った。

「どうして沈めた場所が分ったんだろう」

と、良二が腕組みして考え込みながら言った……。

「おはよう」

と言いながら、有貴の方が何だか照れて目をそらしてしまう。

そんな有貴の気持を知ってか知らずか、智春は微笑んで、

「おはよう」

と答えた。「遅いのね、今朝は。遅刻じゃないの?」

「今日は試験前のお休み」

と、有貴は言った。

嘘ではないが、今朝、いつもの時間に起きてから気が付いたのである。ずいぶん得をした気分で、また少し眠った。

「江梨子さん、今日は午後からですって」

と、智春が言った。「パンとコーヒーだけでいい?」

「コーンフレーク、あったよね。それで充分。——お父さん、出かけたの?」

さりげなく訊いてみる。

「まだ寝てるわ。お母さんのベッドで」

「――そう」

呆気なく、肝心の話はすんでしまった。

有貴は、母がゆうべのことをどう言うだろうかと、ドキドキしていたのだ。一度目を覚ましたときに、居間を覗いて、父がソファで寝なかったことは分っていた。

でも、当り前のように言ってしまえば、それですむ。夫婦というのは、そんなものなのだろうか。

コーンフレークをガラスの器へ出し、ミルクをかけて食べ始めると、

「アーア……」

と、欠伸しながら父がパジャマ姿でやって来た。「――おはよう」

「お父さん、おはよう」

と、有貴は言った。「よく眠れた?」

「うん……。ぐっすり寝た」

伸男は、有貴の口調に多少冷やかしの調子を聞き取ったのか、少しわざとらしく、「さて、

何か食べるものはあるのかな」

と、冷蔵庫を覗きに行った……。

――有貴は、親子三人の朝食の席に、どこかふしぎな落ちつきがあることに気付いていた。

別に話をしなくても、しらけるわけではなく、互いによそよそしくもない。これが本来の

姿なのかもしれない。

伸男は新聞を広げながらトーストをかじっていた。

「お父さん。お願いがあるんだけど」

と、有貴はいつの間にか言っていた。

「何だ？」

「お金、貸して」

伸男がびっくりして有貴を見つめると、

「金？」

「三百万円。――お願い。必ず将来返すから」

「三百万？　何するんだ、一体？」

本当は母に余計な心配をかけたくないので、父にだけそっと話すつもりだった。しかし、この朝食の席の空気があまりに自然で、つい口に出していたのだ。

「うん。――ボーイフレンドのために使うの」

「ボーイフレンド？　ああ……。何とかいう……克士っていったか」

「そう。彼が、仲間から抜けて仕事に就《つ》くの。抜けるのに、どうしてもお金がいるって」

「ふーん……」

伸男としては、何とも言い辛いはずである。何しろ恋人の弟のことだ。

「お前、どう思う？」

と、すぐに妻の顔色をうかがっているところがおかしくて、有貴は笑ってしまいそうになった。

「私はお金なんて持っていませんよ」

と、智春は当り前の口調で言った。

「いや、それは分っている。ただ——出していいものかどうかと思って」

「あなたがあなたのお金を出されるのなら、別に遠慮なさることないわ。でも、通帳はお持ち?」

「そうか。そんな物、持って出なかった」

それを聞いて、有貴もがっかりした。そこまで考えなかった!

「じゃ、無理だね。——ありがと、何とか考えるよ」

と、有貴は言った。

「考える、って……。どうするんだ?」

「うん。まあ……。私って可愛いし、乙女だしさ、お金持のおじいちゃんにでも買ってもらって——」

「馬鹿言うんじゃない!」

と、伸男がむきになって怒る。

「あなた。からかってるのよ、有貴は」

「そうか……。しかし、冗談にもそんなことを言うんじゃない!」

伸男は腕組みをして考え込んだが、ふと明るい表情になって、「——何だ、簡単だ」

「え？」

「銀行へ行こう。担当者に会って、急に必要になった、と言えば大丈夫。まだ僕のことを社長か、でなくても重役だと思ってる。何と言っても、沢柳の一族なんだ。三百万くらい貸しても心配ないって思ってるさ」

「でも、大丈夫なの？」

「伝票は後で、って言っとけば大丈夫。よし、朝食が済んだら出かけよう」

「ありがとう、お父さん！」

「出世払いで返せよ」

「はあい」

と、有貴は元気よく答えた。

もちろん、返す気だけは——ないでもなかったのである。


銀行の近くで、伸男と有貴はタクシーを降りた。

「——私も一緒に行くわ」

「いや、お前は待ってた方がいい。仕事だと思わせた方が話が簡単さ」

と、伸男は言った。

デパートで買った格安品のスーツにネクタイという格好だが、きちんと髪をなでつけると「ビジネスマンらしく」（？）見える、と有貴は思った。

二人は、〈エヌ・エス・インターナショナル〉の取引銀行の支店の前で足を止めると、

「じゃ、一人で行ってくるからな。お前はどこかで待ってろ」

「うん。——そこの〈Mバーガー〉にいる。お父さんが出て来れば見えるし」

「分った」

と伸男は行きかけて、パッと振り向くと、

「有貴」

「うん?」

「お父さんが警官隊に囲まれたら、機関銃持って助けに来るんだぞ」

有貴はふき出して、

「ミサイル抱えて突っ込んでくわ」

と、手を振った。「頑張って!」

あーあ……。お父さんって、悪い人じゃないんだね、本当に。

お母さんじゃないけど、お父さんは「苦労が足りない」だけなのだ。

有貴は、銀行の入口と、道を挟んで向い合っているバーガーチェーンの店に入り、チーズバーガーとコーヒーを買って、立って食べるスタンドに寄りかかり、銀行の入口を眺めていた。

——このお金で、克士が本当に仕事に就いてくれたら。それこそ、お金を返すために何十年働いてもいい、と有貴は思っていた。

「克士。――お金、ちゃんと届けるからね。危いことはしないでね」

と、有貴は呟いた。

――一方、伸男の方は、堂々と、「お得意様」という顔で銀行の中へ入って行ったのだが
……。

「これは沢柳様」

入って行ったとたん、支店長がやって来たのにはびっくりした。

「やあ、どうも。実は――」

「お待ちしておりました。どうぞ奥へ」

お待ちしてた、だって？

何だかよく分らないまま、店の奥の部屋へ通される。

「――お茶はいいから」

と、支店長は女子行員に言って、「誰もここへ入れないように」

伸男は、テーブルにスーツケースがのせてあるのを見て、首をかしげた。

「――お電話をいただいて、急いで用意いたしました」

と、支店長が言った。「新札でなく、これだけ集めるのは、なかなか大変だったんです」

スーツケースが開けられると、そこには一万円札の束がびっしりと詰っていた。

「お電話では、良二様がおいでになるとうかがっておりましたが」

と、支店長が続ける。

　伸男は、何とかあわてぶりを外に見せずに、

「そう……。ちょっと良二の奴、忙しくてね。何しろ社長だからね、あいつも」

と言った。

「それで……。これは大変失礼なことかもしれませんが、一億円という大金を、しかも古い紙幣で、というお話をうかがいまして、もしやこのお金は身代金では、と……」

　支店長は押し殺した声で言ってから、あわてて、「ご心配なく！　決して外へ洩らすようなことはしておりません」

と、付け加えた。

　良二から電話で、「一億円を古い紙幣で用意してくれ」と言って来た。

　どうやら、そういうことらしい。支店長が「身代金」と思ったのも当然かもしれない。

「いや、そりゃ心配かけて悪かったね」

と、伸男は笑って言った。「そんなことじゃないんだ。よその社の買収に絡んでね、ちょっと知られたくない金なんだよ」

「そうでございますか」

　支店長は、何だかがっかりしているみたいだった。

「良二は、三十分ほど遅れて来る。僕は先に行って、先方に少し金を渡して引き止めとかなきゃならないんだ」

　伸男は、中の札束を三つ取り出して、「三百万ありゃ、とりあえず向うも待ってくれるだ

ろう。――じゃ、良二に、先へ行くからと言っといてくれ」

嘘を本当らしく見せるのは、まず堂々とした態度と、急がないことである。

伸男は、三つの札束を手にして、

「これを入れる紙袋が欲しいね」

「お待ち下さい！」

本当は、良二がやって来たらどうしようと気が気ではないのだが、わざと待った。

そして、支店長の持って来た紙袋に札束を入れ、手さげ袋へ入れて、

「じゃ、よろしく」

と、手を上げて見せる。

支店長は店を出るまで送って来てくれたが、伸男は冷汗をかいていた。

――来た！

有貴は、父が銀行から出て来るのを見て、びっくりした。こんなに早く出て来るとは、思ってもいなかったのだ。

伸男は道を渡って、バーガー店へ入って来た。

「お父さん！　早かったね」

伸男は、肩で息をして、

「何か――飲み物を買って来てくれ！」

と言った。

「うん……。何がいい？　コーヒー？　コーラ？」

「コーラ！」

有貴が買って来ると、伸男は大きなカップのコーラを一気に飲み干した。

「お父さん……。体に悪いよ」

「とんでもないことになってる」

と、伸男が小声で言った。「一億円を要求して来た奴がいるらしい」

「一億？」

「シッ！　ともかく、三百万はここにある」

と、伸男が紙袋を有貴へ渡した。

「ありがとう！　──でも、何のことなの、一億円って？」

ハッとした様子で、伸男が店の前の通りへ目をやると、

「良二だ」

「え？」

銀行の前に車が停り、良二が降りて来た。

「お金を要求したって……」

「一億円、銀行に用意させてる。むろんお袋がやらせたんだろう」

「でも、どうして？」

「分らないが……。ともかく少しここで様子を見よう」

二人は、ガラス越しに、銀行へ入って行く良二を見ていたのだ……。

混乱

「良二の奴、きっと今ごろ目を白黒させてるだろうな」

と、伸男は、有貴と一緒に銀行の出入口を眺めながら言って笑った。

「お父さん」

と、有貴はため息をついて、「お金借りといて悪いけど、そんな呑気なこと言ってられないんじゃない？」

「何のことだ？」

「その一億円って、きっとあの女の人の死体の代金だと思うよ」

伸男の顔から笑いが消えた。大体、察してもいいようなものである。

「そうか……。なるほど」

と、感心しているのだから、娘にため息をつかれてしまうのだ。

「お父さんが三百万円、先に持ち出したって聞いて、どう思うだろうね」

「うーん……。きっと、わけが分らないだろう」

「そうだろうね」

良二が銀行へ入って行って十分近くたった。もちろん、支店長から、伸男が来店したことも聞いていよう。当然、家へ連絡しているだろうが……。

「――あ、電話だ」

と、有貴は、持っていたバッグの中で携帯電話が細かく震動するのを感じて、あわてて取り出すと、「もしもし？　――あ、克士？」

伸男がチラッと有貴を見る。

「――連絡してほしいと思ってたのよ」

と、有貴は言った。「ちゃんとテレパシーで通じたのかな」

有貴の言葉に、伸男は苦笑している。

「――うん、お金、できたから。大丈夫、ちゃんと信用できる人から借りたの」

有貴は父の方へちょっと目をやった。

「悪いな」

と、克士が言った。「必ず返すから。何年かかっても」

「うん、分ってる。でも、そのために無理はしないでね。それで、どこで渡そうか？」

「ああ、そうだな……。実はさ、ちょっと知らせたいことがあって、電話したんだ」

「何？」

「例の久保田って男、いるだろ。俺の引受人になってくれてる人」

「ええ。久保田さんが何か？」

「さっき電話して来て、『沢柳有貴と会ってみてくれ』って言うんだ」

「私に会えって？　それ、何のために？」

「お前に言えば分るって。何か、お前から聞いてくれって言ってた。何だか分るか？」

死体を捨てた場所のこととしか思えない。ということは、一億円を要求して来たのは久保田ではないということだ。

「分るような気もするけど……。それ以外に何か言ってた？」

「今日の午後三時に、〈G〉って店に来てくれってことだった。もちろん、俺に来いってことだよ」

「〈G〉って……。アクセサリーのお店ね」

奈良敏子が言っていた店だ。そこへ久保田が来るのだろう。

「私も行くわ。克士、少し前に出て来られる？」

「ああ、いいよ」

有貴は、場所を決めて二時に会う約束をすると、電話を切った。

いささか顔が赤らんでいるのを照れて、

「良二さん、遅いね」

と言ってみた。

「有貴……」

「うん？」

「お前はまだ十六だ。ボーイフレンドもいいが、あんまり深い仲になるなよ」

有貴はそれこそ真赤になって、

「なってないわよ！」

と言い返した。「あれで、克士は紳士なのよ」

「それならいい」

と、伸男は笑って、「お前は父さんよりしっかりしていそうだしな」

「今ごろ分った？」

と、有貴は言ってやった。「あ、お父さん――」

良二が、スーツケースをさげて現われた。

どことなく戸惑った様子に見えるのは、気のせいか。

しかし、まさか兄と有貴がすぐ向いの店から見ているとは、思ってもいないだろう。

「どうする？」

「きっと、一旦家へ持って帰るんだろうけどな……。しかし、だめでもともとだ。後を尾《つ》けてみるか」

「うん！」

そういう点、この類の店は先に支払いをすませてあるので楽だ。

二人は、良二が車を運転して走り出すと、すぐに外へ出て、やって来たタクシーを停めた。

「――これで、何かつかめればいいんだが」

「でも、良二さんが――」

「いや、どこかへ直接運ぶのかもしれないだろ」

「それもそうか。——車、家へ向ってないよね」

「ああ、方向が違うな」

と、伸男は言った。「どこへ行くんだろう?」

タクシーで車を尾行するなんて、ドラマとは違って容易ではないはずだが、道が割合空いていたせいもあって、ピタリと後ろにつけていられた。

運転手には妙に思われていただろうが、そこは伸男が先に一万円札を握らせたので、何も言わなかった。

「——おっと」

と、タクシーは歩道へ寄せて停り、「ここを入ると、ばれちまいますよ」

細いわき道で、行き止りらしい。

「分った。——ここで降りよう」

伸男と有貴は、タクシーを降りて、そのわき道へ入って行った。

ショッピングビルがいくつも並んだにぎやかな通りの裏側で、二人は小走りに駆けて行くと、

「良二さんの車だ」

と、有貴が言った。

「ああ。降りたんだな。しかし、どこへ行ったか分らない」

伸男は肩をすくめて、「――どうする?」

「せっかくここまで来たんだもの。出て来るのを見てれば、何か分るかもしれないよ」

「そうだな。しかし、一億円を、こんな昼間に渡すかな」

「さあ……。何か他の用事かもしれないよ」

有貴は、良二の車を覗き込むと、「――スーツケースがない」

「ああ、一億円だ。置いちゃいかないだろう」

「そうか。お父さんって、結構頭がいいね」

「お前な……」

――しかし、有貴には父の苦情に付合っている余裕はなかった。

良二の車が停めてあるのは、ショッピングビルの一つ、その〈通用口〉の斜め前辺りだった。

他にも前後に車が駐車していたので、仕方なくそこへ停めたのかもしれないが、それでも……。そのビルの通用口のわきに、入っているテナントの名前がズラッと並べてあった。

そして、その中に、有貴は、あの奈良敏子の言った、〈G〉という店名を見付けていたのだ。

「――どうかしたか?」

と、父に訊かれて、

「ちょっと……。ね、どこかで待ってようよ。きっと良二さん、出て来るよ」

「ああ……。ここまで来たんだ。待つのはいいが、どこへ行く？」

「隠れるって言っても――」

と言いかけて、有貴は、「お父さん、早く車のかげに！」

良二が、その通用口を開けて出て来たのである。

伸男が決して動きの速い方ではないのに、見られずにすんだのは、良二があのスーツケースを重そうに運んでいて、周囲に気を配る余裕がなかったせいだろう。

伸男は、何とか手近なベンツのかげにしゃがみ込んで、身を隠すことができた。

だが、有貴の方はそうはいかない。

どうしよう？

一瞬の大胆な判断だった。

有貴は、「良二に気付いていない」ふりをしたのだ。

そして、何かを捜して歩いているという様子で、手帳を取り出してめくりながら歩いて行く。――良二が、当然有貴に気付いて足を止めた。

有貴はわざと少し先まで行って、一つ隣のビルを見上げ、そこのテナントの名前を見に行った。

良二の姿は目に入らない。――声をかけてくるだろうか？

車のエンジンの音がして、それが遠ざかって行く。

ゆっくりと振り向くと、良二の車は広い通りへ出て、消えていくところだった。

有貴がホッと息をついていると、父がやって来た。

「お前……。いい度胸しているな」

「そう？　とっさのことだもの。考えてなかったよ」

有貴はそう言って、「だけど、良二さん、どうして私に声かけなかったんだろう？」

「そりゃまあ……、一億円運んでて、あんまり世間話もしたくないだろうけどな」

「うん……。でも……」

有貴は、何かすっきりしないものを感じたのだ。

なぜ良二がこのビルに？　有貴には分らなかった。


「まあ、伸男が？」

と、ちか子は話を聞いて呆れた。

「びっくりしたよ。僕の前に銀行へ行って、三百万、受け取ってるんだ」

良二は、スーツケースをそっと床に下ろすと、「中身は足しておいた。ぴったり一億円、確かめたよ」

「じゃあ……」

「信じたくないけど、この一億円のゆすり、兄貴も一枚かんでるんじゃないのかな」

「まさか」

と、弥生が思わず言った。

「分らないわよ」

と、ちか子は首を振って、「あの子も、一歩踏み外せばもろいでしょうからね」

「もちろん、何も知らないで来たのかもしれないがね」

と、良二は言った。

「じゃ、三百万を何のために？」

「どうせ隠したって、いずれ分るんだがな」

と、良二は言った。「じゃ、お母さん、仕事があるから、僕は出社するよ」

「お願いよ」

「夜にはちゃんと届けるよ」

と、良二は言った。

「あなた仕度を――」

と、弥生が先に立って居間を出た。

――一人、残ったちか子は、床に置かれたスーツケースを見ていたが、急いで廊下へ顔を出すと、

「良二！　――良二！」

と、呼んだ。

「どうかした？」

と、良二と弥生が急いで戻って来る。

「この一億円、そばに置いておきたくないの！　持って行って」

「分ったよ」

と、良二が苦笑してスーツケースを持った。

——弥生は、良二と一緒に階段を上って行った。

「どこに置いておく？」

「そうだな。じゃ、寝室へ置いとこう」

と、良二は言った。

「見張っていた方がいい？」

「いや、大丈夫。この家の中で、失《な》くなることはないさ」

良二はそう言って、手にしたスーツケースを軽く揺らしたのだった。

射殺死体

おかしい……。

有貴は、何度も腕時計を見直した。

三時まで、あと十分。もう出なくては、奈良敏子の店、〈G〉に三時までに行けない。

「克士……」

どうしたんだろう?

この喫茶店で二時に待ち合せたのに、克士は現われないのだ。――仕事をしているから、来られなくなったということも考えられるが、それでも電話ぐらいかけて来そうである。

有貴は自分の携帯電話を取り出して、電源が入っていることを確かめた。

あと七分。――有貴は立ち上ると、伝票を手にしてレジへ行った。支払いをして、

「あの、待ち合せてた相手が来ないんで、先に行きますけど、もしその人から連絡が入ったら、そう伝言していただけますか?」

と、訊いてみた。

最近は、「客の呼出し」だけでもいやがって、やってくれない店が少なくない。しかし、ここは快く承知してくれ、メモ用紙とボールペンを貸してくれた。

もう連絡しては来ないだろうと思ったが、一応念のためにそのメモを置いて、

「じゃ、よろしく」

と言って店を出た。

ここから、あの〈G〉という店の入ったビルまでは十五分ほど。三時ちょうどには間に合わないにしても、そう大幅には遅れないですむだろう。

有貴は、ともかく一人ででも〈G〉へ行こうと思った。呼び出されたのは克士かもしれないが、久保田が知りたいことは、有貴が知っているのだ。

昼間のことでもあり、オフィスビルも沢山あって、何も心配するようなことはない。

――急いだものの、〈G〉の入ったショッピングビルに着いたのは三時を十分ほど過ぎていた。

案内図で場所を確かめて行ってみた有貴は、戸惑った。

ガラス扉の向うに、〈CLOSED〉の札が下がっていたのである。

しかし、考えてみれば、一般のお客に聞かれて困る話をしようというのなら、店は閉めて当然だろう。

有貴は、ガラス扉をそっとノックしてみた。向う側にカーテンが引かれているので、中の様子は分らない。

もう一度、少し強くノックしてみる。返答はなかった。

有貴は、諦めて帰りかけたが、何気なくそのガラス扉を押すと、扉はロックされていなか

った。

入っていいのかな……。

「──失礼します」

と、小さく声をかけて、中へ入る。

明りを消して、カーテンが引かれているので薄暗い。

「奈良さん……。お留守ですか」

聞こえないほど広い店じゃない。有貴は、ここで少し待ってみよう、と思った。

でも、克士も来ていないわけだ。どうしたっていうんだろう？

有貴は、明りのスイッチを探った。

それらしいスイッチを見付けて押すと、少し間があって、ブーンと音がした後、明りが点いた。

──奈良敏子は、狭い床のソファの間に体をねじるようにして倒れていた。

有貴は、それが幻影のように消えてしまうかと思っていたが、そうはいかなかった。

敏子は、もう死んでいるようだった。

ブラウスの胸の辺りに、黒く焼けこげた穴が開いている。撃ち殺されたのだろう。

父の会社でも、ガードマンが射殺されているから、銃が使われてもふしぎではない。それでも、自分が多少なりとも知っている人間が死んでいるというのは、妙な気分だった。

本当に死んでいるのかと、つい手で触れそうになる。

そのとき、遠くからサイレンが聞こえて来た。パトカー？　救急車？

いずれにしても、このビルへ近付いて来る。

有貴はかがみ込んで、敏子の顔をまじまじと眺めた。

——そのとき、突然手を誰かにギュッとつかまれて、有貴は悲鳴を上げそうになった。

振り向くと、コートのえりを立て、目深《まぶか》に帽子をかぶった女性が、有貴の手をぐいと引張った。

「あの——」

何か言う間もなく、有貴は引張られてその店を出た。

「待って下さい！　あの店のこと——」

何を話しかけても、その女は先に立って、有貴の手を引いてどんどん歩いて行く。

ビルから出ると、パトカーがやって来て停るところだった。警官が数人、バタバタとビルの中へ駆け込んで行く。

やはり〈G〉へ行くのだろう。

様子を見届けるにも、相変らずその女は手を離してくれない。人通りのある歩道をどんどん進んで、やがて小さな広場になった所まで来ると、足を止めた。

この人……。

有貴は、半ば駆けるように歩いて来たので、肩で息をしていた。

その女性が手を離すと、帽子を取って振り返った。

心臓が止るかと思った。

「――お母さん」

智春は微笑んだ。

その笑顔は、この三年間ずっと見続けてきた、おっとりしたとらえどころのないものではなかった。

「お母さん！　――分ってるのね！　私のことも、何もかも」

声が震えた。

「有貴」

と、智春は言った。「大事な、私の有貴」

通りの真ん中でも構わなかった。有貴は力一杯母を抱きしめていたのだった。


今度は、夜の十二時きっかりに電話がかかって来た。

「――もしもし」

ちか子が出ると、テープが回り出す。

「用意はできたか」

と、男が言った。

「こっちはね。そっちは？」

「気の強いばあさんだな」

と、男は笑った。「よし、今から金を持って出ろ。一時間したら、K美術館の前で会おう」

「待って」

ちか子は、良二の方へ、「K美術館だって。分る？」

「ああ、知ってる」

「じゃ、了解したわ。お互い、余計な手間はかけないようにしましょ。そこで現物とお金を引き換えて、すべて終りよ」

と、ちか子が念を押す。

「いいとも」

と、男は言った。「そっちも約束を違《たが》えるなよ」

「相手を考えてものを言いなさい」

ちか子は負けていない。「じゃ、一時間後よ」

「ああ」

ちか子は電話を切った。

「——出かけるよ」

と、良二が立ち上った。

「一人で大丈夫？」

弥生が心配そうに言った。「私、ついて行きましょうか」

「何言ってるんだ。一人の方が動きやすい。大丈夫だ」

内山寿子は、娘の美幸が熱を出してしまって、ここへ来ていない。

「じゃ、用心して」

と、ちか子は言った。

良二は、札束の詰ったスーツケースをさげて、玄関へ出た。

「あなた、気を付けて」

と、弥生が送りに出て言った。

「明日の重役会は大変だ。早く帰るよ」

良二は弥生を抱き寄せてキスした。

「続きは後でゆっくりしなさい」

ちか子も玄関へ出て来ていたのである。

良二がスーツケースを手に出かけて行くと、ちか子は弥生の肩を軽く叩いて、

「これで何もかも片付くといいわね」

と言った。

「ええ……」

「さ、すぐ寝る気にもなれないでしょ。紅茶でもいれてくれる?」

「はい、すぐに」

弥生は台所へ行った。

紅茶をいれて居間へ運ぶと、ちか子はテレビのニュースを見ていた。

「新聞を読むと目が疲れてね」

と、ちか子はティーカップを受け取って、

「ありがとう……。芳江が心配してるわ。クビになるんじゃないかって」

と、笑う。

「そんな……」

「早いとこ、子供でも作って芳江に仕事を返してやって」

「お義母様……。私、こんなことしてていいのかしら、っていつも思っています」

「そういうところが、あなたのいいところ。でもね、世間じゃ多少自分を宣伝しないと、誰も本気にしてくれないのよ」

ちか子はテレビの方へ目を向けたが、「——まあ」

カップを持つ手が止った。

〈殺された奈良敏子さん〉

という文字に、写真が出ている。

「この方……。確か、ご主人を殺された……」

「ええ。自分も刑務所から出て間もないのよ」

ちか子が眉をひそめて、「殺された……。何てことでしょう」

「気の毒に……。強盗か何かでしょうか」

アクセサリーの店で、射殺されているのが見付かったという報道である。

「さあ……」

ちか子は首を振った。

電話が鳴って、弥生が出てみると、今のニュースを見ていた内山寿子からだった。

「──私よ」

と、ちか子が替って、「──ええ、見てたわ」

「久保田の出資した店で殺されているんですね」

と、寿子が言った。「何があったのか、当ってみます」

「お願いよ。でも、そうあわてないで。とりあえず、警察の発表を待ちましょう」

「はい」

と、寿子はやや不服そう。

「それより、美幸ちゃんの具合は?」

「おかげさまで。もう熱は下りました」

寿子の声が急に柔らかくなった。

「小学校へ行くと、色々病気をもらってくるわ。いちいち心配しないこと」

「はい」

「こっちは順調に行ってるから」

「お金は?」

「今、良二が持って出たわ」

「そうですか。何かあれば——」

「明日言うわ。いいわね」

「はい。では……」

ちか子は受話器を戻して、

「本当にあの子もよく働く——」

と言いかけて、よろけた。

「お義母様！　どうなさったんですか！」

と、弥生があわてて支える。

「大丈夫……。大丈夫。めまいよ。この年齢《とし》になれば、よくあるわ」

「でも、横になられた方が——」

「ソファでじっとしていれば大丈夫」

ちか子は、目をつぶってしばらく動かなかった。

「何かお持ちしますか」

「いえ、いいわ」

と、ちか子は言った。「——主人より私の方がバタッと行っちゃうかもしれない」

「そんなこと……」

「いえ、本気よ。でも、後のことは考えてある。ねえ、弥生さん」

「はい」

「良二のことをよろしく頼むわよ」

「そんなこと、おっしゃらないで下さい」

弥生は、ちか子が「本気で」話していることを知って、ふと不安が胸をよぎるのを覚えた。

侵入

マンションのロビーへ降りて行くと、塚田克士がやや落ちつかない様子で立っていた。

「――克士！」

「やあ」

と、克士は有貴の姿を見てホッとした様子で、「悪いな」

「上ればいいのに！」

と、有貴は言った。

「もう遅いし……」

何となく、克士は有貴と目が合うのを避けている様子だった。

確かに、夜十二時を回っていたから、克士を家へ入れるというわけにはいかなかった。

「今日は――」

と、有貴が言いかけると、克士はあわてて、

「うん、行けなくてごめん」

と謝った。「急な仕事で、どうしても抜けられなくてさ。電話ぐらいかけたかったんだけど……」

「そんなこと、いいの。ただ、あの〈G〉ってお店で人殺しがあったのよ」

「うん、テレビで見てびっくりした」

「私、中に入って、死体を見付けたの」

「え？」

「でも、逃げ出しちゃった。もう誰かが一一〇番してたの。パトカーが来て、警官が来るのとほとんど入れ違いだったわ」

「そうか……。悪かったな、それじゃますます」

と、克士は心配そうに、「で、何もなかったのか？」

「死体を見付けて、それ以外に『何か』あったら、大変」

と、有貴は笑った。「さ、これ持ってって」

渡した手さげ袋の中には、三百万の現金が入っている。

「悪いな。――必ず返す」

「うん。気長に待ってるよ」

「そうか。いつまでも返し続けてりゃ、その間、ずっと付合ってられるな」

「そんなことしなくたって、付合ってられるわよ」

有貴がそう言って、克士を見つめる。

二人が唇を重ねて……。でも、マンションのロビーじゃ、いつ人が出て来るか分らない。

「――また今度ね。電話して。いつでも」

有貴は克士の手を力をこめて握った。

「授業中じゃまずいだろ」

「友だちが羨《うらやま》しがるかな」

と、有貴は笑った。

そして、チラッとロビーの中を見回すと、

「――あの久保田って人とはどうなったの？」

「それなんだ。三時にって言われてたけど、どうしても出られそうもないし、お前にゃ悪かったけど、久保田さんの所へ電話入れたんだ、隙をみて」

「うん、そんなことといいよ。それで？」

「オフィスが出なくて、車の電話ってのにかけたら、久保田さんが出た。でも、俺が何も言わない内に、向うから、『ちょうど良かった。こっちも都合が悪くなったんだ』って言われて」

「――何時ごろのこと？」

「三時……ちょっと前だな、たぶん。五分か十分か。それからお前の方へもかけようとしたんだけど、大声で呼ばれてさ」

「気にしないで。ともかく、ちゃんと働いてね。――久保田さん、何か変った様子はなかった？」

「ああ……。えらく早口だったたな。いつも落ちついてる感じじゃないか、あの人。何だかずいぶんあわててるみたいだった」

「あわてて、ね……」

と、有貴は肯いて、「逃げ出そうとしてるみたいに？」

「そうだな。――お前の言うのは……」

「たぶん、久保田さん、〈G〉に行って奈良敏子さんの死体を見付けたんだわ」

「それであわててたのか」

「きっと、車で早く離れようとしてたのね。そこへ電話が鳴ったら、ドキッとしたでしょうね」

「そうか……。でも、どういうことなんだろうな」

克士は、奈良敏子と有貴とのややこしい関係を知らない。有貴も、そこまで説明はせず、

「ともかく、却って行かなくて良かったわ。――ね、もう行って。また連絡する」

「うん、分った。それじゃ」

と、手さげ袋をしっかりと抱え、「借りてくよ、これ」

有貴は素早くもう一度克士にキスすると、マンションから送り出した。

外で見送った有貴は、ふと吹きつける北風に首をすぼめ、

「寒い！」

と声を上げると、あわててマンションの中へ駆け込んだ。

「電話ぐらいしてくればいいのに……」

さすがに、居間の時計が午前二時を打つと、ちか子が言った。

「おやすみになられては」

と、弥生が気にして、「お眠りになれないまでも、横になっておられたら少しはお楽じゃありませんか」

「大丈夫。——勝負どきはね、張りつめてなきゃだめなの」

「勝負どき？」

「ここで会社の運命が決るとか、そんなときはね、人間、息を抜いたら負けなのよ」

と、ちか子は言った。「私はずっとそうして生きて来たわ。夫が元気な間も。あの人は上に立つ人間らしい器量はあったけど、それを下で支えてなくちゃならなかった」

「お疲れですね……」

「もちろんよ。でも、楽をしてても疲れるのよ。知ってる？　同じ疲れなら、精一杯頑張っての疲れの方がまし……」

それは、ちか子が自分自身へ言い聞かせているようだった。

そのとき、電話が鳴って、弥生が急いで取る。

「もしもし。——あなた！　大丈夫？　——はい、今代ります」

受話器をちか子へ渡す。

「——ああ、母さん？　心配しないで。取引は無事にすんだ」

良二の言葉に、ちか子の顔がポッと赤らんだ。安心したのだろう。

「それで、品物は？」

「今、車のトランクだよ」

と、良二が言った。「どこへ置いとくっていってもね……。もし、検問でもあって引っかかると厄介だ。このまま、またどこかへ捨てて来ようか」

「でも——もう遅いよ」

「こんな時間だから、却って車なら遠出しても早く戻れるさ」

「相手の男は？」

「いや、見なかった。下手に動いて、ことをややこしくするより、ちゃんと取引が無事にすめば、その方がいいと思ってね。調べるのは後でもやれる」

「そうそう。——じゃ、お前に任せるよ」

「分った。今度は、尾行されたりしないように気を付ける。前は何で分ったのかなあ」

と、良二は悔しそうだ。

「じゃ、ともかく用心して。早く戻っておいで」

と、ちか子は言った。

「ああ。寝てていいからね」

良二は呑気なことを言っている。

——電話を切ると、ちか子はホッと息をついて、

「じゃ、やすませてもらいましょうか」

「どうぞ。私、起きていますから」

と、弥生は微笑んだ。

もちろん、本当は喜んでいる場合じゃないのだ。女の死体を捨てに行こうというのだから。大変なことだ。

弥生は良二の顔を見るまで安心できなかった。

ちか子を寝室まで送ろうと、階段の下まで来たところで、チャイムの音が響いた。

「——今のは？」

「門の外ですね。こんな時間に——。私、出ますわ」

弥生が、台所へ駆けて行く。

インタホンの受話器を取って、

「はい、どなた？」

と言うと、少し間があって、

「——奥さんはいらっしゃいますか」

と、男の声がした。

「もうおやすみです。どちら様ですか？」

お手伝いの芳江が、目を覚ましたらしく、パジャマにカーディガンをはおって、やって来た。

「久保田といいますが」

久保田……。弥生もその名前は知っている。

「何のご用でしょう。もう夜中で——」

「分ってますが、大事な話がありましてね」

と、久保田は言った。「ぜひ奥さんに起きていただかんと」

「困りますわ、そんな――」

「だめと言われても、入りますよ」

「あの――久保田さん？　久保田さん！」

「何ごと？」

と、ちか子がやって来る。

「久保田という人です。あの――奈良敏子を助けてたという……」

「何の用ですって？」

「大事な用で、ぜひお義母様にって――」

弥生がそう言いかけたとき、家の中に鋭い音の警報が鳴り渡って、誰もが飛び上りそうになる。

セキュリティのシステムが作動したのだ。

「塀か門をのり越えて入ったんだわ」

と、芳江があわてて、「一一〇番しますか？」

「警察へ、このシステムから通報が行くわ。でも、一応かけておいて」

「はい！」

芳江が電話へ飛びつく。

「玄関の鍵はそう簡単に開きません」

と、弥生は言った。「でもお義母様、一応二階のお部屋へ。中から鍵をかけていらして下さい」

ためらうちか子を階段へと押しやって、二階へ行かせると、玄関のドアを乱暴に叩く音がした。

「――開けろ！」

と、久保田の声だ。「開けないと、そっちにもまずいことになるぞ！」

声が陰悪なものを感じさせた。

「どうしましょう？」

と、芳江が青くなってやって来る。

「警察は？」

「今、すぐこっちへ来てくれるそうです」

「じゃ、大丈夫。このドアはそう簡単に開かないわよ」

弥生は芳江の肩を叩いて、それでも、ドアをガンガンと叩いたりけったりしている様子に、

「台所から包丁を」

「え？」

「先の尖《とが》った小ぶりのを一本。早く！」

「はい！」

あわてて駆けて行った芳江は、すぐに小ぶりな肉切り包丁を持って来た。

「私が持ってる。大丈夫、万一のためよ」

弥生は、落ちついていた。

自分でもびっくりするほどだ。

「あなた、二階へ上ってなさい」

と、芳江に言う。「何かあったら、お義母様を頼むわよ」

「はい！　──早くパトカーが来ればいいのに！」

と言いながら、二階へ駆け上って行く。

弥生は、包丁を持った手を背中へ回すと、玄関へ下り、ドアへ近寄って、

「──お帰り下さい」

と言った。「パトカーが来ますよ」

「怖くなんかないさ」

ドア越しに笑って、「あんたは？」

「良二の家内です」

「そうか。──なるほど。じゃ、よく聞くんだな。ここを開けて俺を入れろ。そして警官が

来たら、間違いでしたと言って、帰すんだ」

「そんなことができると――」

「旦那のために、そうした方がいい」

弥生は、ドアへ顔を近付けて、

「どういう意味ですか」

「中へ入れりゃ話してやる。いいか、警察に俺が引張られたら、一番困るのはそっちだぞ！」

弥生は、迷った。――むろん、でたらめを言っているのかもしれないが、しかし……。

そのとき、遠くパトカーのサイレンが聞こえて来た。

返り血

「もしもし。私、朋美です。――もし、できたら私の携帯に電話して下さい」

メッセージは一旦途切れたが、「――どうしてる？　心配してたけど、連絡もしにくいし。――本当よ。それじゃ」

と、いつもの明るい朋美の声で終っていた。

しかし、その声はどことなく以前の朋美とは違っているように、伸男には思えた。

――特別、何かきっかけがあったわけではない。智春はお風呂に入っていて、有貴はあの克士という子が下へ来ているので、会いに行った。

一人で居間にいた伸男は、ふと自分の携帯電話の留守番メッセージに何か入っていないかと思ったのである。今は携帯電話を持っていないが、もし誰かがメッセージを残していれば、聞くことはできる。

うまくつながらないときなど、よく朋美があそこへメッセージを入れているのを、思い出したのだ。

そして実際に朋美のメッセージを聞くと、ふと電話してみようかという気になった。今なら一人だし……。

朋美の携帯電話へかけてみると、すぐにつながった。

「もしもし」

と、朋美の声が聞こえた瞬間、伸男の中に、あの若々しくしなやかだった朋美の体の記憶が熱くよみがえった。

「――やあ」

と、伸男が言うと、

「良かった！　どうしたかと思って心配してた」

と、朋美は言って、「待ってね。――ドア、閉めたから、今」

朋美の話し方は、少しも変らない。

「元気かい？」

「ええ。――今、どこにいるの？」

伸男は少しためらって、

「外国――オーストラリアだ」

「え？」

「そのはずなんだけどね。日本に隠れてる」

「びっくりした！　近くにいるのよね。分ってるわ」

「そうかい？」

「感じるもの。あなたが、私の手の届きそうな所にいるって。――それに、あなたは、いつも慣れた所にいないとだめな人でしょ」

はっきり言われて、伸男は苦笑した。

「ま、当ってるね。色々大変なんだ」

「会う時間、ある？　やっぱり会いたい」

朋美の言葉を聞いて、伸男の胸がキュッと痛んだ。

もう、諦めたはずではなかったか。しょせんは二十も年齢《とし》の離れた、「中年」と「若さ」の、束《つか》の間の触れ合いだったのだ。もう、何もかも忘れようと決めたのではなかったか……。

「もしもし？」

「うん、聞いてる」

「出られる？　時間はある？」

「そりゃ……ないことはないけど」

「じゃあ、会いましょ！」

と、朋美の声が弾んだ。「ね、気が進まなかったら、会っておしゃべりするだけでいいの」

会って、おしゃべりだけ、か。それなら——それだけなら、別にどうってことないじゃないか。そうだろ？

伸男にとっても、それは都合のいい理屈だった。

会って、おしゃべりして、それだけですむわけのないことは、伸男自身が一番よく知っていた。

「分った。じゃ、会おう」

「ええ。明日？」

「いいよ」

と、伸男は言った。

早くも、腕の中で息づく細身の朋美を思い浮かべながら。


「――奥様」

と、芳江が言った。「パトカーです」

「サイレンね。聞こえるわ」

ちか子も肯いた。「弥生さんは大丈夫かしら？」

芳江は、二階のちか子の寝室に入って、ドアを中からロックしていた。

「玄関のドアはそう簡単に破れないと……」

「それはそうね。開けて入れたりしないでしょうし。もうじき、警察の人が来て、連れて行ってくれるわ」

ちか子も、商売の上では色々危い橋を渡った経験があるが、こんな風に直接暴力を振るわれそうになることは初めてで、やや青ざめていた。

良二は、しばらく戻って来ないだろうし。

良二の車へ電話して、すぐ駆けつけて来るように言うか？

ちか子は、すぐにその考えを打ち消した。

良二の車のトランクには、あの女の死体が入っているのだ。警官がいる所へ、そのまま来させるわけにはいかない。

サイレンは、なかなか近付いて来ない。ちか子はじりじりして、

「何をぐずぐずしてるのかしら！」

と、思わず言っていた。

そのとき、ドアをノックする音で、ちか子と芳江は、飛び上るほどびっくりした。

「奥様――」

芳江が、やはり若いせいだろう、ちか子を守るどころか、助けを求めるようにすがりついてくる。

「じっとして！」

と、ちか子は言った。

「――お義母様、大丈夫ですか？」

ドア越しに、弥生の声がして、ちか子はホッとした。

「弥生さん！　あなたこそ大丈夫？」

ちか子はドアへ歩み寄った。

「ええ。もう何もご心配なさることはありません」

「良かったわ。ちょうどパトカーも――」

ドアを開けたちか子は、言葉を切った。

「ご心配なく」

と、弥生はくり返した。「もう、あの男は何もしません」

芳江もやって来て、短い叫び声を上げた。

弥生の服の胸辺りから腹にかけて、べったりと血がついている。

「弥生さん、あなた、けがを?」

「いいえ。これは私の血じゃありません。あの久保田という男の血です」

弥生は、至って穏やかな調子で言った。

「弥生さん……」

「仕方なかったんです。こうするしか、なかったんです」

弥生の淡々とした口調は、その姿と対照的で、却って気味の悪いものを感じさせた。

ちか子は、さすがに立ち直るのも早く、

「分ったわ。弥生さん、あなたは何も心配しなくていいのよ」

と、弥生の肩をつかんだ。

そのとき、チャイムの音が鳴り響いた。

「警察だわ。——私が出ましょう」

ちか子が急いで階段を下りて行った。

久保田が、玄関を上ったところで、血だらけになって倒れている。その傍《そば》に、先端の折れた包丁が落ちていた。

ちか子は、飛び散った血を避けて、何とか死体のそばをすり抜けると、まだ鳴り続けるチャイムに答えようと台所へと急いだ。

「——何の恨みがあったのか、見当もつきません」

と、ちか子は警官に言った。「おかしくなっていたとしか思えませんわ。ともかく落ちついて話をするというので、中へ入れると、突然暴れ出したんです」

「なるほど」

「弥生さんは、私を守ろうとして……。とっさのことで、他に思い付かなかったんでしょう。台所から包丁を取って来たんです」

ちか子は、血のついた服の上にガウンをはおって、ソファに座っている弥生の方へ目をやって、「ちょうど久保田が私に向って手を振り上げていたので、弥生さんは包丁を構えて……。芳江さん、そうね？」

弥生のそばに立っていた芳江は、肯いて、

「はい。奥様のお話の通りです」

と言った。

「お巡《まわ》りさん。私たち、女ばかり、三人だったんです。久保田が武器を持っていないということだって、分らなかった……。三人でかかっても、男一人、取り押えることはできなかったでしょう。何しろ私はもう六十過ぎですから」

「分ります」

「もう夢中だったんです。気が付くと、久保田が倒れていて、弥生さんが包丁を手に呆然と立っていました。——そして、サイレンが聞こえて来たので、私たちは力が抜けて、動けなくなってしまったんです」

警官は、ちか子の話で納得した様子だったが、

「正式には、改めてあの——弥生さん、でしたか。ご本人からお話をうかがうことになります」

と言った。

「でも今夜は、連れて行かれないでしょう？　あの人は私を守ってくれたんです。留置するなら、私が参ります」

ちか子の迫力は、警官をあわてさせるに充分だった。

「いや、その必要はありません。逃亡の恐れもないわけですし……」

「当り前です！　何も悪いことをしたわけじゃない。身を守っただけなのに、どうして逃げる必要があるんですか」

「いや、その通りで……。明日、改めてご連絡をしますので」

「どうぞ、いつでも」

——ちか子は、弥生の隣へ腰をおろして、

「もう何も心配することはないのよ。――今夜はもう休んで。ね？」

と、肩を抱いた。

「でも……お義母様こそ、おやすみにならないと……」

「私は、明日たっぷり寝るわ。あなたには、社長夫人としての仕事があるでしょう。――芳江さん、弥生さんを頼むわ」

「はい」

弥生が芳江に付き添われて居間を出て行く。

警官たちも、何も言えずに、それを見送っていた。

「――ええと、ご主人はおられないんですか？」

と、警官が訊く。

「私の主人は入院中です。息子の良二が社長ですが、急な仕事で、今出かけています。朝までに戻るでしょう」

電話が鳴って、ちか子が出ると、知り合いの弁護士からだった。

ちか子は、警官が入って来るまでの間に弁護士の自宅へ電話を入れておいたのである。

「――ええ、そういうことなの。こんな時間に悪いけど、すぐ来てちょうだい」

ちか子の一言である。弁護士は三十分で行きます、と言って電話を切った。

――死体の写真を撮るフラッシュが光る。

「長い夜だわ……」

と、ちか子は呟いた。

良二が帰宅したのは、その三時間ほど後、そろそろ空が白み始めるころだった。

「——良二、大変だったのよ」

ちか子が、良二の顔を見るなり、早口に事情を説明した。

女の死体を捨てて戻ったら、パトカーがいるのだ。良二がギクリとしたに違いないからである。

「じゃ、弥生が？」

「二階へ行ってあげて。さっき、お医者様に来ていただいて、鎮静剤を打ってもらったから、眠ってるかもしれない」

「分った。何てことだ……」

「良二、後で居間へね。弁護士さんがみえてるわ」

「うん」

良二は急いで階段を上って行った。

そして、寝室へ入ると、

「弥生……。僕だよ」

そっと呼んでベッドへ近付く。

眠っているのだろうか。目を閉じた弥生の額へそっと手を当てようとすると、突然弥生が目を開けて、良二の手を握った。

「弥生……。起きてたのか」

「あなた……。あなた……」

弥生は良二の頭を引き寄せて、力一杯唇を押し付けたのだった。

誘惑

「奥様──」

朝になると、早速、内山寿子がやって来た。

「とんでもないことに……」

「いいの。静かにして」

と、ちか子は居間のソファで頭をさすりながら、「ボーッとしててね」

「お疲れですわ。おやすみ下さい」

「そうね……。じゃ、後はお願い。弁護士が何か言って来たら、聞いといて」

「かしこまりました」

ちか子は、居間を出ようとして振り返ると、

「弥生さんは、起きるまで寝かせておいてあげてね」

「はい」

寿子は、ちか子が行ってしまうと、台所にいた芳江へ声をかけた。

「──ご苦労様」

「あ、どうも……。大変でした、ゆうべ」

「そうでしょうね。詳しいこと、聞かせて」

「はい！」

芳江は、話したくて仕方ないのだ。

良二が金を持って出ている間に、あの久保田という男が押しかけて来たいきさつを、まくし立てるようにしゃべった。

「コーヒーをお願い」

と、寿子は少し時間を取らせて、「――それじゃ、警察には、事実と違う話をしたのね」

「そうです。――よろしくお願いしますね！」

「私は分るけど……。でも、よほどよく念を押しておかないと。ちょっとでも矛盾があれば、警察は怪しいと思うわ」

「はい、どうぞ」

と、コーヒーを出し、「奥様とは、よく話しました」

「後は弥生さんね。何といっても、刺した当人ですもの。事情を聞かれるわ」

「でも、あの場合は――」

「もちろん、そうよ。でも……」

寿子は、納得していなかった。

芳江の話でも分らない。――なぜ、弥生は久保田を中へ入れたのか。

問題はそこだ。当然、それがうまく説明できなくてはならない。

「弥生さんが起きたら、奥様が話をなさるでしょ」

と、寿子は言ってコーヒーを飲んだ。

「とんでもない夜でした」

と、芳江がこぼす。

そう。――良二が一億円を持って行ったその夜だ。

良二が、そんな遅い時間まで、どこで何をしていたか。

それも警察が気にするかもしれない。確実な答えを用意しておくべきだろう。

「――良二さんは？」

「まだおやすみです。――あ、もうお起ししないと。会議だとおっしゃっていました」

「私、行くわ」

寿子は立って、二階へと上った。

寝室のドアを小さくノックすると、すぐに中から開いて、

「やあ、来たのか」

「弥生さん、いかがです？」

「ぐっすり眠ってる。しばらく放っておくよ」

と、良二は言った。「十分で下りて行く。芳江にそう言っといてくれ」

「分りました」

寿子は、「弥生さん、お大事に」

と付け加えた。

——台所へ戻って、芳江に良二の言葉を伝えると、寿子は何となくスッキリしない気分で居間へ行き、新聞を広げた。

——奈良敏子の死。久保田の死。

それも、あのおとなしい弥生が、なぜ？

胸の中のモヤモヤが消えない。

それは、自分が取り残されているような気分だった。寿子は、ちか子に気に入られていることを誇りにしていたのだ。

それが——今は弥生の方がちか子に近い。

仕方のないことだ。社長夫人なのだから。

そう自分へ言い聞かせても、心の中で、

「あの人は、よそ者だ」

という思いが消えない。

そう。——寿子は、ゆうべのような事件のとき、ここにいなかったのを、悔しがっているのである。

良二は顔を洗い、ひげを当って、ワイシャツを着てから、弥生の様子をもう一度覗いた。

「——あなた」

「何だ、起きたのか」

良二はベッドに寄って、「もう一度眠りなさい」

「ええ……。いくらでも眠れそう」

と、弥生は言った。「仕度、してあげられなくてごめんなさい」

「いいよ。ゆうべは大変だったんだ」

「ええ……」

弥生は天井を見上げて、「でも、人を殺しておいて、ゆっくり眠れるんだもの。私って図々しいのね」

良二はちょっと笑って、

「それは生命力ってもんだ」

と言って、弥生の肩を軽く叩いた。「風邪ひくなよ」

「ええ……」

弥生は毛布を顔の半分まで引張り上げて、

「遅れるわ。行って」

「うん」

良二は、かがみ込んでキスすると、「じゃ行ってくる」

と、上着を手に、部屋を出た。

――正直、良二も眠い。

階段を下りながら欠伸が出た。

弥生を抱いた。弥生の方がせがんで来たのだ。

あれでなければ眠れなかったのかもしれない。

あの、どこか必死の様子には、弥生の覚悟のようなものを感じた。

「――おはよう」

良二は、頭を切り換えて、ダイニングへ入って行った。「そうだ。寿子さん」

「はい」

寿子が急いでやって来る。

「兄貴がどこにいるか、もう一度当ってみてくれないか」

「はい」

「何してるんだか……。困ったもんだ」

良二はため息をつく。「車で眠って行く。運転手に、少し遠回りしてくれと言ってくれないか？」

そう言うなり欠伸をする良二に、寿子は思わず微笑んでいた……。

「私……」

と、朋美が言った。

「え？」

伸男は少しぼんやりしていて、「——ごめん、何か言った？」

「これからよ」

朋美は笑って、伸男の胸に顎《あご》をのせた。

会って、話をして……。

結局、ホテルへ入ることになるのに、何分もかからなかった。

「あなたとは、クールに付合ってるつもりだった。でも、会わなくなるとだめね。思い出してしようがないの」

「それは嬉しいね」

「本当？」

「ああ」

朋美は、大きく伸びをして、

「これからどうするの？」

「さあ……。分らないよ」

「気楽ね」

「全くだ」

我ながら、どうしてこうだらしないのか、と思ってしまう。

智春の前で泣いてしまった自分も、今の自分も、同じ人間だ。

仕方ない。そういう男なのだ。

「隠れてなきゃいけないの？」

「うん……。ま、危いといっても、こうしてフラフラ出歩いてるけどね」

「じゃ、どこか旅行に出よう」

「旅行？　君と？」

「あら、いやなの？」

「そうじゃないけど……」

「何週間もってわけにはいかないけどさ、一週間くらいなら、大学休んでも平気」

「何と言って？」

「試験休み、とでも言えば分んないわよ」

「どこへ行くんだ？」

「お友だちの家の別荘があるの。そこなら、お金もかからない。——ね？」

こうして朋美の体を抱きしめていると、また忘れられなくなってしまう。情ないようではあるが、それほど朋美にひかれているのか。

だが、一週間旅に出るなんて、智春や有貴にどう納得させる？

伸男は見当もつかないまま、

「いいよ」

と、答えていた。

「じゃ、明日、車で迎えに行く」

「おいおい。うちはまずい」

「じゃ、今日と同じ所で待ってて。ね？」

「うん……」

そうか。ともかく行ってしまえば何とかなる。

無事だということが分っていればいいんだし……。そうだ。危険という点からいえば、東京にいる方が危険なのだから。

誠に身勝手な理屈をつけて、伸男は、

「分った。そうしよう」

と、朋美をもう一度抱きしめたのだった。

——明日の仕度、というわけで、二人はホテルを出てから、ひげそりや細々した物を買った。

「私が持って行くわ。あなたはそのまま手ぶらで来てね」

「分った。頼むよ」

伸男は、朋美と別れると、遠足を前にした小学生みたいに軽い足どりで帰って行く。

——朋美は、しばらく伸男を見送っていたが、今出て来たデパートへ戻り、人のいない隅へ入って、携帯電話を取り出してかけた。

「——もしもし」

と、朋美は言った。「——朋美です。——ええ、会ったわ。——ええ。言われた通り、明日、旅行に誘いました。――はい。――大丈夫です。でも、あまりいい気持はしません」

朋美の顔に重苦しい表情が広がる。

「――私のいない所でやって下さいね。――はい」

朋美は電話を切ると、フッと肩を落とした。

そして、人ごみの中を、ことさらゆっくりと歩いて行った。


「ただいま」

有貴が居間を覗くと、智春が新聞を広げている。「――お母さん」

「おかえりなさい」

智春は、夕刊を見せて、「これ……」

「何なの？」

有貴は鞄を置いて、その記事を見ると、

「あの人……」

久保田が刺されて死んだ。しかも、刺したのは弥生だというので、びっくりした。

「何があったのかな」

「分らないけど……。大詰めね」

と、智春は言った。「お父さん、ロビーにでもいなかった？」

「ううん。出かけたの？」

「そう。何となくソワソワしてね」

母の目の確かなことは、有貴もよく分っている。

「でも、まさか……」

「考えすぎだといいけど」

智春は、首を振って言った。

電話が鳴って、有貴が出ると、

「――あ、お父さん。私も今帰って来たところ。――うん、分った」

智春は、有貴と顔を見合せた。

「今から帰るって」

「帰るときだけ連絡してくるのは、気が咎めてるから」

「そうかな……」

「意地悪くとるつもりはないのよ」

と、智春は言った。「ただ……危なっかしいのに、自分で分ってないの。あの人はね」

智春はそう言って、ため息をついた。

行き止まり

「出かけるのか」

と、伸男は、智春が外出の用意をしているのを見て、言った。

「ええ。——夜までには戻りますわ」

智春は、鏡の前で服装を眺めて、「これでいいわね」

「ああ、よく似合ってる」

伸男は、居間へ行くと、新聞を広げた。

「——奥様、お仕度、よろしいですか」

と、江梨子が覗いて、「あ、奥様かと思って」

「一緒に出かけるのか」

「はい。お父様のお見舞に」

一瞬、伸男は自分の父、沢柳徹男のことかと思った。そうではない。智春の父親だ。

「もう長くないだろうって、お医者様が」

と、江梨子が小声で言った。「一度、お話ししておいた方が、ということでして」

「そうか。ご苦労さん」

伸男は、肯いて言った。

「――待たせてごめんなさい」

智春がやって来た。

「いえ、それじゃ」

「出かけて来ます」

と、智春は、伸男に声をかけて、「夕ご飯には戻りますから」

「ああ、分った」

「あなた、お出かけになる？」

「いや」

と、首を振って、「出かけないと思うよ」

「そうですか。じゃ……。もし、有貴が帰って来るまでに私たちが戻らなかったら、説明してやって下さいね」

「分った」

玄関でガタゴト音がして、ドアの閉る音が聞こえた。

伸男は、新聞をたたんで玄関へ出てみた。

――出かけてくれて良かった！

さすがに、伸男もいささか気が咎めていたのである。

朋美と一週間も旅に出る。――ひどい亭主だ。

しかし、今さらやめるわけにいかない。

ちょうどいい時刻に、智春と江梨子が出かけてくれた。これは大助かりである。

仲男は、とりあえず少し現金を持ち、寒い山中でも大丈夫なように厚手のダッフルコートを手に取った。

朋美との待ち合せまで、充分時間がある。

仲男は、便箋を出してくると、手早くメモを残した。

〈心配しないでくれ。友人と旅行してくる。一週間ほどだ。では。仲男〉

――これじゃ、「心配してくれ」と言わんばかりだが、他に書きようがない。

何も残さずにいなくなってしまうよりはいいだろう。

仲男は、その手紙を、居間のテーブルに置いて出ようとしたが、

「台所の方がいいかな」

と、ダイニングテーブルに移した。

そして、迷いをふり切るように、急いで部屋を出たのだった。


――仲男は、朋美の車が待ち合せ場所に来ているのを見付けてホッとした。

向うもすぐに仲男を見付け、車から出て来て手を振った。

仲男が助手席に乗り、

「いいのかい。運転、任せちゃって」

「平気よ。信用できない？」

「そうじゃないが……」

「疲れて、危いと思ったら言うわ」

朋美は、エンジンをかけた。「──奥さんは大丈夫？」

「出かけた」

「そう。それなら心配ないわね」

車が滑らかに動き出し、車の流れへとスムーズに入り込む。

少し行って、車が赤信号で停ると、

「ね、後ろの座席の荷物を取ってくれない？」

「ああ……」

と、手探りし、「これか」

「そう。包み、開けて。──サンドイッチ、食べるかと思って」

「車の中で？」

「いらない？　でも、私は食べる。サンドイッチ作るのに夢中で、食べてる時間がなくなったの」

と、朋美は言った。

車がまた走り出し、伸男がその間に包みを開けた。

「ポットにコーヒーが入ってるわ」

と、朋美が言った。「いれて来たの。飲んで」

「うん、もらうよ」

伸男は、のんびりと寛《くつろ》いだ。

朋美は、赤信号の間にサンドイッチを二切れ食べ、

「――ああ、落ちついた」

と、息をついた。

車が高速へ入る。

「――コーヒーは？」

「後で。先に飲んでいいわ」

「うん……」

伸男はポットのコーヒーを、紙コップへ注いで、ゆっくりと飲んだ。

「――うん、旨いね。匂いもいい」

「ありがとう」

朋美は微笑んだ。

車は、高速の流れに乗って、順調に走って行く。

「――アーア」

伸男が欠伸をして、「眠い。寝過ぎるくらい寝てるのに……」

「寝てていいわ。向うへ着いたら起すから」

「うん……」

そうはいかない。朋美がくたびれたら、代って運転しなくては……。

少しだけ、ほんの十分も眠れば……。

伸男は、助手席のリクライニングを倒して目を閉じると、コトンと穴に落ちるように眠ってしまった。


深い眠りから覚めて、伸男は息をついた。

俺は、どこで眠ったんだ？

車の中……。車だ。

思い出した。朋美の運転する車で——。

窓の外は暗かった。

そして、車は停っている。運転席は空で、朋美の姿はなかった。

「朋美？」

後ろの席にもいない。

どこへ行ったんだろう？

伸男は、ドアを開けてみた。——車は、どこやら山の中らしい場所にいた。

しかし、周囲は深い森で、道はひどく狭い。よくこんな所まで入って来たもんだ。

「——朋美」

と、伸男は呼んだ。「おい、朋美。どこだい？」

辺りは静かだった。

道でも間違えたのか？　調べに行ったのだろうか。

ともかく、朋美の戻るのを待つしかない。

伸男は大きく息をついて、ブルッと身震いした。山の中のせいか、寒い。

持って来たコートを取り出して着る。

「どうなってるんだ？」

と、呟いて、車の中に戻ろうと振り向くと——。

「何だ、君は？」

男が車にもたれて立っていた。

暗いが、ドアが少し開いているので、車内灯の明りでぼんやりと男の姿が見える。

「誰だ？」

「知らなくていい」

男は、コートのポケットから手を出した。手に拳銃が握られている。

「前に、成田で会ってる。——忘れただろうけどな」

伸男は青ざめた。

「あのとき——ナイフで……」

「邪魔が入ったからね。しかし、今日は大丈夫だ」

男は淡々としていた。

「――朋美をどうした？」

と、伸男は訊いた。

「さあね」

「朋美も……殺したのか」

「呑気だね。人のことを心配してられる身か？」

と、男は笑った。

「教えてくれ。彼女は……」

「知らない方がいいんじゃないか？」

「言ってくれ。――死んだのか」

俺のせいで？　俺があの子を死なせたのか？

男はちょっと笑って、

「おめでたいな、全く」

と言った。「彼女は生きてるよ。今ごろ別の車で家へ戻ってるさ」

伸男はしばらくぼんやりと突っ立っていたが、

「――嘘だ」

声が上ずっていた。

「コーヒーを飲んだら、眠くなったろう？　薬が入ってたんだ。分るかい、世間知らずの坊《ぼ》っちゃん」

「嘘だ」

「ここで死んでも、当分見付からない。ちゃんとていねいに埋めてやる。——ま、彼女を恨めよ」

「嘘だ……」

伸男は、ペタッと地面に座り込んでしまった。

「そうしてくれると撃ちやすい。ありがとうよ」

男は、拳銃を持った手を伸し、二、三歩前へ出た。

伸男は、殺される恐怖を、裏切られたというショックで、忘れていた。

朋美……。朋美が？　どうしてだ。どうしてだ。

「——じゃ、ここでおしまいだ」

と、男が言った。「おやすみ」


「——今晩は」

有貴は、玄関を上って言った。

「まあ、有貴さん」

弥生が出て来て、「今、学校の帰り？」

「うん。弥生さん、大変だったね」

有貴は、この物静かな女性に、何となく親しみを感じていた。「ごめん。忘れたかったでしょ」

「忘れられやしません」

と、弥生は微笑んで、「でも、大丈夫。身を守るためにやったんですもの。悪いことしたわけじゃありませんもの」

弥生の言い方は、思いがけないほど、力強かった。

「うん。――そうだね」

台所から、芳江が出て来た。

「あ、有貴さん」

「今晩は。おばあちゃんは？」

「さっき一眠りするとおっしゃって。――でも、一時間したら起きるって」

「起すの？」

「もう二時間たちます」

「じゃ、私が起してくる」

有貴は、鞄を置いて、階段を上って行った。

寝室のドアをノックして、

「――今晩は、有貴です」

と、呼んだ。「今晩は」

返事がない。

ドアをそっと開けると、ベッドで軽く口を開けて寝入っているちか子が見えた。

「おばあちゃん」

有貴は、そばに行って声をかけた。

少しも動かない。――ふと、不安がきざした。

まさか……。そんなことって……。

「おばあちゃん！」

有貴がちか子の肩をつかんで揺さぶった。

すると――低い声で呻いてから、ちか子が目を開けた。

「――びっくりした！」

と、有貴は息をついた。

「有貴？　――どうしたの、こんな時間に」

ちか子は、ぼんやりしている。

「起しに来たの。よく寝てたね」

「ああ……」

ちか子は、深く息をついて、「夢を見てたわ」

「夢？」

「自分が、深い深い海の底へ引きずり込まれていく夢……。怖いようでも、怖くなかった。

ホッとするような、平和な感じで……」

ちか子は起き上った。「さあ、起きなくちゃ。――母さんは元気?」

「うん」

有貴は肯いて見せた。

華《か》燭《しょく》

「本日は、誠におめでとうございます」

「恐れ入ります」

「これで会長さんもご安心で」

「どうでしょうか、まだ頼りないところばかりですから。どうかよろしく」

ちか子が頭を下げると、相手の方が恐縮してしまう。

「いえいえ、こちらこそ末長いお付合いを――」

と言いかけて、後に挨拶する人間が数人列をなしているのに気付き、「では、また改めまして……」

「――本日はおめでとうございます」

「ありがとうございます」

――こうして、ほとんど同じやりとりがくり返される。

ロビーには、披露宴の開始を間近に控えて、続々と客がやって来ている。受付のテーブルは、記帳のためだけでも五人の女性社員が並んで応対している。

有貴は、この日のために作ったビロードのスーツを着て、ずいぶん大人びて見えた。

「——有貴！」

と、手を振ってやって来たのは友だちの佐々木信子。

「やあ」

有貴はホッとした。大人ばかりの間にいると、息が詰る。「可愛いね、そのドレス」

「そう？　有貴はぐっと大人だね」

「格好だけでもね」

「それもそうか」

「言ったな！」

と、有貴が笑ってつつく。「受付、すませといでよ」

「うん！　でも、私なんか関係ないのに、悪いみたい」

「いいのよ」

有貴が、「話し相手もいない」と文句を言って、信子を招待客に加えてもらったのだ。確かに、沢柳良二と弥生の結婚式に、招《よ》ぶ筋合は全くないのだけれど、どうせこれは「会社行事」なのだから。

有貴は、外の寒さとは無縁の、春のように明るく暖かいホテルのロビーを見渡して、何だか自分が空想の世界へでも紛れ込んでしまったような気がしていた。

ピピピと音がした。小さなバッグを開け、携帯電話を取り出す。

「——もしもし。——あ、お母さん？　——うん、それじゃあと十分くらいだね。言っとくよ。——はい」

有貴は、すでにパニック状態一歩手前の受付へ行くと、内山寿子を見付けて、

「寿子さん。今、お母さんが車から電話して来て、あと十分で着くって」

「良かった。じゃ、充分間に合います」

と、寿子は微笑んだが、内心は、自分が今日の宴席に関する全般の仕事を任されているので、列をなしている客の方が気になって仕方ないのである。

「ママ」

と、可愛い声がして、寿子の娘、美幸がやって来る。

「美幸！　勝手にあちこち行っちゃだめよ」

寿子も娘に構っている余裕がない。

つまらなそうに口を尖らしている美幸に、有貴は、

「ね、お姉ちゃんと花嫁さんを見に行こうか」

と言った。

とたんに美幸が目を輝かせて、

「うん！」

「まあ、有貴さん、そんなこと……」

「いいの。どうせこっちも暇だし。——少し待ってね。お姉ちゃんの友だちが今、受付の所に並んでるから」

——信子が、ちょうど記帳しているところだった。

「伸男さんから何かご連絡は？」

と、寿子が有貴に訊いた。

「お父さんから？　何も……」

「そうですか。——どうなさってるんでしょうね」

「心配してても仕方ないし。——信子！」

と、友だちに手を振って、「じゃ、美幸ちゃん、行こう！」

「うん！」

有貴は美幸の手を取って、受付の辺りの人だかりから脱け出した。


「——私も行っていいの？」

と、信子が遠慮がちに言う。

「平気よ。どうせ暇でしょ」

「そりゃそうだけど……」

「——あ、ここだ」

ドアを軽くノックすると、

「どうぞ」

と、返事がある。

中へ入ると、畳を敷いた十畳ほどの部屋。弥生が一人でウエディングドレスに包まれて椅子に座っている。

「有貴さん。——美幸ちゃん、元気？」

「うん。きれい！」

「ありがとう」

と、弥生は笑った。

「凄く似合うわ、弥生さん。本当よ」

信子を紹介しておいて、有貴は花嫁の周囲をグルッと回ってから言った。

「——嬉しいわ。そう言ってもらえると」

「良二さん、モーニング？」

「ええ。初め、『ペンギンみたいだ』ってふくれてたけど、そう言っちゃペンギンに失礼よ、って言ってやったら、大人しく着るって」

有貴は、弥生の笑顔に、どこか哀《かな》しげな色を見ていた。それは、弥生の持っている元からのものなのかもしれないが……。

「大丈夫？」

と、有貴は訊いていた。「少し疲れてるみたい」

「結婚って疲れるもんなのよ」

と、弥生は少しおどけて言ったが、「——本当はね、妊娠したらしいの」

「本当？　おめでとう！」

と、有貴は思わず言った。

「何が？　何が？」

と、美幸が有貴をつつく。「ねえ、何のこと？」

「まだ、良二さんにも言ってないの。黙ってて」

と、弥生が急いで付け加える。

「うん、分った」

「今日がすむまでは……。これが終ったら、ドッと気が緩むかもしれないわ」

「体、大事にしないと」

「ええ。ありがとう」

「じゃ、後で、また。——美幸ちゃん、行こう」

「うん……」

美幸は、自分が仲間外れにされたような気分でいるらしく、少しつまらなそうだった。

ロビーへ戻ると、ちょうど母、智春が江梨子と一緒にやって来たところである。

「お母さん。間に合ったね」

「車が混んでて……。もう式は終っちゃった？」

「まだこれから披露宴ですよ」

と、内山寿子が言う。「でも良かった、間に合って」

「そうね。弥生さんは？」

「今、会って来た」

「きれいだった？」

「そりゃもう……」

と言いかけて、有貴は、「ちょっとお母さん、来て」

と、母の腕を取った。

「どうしたの？」

「いいから」

有貴は、母をロビーの離れた所まで引張って行った。

「──何なの？」

「弥生さん、赤ちゃんが……」

智春は少し間を置いて、

「──そう」

と、肯いた。

「どうするの？」

「どうする、って？」

「だって……。何だか……」

と、有貴は口ごもった。

「分るけど、有貴……。あなたの気持はね」

「でも——お母さんが決めることだよ。うん、そうだよね」

有貴は自分へ言い聞かせるように言って、息をつくと、「お母さんが、どうするか決めて」

と言った。

智春はゆっくりと首を振って、

「もう遅いわ」

と言った。「もう、やめられないわ」


「では、お二人でケーキにナイフを入れていただきます」

と、司会者が言った。

良二と弥生が、高さ一・五メートルのウエディングケーキの前に進み出る。

長いナイフを渡されて、二人がぎこちなく手を添えた。

「——では、写真をお撮りになる方は前へお出になって下さい！」

司会者に促されて、何人かがケーキを囲むようにしてカメラを構えた。

照明が落ち、二人とケーキにライトが当る。

「それでは、ナイフを入れて下さい！」

少し照れたような表情で、良二と弥生がナイフの先をケーキへと下ろして行った。

フラッシュが光り、拍手が起る。そして派手なファンファーレ風の音楽……。

「もう少しそのままでお願いします！　――もう、写真の方、よろしいですか？」

司会者はプロで、いかにも手慣れている。

「――明日から海外出張なんて、お気の毒ですね」

と、内山寿子が言った。

「仕方ないわ」

ちか子は、二人を眺めながら、「社長に勤務時間はないのよ。二十四時間が仕事」

「私では、とても勤まりません」

と、寿子は苦笑した。

場内が明るくなる。またひとしきり拍手が起って、

「それでは、新郎新婦はただいまからお色直しのため、一旦退場いたします」

司会者の言葉で、二人は式場の係に案内されて、会場から出て行こうとした。

「――良二さん」

と、弥生が足を止める。

「何だ？　どうした？」

「伸男さんだわ」

と、弥生は言った。

「何だって？　どこに？」

「テーブルよ。席を設けておいたんでしょ？」

「うん、しかし――」

と、良二が振り返った。

智春、有貴のいるテーブル。

そこに一つ、空席があったのだった。もちろん、伸男の席だ。

しかし、今、伸男は背広にシルバータイという姿で、有貴たちの間に、座っていた。

「――どうぞ」

と、式場の人間が促して、良二はハッと我に返った様子。

「さあ……」

「では、奥様は私と」

と、女性が先に立って案内する。

弥生は、それについて行こうとして、ふと夫の方を振り返った。

良二と目が合う。――良二は、まだその場から動こうとしなかった。

弥生が行ってしまってから、良二は、

「ちょっと電話をかけたいんですが」

と言った……。

「――奥様」

と、寿子がちか子の方へ、「伸男さんです！」

だった。

「え？」

ちか子は、隣のテーブルに、伸男が当り前のように座っているのを見て、目を丸くしたの
「まあ……」

と、呆れて、「いつの間に？」

伸男が、ちか子の声に気付いて振り向くと、ちょっと手を振った。

「人騒がせな子ね、全く！」

ちか子の言葉は、当然伸男だけでなく、智春、有貴にも聞こえていたが、二人は黙って、
パンをちぎって食べていた……。

真実の苦さ

異変は、ほとんど誰も気付かない内に、静かに進行していた。

肝心の花婿、花嫁がお色直しで席にいないので、大切な客のスピーチはないが、それでもプロの司会者だけのことはあって、ちょっとした演奏や祝電の紹介などで時間をつないでいた。

もっとも、食事をしながら、各テーブルで話は弾み、特にいぶかしく思う客もなかったようだ。——沢柳ちか子を除いては。

「お料理、よろしいですね。お味が」

と、内山寿子が言って、「——奥様」

ちか子が食事の手を止めて、額に深くしわを刻んでいるのに気付いたのである。ちか子が何か心配しているときの顔だ。

「どうかなさいましたか」

と、寿子は訊いた。

「二人の戻りが遅いわ」

「ああ、お色直しの……。そうですね。見て参りましょうか。大方、弥生さんがご気分でも……。緊張なさってるでしょうから」

寿子が立ち上る。ちか子もナプキンを置いて立った。

「私も行くわ」

「でも、先に私が――」

「いいから。一緒にいらっしゃい」

「はい……」

ちか子と寿子は、宴会場を出た。

「気が付いた？」

「何でしょう？」

「伸男たちが席にいなかったわ」

「そうでしたか？」

「伸男、智春も、それに有貴も。――おかしいわ、様子が」

ちか子たちがロビーを抜けて行こうとすると、ホテルの宴会場のマネージャーが足早にやって来た。

「沢柳様。恐れ入りますが、至急ご相談申し上げなくてはならないことが起りまして」

顔がこわばっている。ただごとではない、とちか子は思った。

「何があったの？」

マネージャーは、

「ここでは、どうも……」

と、口ごもると、「こちらへ」

と、先に立って行く。

〈写真室〉のドアを開けて中へ入る。

パッと白い光が走って、ちか子はまぶしさに目をつぶった。

「終りました」

と、カメラマンが言った。

椅子から立ち上ったのは、明るいピンクのイヴニングドレスに身を包んだ弥生だった。

「――弥生さん。きれいよ」

と、ちか子は言った。「良二は？」

弥生は一人で写真を撮っていたのである。

「いません」

と、弥生は言った。

「いない？　どういうこと？」

「お色直しのとき、電話をかけてくると言って、係の人から離れ、それきり戻らないんです」

弥生の口調は淡々として、それを予期してでもいたかのようだ。

「戻らないって……。どこへ行ったの？」

「分りません」

「でも、弥生さん——」

と、内山寿子が口を挟んだ。「そのことを知ってらしたの？」

弥生は何も言わなかった。ただ、ゆっくりと頭をめぐらせて、写真スタジオの奥の方へ目をやった。

ちか子と寿子は、その方向へ目をやって、そこに立っている智春を見た。

「智春さん……。何をしてるの？」

と、ちか子が訊く。

智春は、真直ぐに背筋を伸し、

「見届けています」

と言った。「結末を見届けています」

ちか子が目を見開いた。

「あなた……何もかも分ってるのね。いつから？」

「もう何か月も前からです」

と、智春は言った。「そして、何もかも思い出したんです」

寿子が青ざめた。——無意識なのだろうが、少し後ずさって、ちか子のかげに隠れようとする格好になった。

「智春さん」

と、ちか子はさすがに動じる気配を見せず、「あなたの話は後でいくらでも聞きます。今は、良二のこと。あの子はどこなの?」

「さあ、そこまでは知りません」

と、智春は首を振って、「良二さんは自分で姿をくらましたんですから」

「そんな馬鹿な！　どうしてあの子が逃げ隠れしなきゃならないの?」

そのちか子の問いに智春が答える前に、

「僕を見たからさ」

と、伸男が写真室へブラリと入って来た。

「——どういう意味?」

「僕は危うく殺されるところだった。智春のおかげで危機一髪、助かったんだ」

と、伸男は言った。「僕を殺そうとした男は警察へ引き渡したよ。その男は金で殺しを引き受けて、奈良敏子も殺してたんだ」

「その男は……つまり、誰かに頼まれたのね?」

「そうだよ。やっと、取り調べに音《ね》を上げて、自白したって」

しばらく沈黙があって、

「——馬鹿を言わないで」

と、ちか子は言った。「良二がやらせたとでも言うの?」

「そうなんだ」

「そんなでたらめを……」

「本当のことです」

と、智春は言った。「弥生さんも気付いていたでしょう。家やお金を一度は捨てた良二さんでしたが、三十近くになるにつれ、焦りが大きくなってきた。兄一人に、何もかもやってしまったことを後悔して、何とかして取り戻せないかと考え始めたんです」

「それにしたって……。何もそんなことをしなくても、家へ戻って来れば、不自由なく暮せたわ」

「それではだめだったんです」

と言ったのは、弥生だった。「そばにいると、ほんのちょっとした言葉の端々で、良二さんが何を考えているか分りました」

「弥生さん、あなたまで――」

「良二さんは、自分が母親に負けた形で家に帰るのはいやだったんです。どうせ、形だけの重役にでもしてもらって、こづかい稼ぎをするくらいでしょう。良二さんは、何もかも、手に入れたくなったんです」

ちか子は、伸男を見て、それから、少しよろけるように、椅子の一つに腰をかけた。

「――奥様」

「良二は……実の兄を殺そうとしたの？」

「そんなこと、あるはずが――」

「寿子さん」

と、智春は言った。「あなたにそんなことを言う資格があって？」

「智春さん、私、あなたの味方だった。そうでしょ？」

「あのときまではね」

と、肯いて、「あなたが私を呼び出したホテルの部屋には、水島がいた。私が水島に襲われることを、あなたも分っていたはずだわ」

「それは……」

「それは、お義母様があなたの面倒をみる代り、あなたに言いつけてやらせたことね。そうでしょ？」

寿子は真青《まっさお》になって、冷汗をかいている。しかし、何も言おうとはしなかった。

「――私は、知っていました」

と、弥生が言った。「死体を買えと言って来た男も、良二さんの雇った男で、たぶんその人殺しと同じ男でしょう」

弥生は、手にしていたブーケを床に放り投げた。

「身代金の一億円、スーツケースに入れて置いていた間に、すりかえられていたんです。私は、夜中に見てしまって、目を疑いました。たぶん、良二さんはその一億円を男への支払いに使うつもりだったんでしょうね」

ちか子がじっと弥生を見て、

「どうして黙っていたの？」

「もう――良二さんは、やってしまっていたんですもの。やる前なら、止めようとしたでしょう。でも、もう手遅れだったんです」

するると、そこへ、

「あの……」

と、誰かの声が割り込んで来て、みんな一瞬凍りついたように動けなくなった。

良二が帰って来たかと思ったのである。しかし、そうではなかった。

「すみません……」

「誰？」

と、ちか子が苛々とした声で言った。「今、とり込んでるのよ」

「お義母様」

と、智春が言った。「披露宴の司会の方ですよ」

言われて、ちか子もやっと気付いた。

「ああ……。ごめんなさい」

「いえ……。披露宴の方が……。どうしましょうか？」

ちか子も、さすがに返事できない様子だった。

「私が行きます」

と、弥生が言った。「良二さんが急な用事で発《た》った、とみなさんにお詫びします」

「よろしく」

と、司会者がホッとしたように言った。

「すぐ参ります」

弥生は、司会の男が行ってしまうと、「それでよろしいですね」

と、ちか子に訊いた。

「――ええ」

と、肯いて、「弥生さん」

「はい」

「あなたが久保田を刺したのも……」

「あの男は、良二さんが何をしていたか、知ってたんです。捕まったら、何もかもしゃべってやる、と言って……。私、中へ入れました。久保田は、自分が良二さんに利用されていたと知って、逆上していました。私はお金で話しをつけたかったんです。でも、久保田は私を奪おうとしました。良二さんへの仕返し、と思ったんでしょう。私……もみ合う間に刺していました。――でも、悔《くや》んではいませんわ」

誰もが言葉を失っていた。

弥生は、しっかりした声で、

「では、行って来ます」

と言うと、写真室を出て行った。

ちか子は深々と息をついて、椅子に沈み込むと、二度と立てないように見えた。

「弥生さんがそこまでやったんですね」

と、智春は言った。「気の毒に」

「全くだ」

と、伸男は肯いて、「良二の奴……。いや、僕がだらしなかったせいもある」

「そうなのよ。あなたも、良二さんもお義母様も。みんな、足りないものがあったのよ」

「あの子は……朋美も、捕まるのかな」

「もともと、良二さんの手配であなたに近付いた子でしょ。でも有貴の気持も考えないと」

「克士とかいう弟か」

「そう。——私は、お義母様を赦せません。寿子さん、あなたもよ。私を自殺へ追い込んだ、あなた方を」

智春は、じっとちか子の青白い顔を見つめた。「自分で自分の首にロープをかけ、椅子が倒れてぶら下った瞬間の気持、分りますか?」

智春は、夫の方へ、

「私たちのことは後で考えればいいわ。弥生さん一人にやらせてはいけない。お義母様、あなたも一緒に行くべきです」

「智春さん……」

「行くべきです」

ちか子は肯いた。そして立ち上ったが、寿子に支えられてやっと立っていられる状態である。

「奥様、無理です」

と、寿子が言うと、

「手をどけて」

ちか子が、もう一度立ち直れるかどうか、それは、企業のトップとしてのプライドにかかっていた。

「お客様へご挨拶しなきゃ！」

ちか子は、そう言って歩き出した。

智春が夫へ、

「行きましょう」

と促す。

「有貴は？」

「一人にしておいて。あの子は大丈夫」

と、智春は言った……。

明日を待つ人

「有貴――」

と、佐々木信子が言った。「いいの、ここにいて?」

「うん」

有貴は、飲みさしのお茶碗がいくつも並んでいるテーブルの上を眺めながら、「宴《うたげ》の後、って感じだね」

控室には、もちろん今、誰もいない。有貴と信子の二人だけである。

「披露宴はどうなってるの?」

「さあ……。弥生さんが何とかしてるでしょ。良二さん、姿をくらましちゃったし」

哀れだ、と思った。良二が何をしたとしても、後を弥生に任せて逃げることくらい、卑劣なことはない。あまりに弥生が可哀そうだ。

「――有貴のお母さんの仕返しがこれで終ったのね」

「信子、これは仕返しなんかじゃないの。正義が行われたの。それだけよ。お母さんの苦しみは、どんなことしたって、償わせられないもの」

そうなのだ。弥生には同情するが、母にはこうする権利があるということも、有貴は分っている。良二は逃げても、逃げ切れはしないだろう。罪は償わなくてはならないのだ。

「――あ」

ドアが開いて、入って来たのは塚田克士だった。

「どうしたの？」

と、有貴は立ち上って言った。

「姉さんが……電話して来たんだ。ここへ来いって」

「朋美さんが？」

「何があったんだ？　姉さん……泣いてた」

克士は途方にくれていた。有貴は、そんな克士を初めて見た。

「克士……。良二さんの企みだったのよ。朋美さんを、うちのお父さんに近付けたのも。お父さんを追い出して社長のポストにつくためにやったことで……」

「姉さんも、それを手伝ったのか」

「そう……」

と、有貴は肯いた。「でも、克士、知らなかったのね」

「俺は何も……」

と、克士は首を振って、「じゃ、あの久保田って人も？」

「あの人は、お父さんの会社を狙ってたのよ。三年前の事件を調べて知ってたんだと思う。

そこへ、奈良さんが通り魔に刺し殺されるって事件があって、敏子さんを味方につけようと思い付いたんだわ。盗聴機を取付けたりしたのが、却って良二さんに久保田をうまく利用してやろうって気持を起させたんだと思う。良二さんは、久保田のかげに隠れるようにしてうまくことを運んでたんだわ。――朋美さん、どこにいるって？」

「分らない。ここのどこかだと思うんだけど……」

「捜してみよう！」

有貴は克士の腕を取って、「――信子、ここにいてくれる？」

「うん。待ってる」

「ごめんね」

有貴は、克士と一緒に控室を出ると、ロビーを見回した。

「――あそこだ」

と、克士は言った。

ロビーの奥まった一画、柱のかげに、朋美らしい姿が見え隠れしている。

二人は、そっちへ急いだが……。柱のかげにいるのは、一人ではなかった。

「――恨まないで」

朋美が両手で顔を覆う。克士と有貴は足を止めた。

「恨んじゃいないよ」

と言ったのは伸男だった。「騙《だま》された僕が馬鹿だ。自業自得だよ」

「やめて。本当にあなたのことが好きだった。でも……」

「僕が殺されるように仕向けたじゃないか」

「ええ……。言いわけはしません。でも、辛かったの。——本当です」

「君が裏切ったんだと知ったときのショックは……。何とも言えなかった。いっそ、知らない内に殺されてたら良かった、と思うよ」

伸男はそこまで言って、有貴に気付いた。

「——いたのか」

朋美は、克士を見て、

「聞いたわね」

と言った。

「うん……」

「私も捕まるかもしれない。もう……私のこと姉さんだと思わないで」

克士は肩をすくめて、

「思っても思わなくても、姉さんじゃないか」

と言った。「変りゃしないよ」

「克士……」

朋美は声を詰らせて、「親に反抗するつもりで、良二さんの誘いに乗ってしまったの。いい子でいるのに疲れてたの。ごめんね。こんな馬鹿なことして」

「俺だってやってるよ。それに、馬鹿なことしても謝んない奴がいくらでもいるじゃないか」

克士の言葉に、朋美は泣き笑いの表情になって、

「あんたに説教されるの、初めてね」

と言った。

有貴は、伸男の肩に手をかけて、

「お父さんが浮気っぽいせいもあるんだよ」

「おい……」

「そうでしょ？　でも、本気で朋美さん、好きだったのなら、恨むことないじゃない。だって、裏切られても、愛は愛でしょ」

わざと理屈で、それもおよそ現実的でない理屈を言ってみたが、今の伸男にはそれが納得できるようだった。

「そうだな。恨んだ俺が悪い」

伸男は、息をついて、「それに、弟が君をここまで巻き込んだんだ。却って、僕の方が詫びなきゃいけないな」

「——ありがとう」

と、朋美は、目に涙をためて言った。

「でも、朋美さん、どうしてここに？」

と、有貴は訊いた。

「良二さんに呼ばれたの」

「良二が？　君をここへ呼んだのか」

「ええ。良二さん、ここにいるの？」

「いや、逃げたと思ったんだが……」

逃げても、どうにもならないと気付いたのかもしれない。有貴はそう思った。もしそうなら……。

「私——控室に戻る！」

有貴は、ロビーを駆け抜けた。


最後の客が、やや落ちつかない様子で、そそくさと出て行く。

「ありがとうございました」

と、弥生は、まるで何事もなかったかのように挨拶した。

ちか子は、立っているのがやっと、という様子で、客がいなくなると、よろけて傍らの智春につかまった。

「——よく頑張りましたね」

と、智春は言った。「寿子さんが送ってくれますわ」

「でも……良二が……」

「夫のことは私が」

と、弥生が言った。「ご心配なく。お義母様」

「弥生さん」

「良二さんが捕まっても、私はずっと待っています」

と、弥生は言った。「傷ついた私を救ってくれたころの良二さんは、本当にいい人だったんです。その恩は忘れません」

「ありがとう……」

ちか子は弥生の手に、老いた手を重ねた。

「手が冷たいわ。――あ、寿子さん」

寿子が、美幸の手を引いてやってくる。

「お義母様をお送りして」

と、智春が言った。

その口調は、それまでと違っていた。

「はい、奥様」

寿子は、智春にそう言って、ちか子の手を取り、歩き出した。

ちか子の罪を、もっと厳しく問うべきかもしれない。しかし、息子がもう一人の息子を殺そうとしたこと。それだけでも、ちか子への充分な復讐《ふくしゅう》だと智春は思った。

ちか子にとっては、「会社」を守ることが第一だった。そのために、他のすべてを失った。

――智春はちか子を赦すことはできなかったが、憐《あわ》れみを覚えていた。

ちか子の後ろ姿は、急に一回りも二回りも小さくなったようだった……。

「――弥生さん、ともかく着替えて、うちへ戻りましょう」

と、智春が促す。

二人は控室へと向った。

前まで来ると、中からドアが開いて、

「お母さん！」

「有貴、どうしたの？」

「良二さんが――」

智春と弥生が驚いて中へ入る。

「来てくれたか。良かった」

良二が、椅子に腰をかけ、その足下に佐々木信子が座っていた。良二の手は、小型のナイフを持って、刃を信子の喉に当てている。

「あなた……。何してるの！　やめて」

「君を待ってたんだ。この子はもう放すよ。――弥生、君と二人になりたい」

「ええ、分ったわ。お願い。そのナイフを……」

弥生は、良二がナイフを引っ込めると、信子の肩を抱いて立たせ、

「ごめんなさいね……。もう大丈夫よ」

真青になった信子は、細かく震えながら肯いた。

「信子！」

有貴が信子を抱き止めるようにして、「ごめんね！」

智春が進み出ると、

「良二さん。あなたは弱い人なの。みんなと同じようにね。ただ、運悪く、あなたの前に王冠がぶら下っていた。――ね、やり直すことはできるわ」

「智春さん……。弥生と二人にして下さい」

と、良二は言った。「二人でゆっくり話したいんです」

「でも――」

「そうして下さい」

と、弥生は言った。「良二さんのことは私が一番よく知ってます」

智春は、しばらく動かなかったが、

「分りました。――有貴」

と、促す。

だが、有貴は動かなかった。

「有貴。行きましょう」

「いやだ」

有貴は、信子から手を離すと、「分ってるくせに！　二人とも死ぬ気だよ」

智春は黙って有貴を見つめた。

「だめだよ。お母さんだって、どんなに辛かったか、分ってるでしょ。死ななくてもいいのに、死のうとするなんて、だめだよ！」

「有貴――」

「弥生さん、お腹に赤ちゃんがいるんだよ！　その子まで死なせちゃだめだよ！」

良二が愕然として、

「本当か？」

「たぶん……」

弥生は小さく肯いて、「でも、あなたが死ぬつもりなら、ついて行く」

良二は、弥生の視線に貫かれたように身震いして、ナイフを投げ捨てた。

「あなた――」

「生きていてくれ！」

良二は弥生を抱きしめて、「僕がいなくても……」

「やり直して！　何年でも、何十年でも、あなたが生きてる限り、私は何をしてでも食べていくし、この子を飢《う》えさせたりしない」

良二は床に座り込むと、弥生の膝に顔を埋めて、泣いた。

――有貴は信子と一緒に廊下へ出た。

「有貴……」

「ごめんね。とんでもない目に遭わせて」

「ちっとも」

と、信子は首を振って、「でも——やっぱり、母って強いんだ」

有貴は、ちょっと面食らったように信子を見ていたが、

「——本当だね」

と微笑んで、「うちのお母さんも強いもん」

「ということは、有貴も、将来強くなるってことだ」

「そうだね」

二人は、ちょっと笑った。

——良二が泣いたとき、母にとっては本当に夜明けが来たのだ。長い長い憎しみという夜が終ったのだ、と有貴は思った。

二人がロビーを歩いて行くと、何人かの男たちがやって来るのが見えた。

「——刑事さんだ」

と、有貴は言った。

足早にやって来る男たちは、明るいロビーの中で、どこか戸惑っているように見える。

刑事が気付いて、

「君、沢柳さんの娘さんだね」

と、有貴に言った。

「はい」

「沢柳良二さんに用があるんだが」

有貴はちらっと振り返って、

「ここにいれば、来ますよ」

と言った。「きっと、もうすぐやって来ます……」

解説

山前　譲

飲んだ帰り、奈良は自宅のある団地に近い公園で、タバコを喫《す》っていた。かつて勤めていた会社では、異例の若さで課長になったのに、妻の敏子が殺人を犯し転職を余儀なくされる。収入は半減して、今は1DKの団地で一人暮らしだ。だが、いまさらグチっても仕方がない。タバコを喫いおえ、ベンチから立ち上がった。そのとき、背後に人の気配が――。

沢柳有貴《ゆき》は十六歳、S女子大付属高校の一年生だ。父とは別居中で、自殺未遂で記憶を失ってしまった母の智春《ちはる》と暮らしているが、江梨子という気のいいお手伝いさんが見付かって、ここ一年ほどは心配なく学校に通えるようになった。ひとまず、穏やかな日常を取り戻していた。

その日、親友の佐々木信子と一緒に学校へ向かう途中の電車で、隣の客が読んでいた新聞の記事に驚かされる。〈会社員殺される〉〈奈良竜男さん（四十一）〉――あの奈良だ！　それはけっして忘れることのできない名前だった。智春を追い込んだ人たちのひとりとして……有貴の日常はその日から攪乱されていく。いやそれは彼女だけのことではなかった。あの事件に関わった人たちの日常もまた揺らぎはじめるのだ。

「あの」って？　どういうことだろうと訝《いぶか》る人がいるかもしれない。じつはこの『夜の終りに』は、中公文庫既刊の『夜に迷って』の続編なのである。『夜に迷って』は一九九四年十二月、『夜の終りに』は一九九七年七月、ともにカッパ・ノベルス（光文社）の一冊として刊行された。

『夜の終りに』の初刊本にはこんな「著者のことば」が添えられている。

『夜に迷って』から三年後の物語である。
思いがけない出来事から、家庭が崩れていった前作をのり越えて、強く成長した娘・有貴を中心に、すべてを清算する時がやって来たときの、様々な人間模様を描いてある。この二作品の共通の主題は人の「弱さ」だと言っていい。「弱さ」にこそ人間らしさが現われる。弱いからこそ人は愛を信じようとする。――様々な弱さのどこかに、読者が自分自身を見出して下さるように祈っている。

〈エヌ・エス・インターナショナル〉の社長の長男・沢柳伸男の嫁として、何不自由なく暮らしていた智春が、奈良敏子が広めた不倫疑惑に追い詰められ、そして殺人犯として疑われて苦しんでいたのが『夜に迷って』だった。妻として、そして母としてのその苦悩が胸に迫ってくる。

一方、続編であるこの『夜の終りに』のメイン・キャラクターは、その智春の娘の有貴である。だから本作単独でももちろんミステリーとして楽しめるが、人間関係は前作の延長線上にあるので、先に読んでいたほうが、こんな有貴の辛い心情がより理解できるに違いない。

――有貴は、母に対して祖母が何をしたか、忘れたことはない。赦してもいない。しかし、正面から非難するには、有貴は大人になっていた。

祖母も、父も、有貴にやさしい。けれども、それは過去に目をつぶったやさしさなのである。

有貴の祖父の沢柳徹男が倒れ、長男の伸男が社長となったが、どうも頼りない。祖母のちか子は、夫の愛人であった内山寿子を重用し、そしてふらふらしていた次男の良二に経営者としての才能を見出していく。ところがそこに、沢柳家を脅かす邪悪な計画が忍び寄ってくる。一方、刑期を終えて出所した奈良敏子もまた、沢柳家との縁が切れたわけではなかった。

有貴はそうした黒い影には気付かず、母がずいぶん落ち着いてきたこともあって、学園祭など十六歳の高校生活を楽しんでいた。そこに「金を払ってくれ」と接近してきたのが塚田克士《かつし》である。姉の朋美が沢柳伸男の愛人になっている。ずっと付き合う気なら、毎月百万円だな――どうして私のところに？　不思議な気がした有貴だが、いつしかその克士に惹かれていくのである。

家族の絆を見失った日常のなかで悩み、青春を楽しみ、そして明日を見据えていく有貴の姿にはきっと引き込まれていくはずだ。ただ、ようやく新しい日常にも馴れたとき、彼女にまたもや事件が忍び寄ってきたのである。そして事件の背景には、そこかしこに潜んでいた人間の「弱さ」の連鎖があるのだった。

数多い赤川作品のなかで、年少者向けのいわゆるジュブナイルを除いたとしても、有貴のような高校生の女の子が活躍する物語はやはり大きな核をなしている。

強烈なインパクトをもたらしたのはやはり『セーラー服と機関銃』（一九七八）の星泉だろう。父の死をきっかけにやくざの組長に祭り上げられ、あまつさえ機関銃をぶっぱなすとは！　『セーラー服と機関銃3　疾走』（二〇一六）はその泉の娘である高校二年生の叶が主人公で、泉の意外な半生が読者を驚かせた。

星泉はちょっと例外的な大胆なキャラクターだろうが、まだ社会的には自立をしていない年代だけに、本書の有貴のように、家族が物語の鍵を握っていく。

バレリーナとして注目を集めている『愛情物語』（一九八三）の美帆や一本の電話に心乱される『早春物語』（一九八五）の瞳は、親との関係に繊細な心を痛めていた。『乙女に捧げる犯罪』（一九八八）の友紀も両親の浮気問題に悩んでいる。『くちづけ』（一九九七）の亜紀の両親もそれぞれにずいぶんと奔放な恋愛関係を楽しんでいた。『校庭に、虹は落ちる』（二〇〇二）のさつきも両親の秘密を知って悩んでいる。

有貴と同じような日常の急変を味わっているのは、『天国と地獄』(二〇〇八)の信忍だろう。連続幼女殺人事件の犯人の死刑が執行された。ところが、有罪の証拠を取り調べを担当した刑事が捏造したとの疑惑が——その刑事が信忍の父だったのである。家族の絆が失われ、彼女には復讐の魔手が迫ってくるのだ。

さらには、ともに母の死を望んでいる『殺し屋志願』(一九八七)のみゆきと佐知子、父の死が警察から伝えられる『悲歌《エレジー》』(一九九五)の晃子、父を殺そうとする計画を知ってしまった『乙女の祈り』(一九九六)の智子、家出した母が心中したかもしれないという『パパの愛した悪女』(二〇〇九)の香織、大型台風に家族の絆まで揺さぶられる『台風の目の少女たち』(二〇一二)の安奈と、赤川作品の高校生たちはさまざまな荒波にもまれている。

そして十六歳になった有貴の物語だ。まさに事件は錯綜している。いくつも死が訪れている。十六歳の有貴にとっては過酷な出来事がつづくのだった。だが、そこにしだいに一条の光が差し込んでくるのを、きっと感じるに違いない。そしてミステリーらしい意外性たっぷりの真相——。

止まない雨はない。明けない夜はない。穏やかな日常を取り戻そうとする有貴の姿は、今のほうがより頼もしく見える。

二〇〇〇年五月に刊行された光文社文庫版で解説を執筆したとき、〝多彩な登場人物と錯綜する思惑のなかで、あらためて家族の絆が問われていくのが『夜の終りに』なのです〟と締めくくった。日常が崩れ、家族の絆が崩壊していくなかで、どう生きていけばいいのか。

そこで発露されるのはやはり人の「弱さ」だろうが、それを直視しないとやはり前には進めない。ただ、その「弱さ」はきっと克服できる。有貴がきっとこれから得るに違いない新しい日常に思い馳せるとき、我々もまた一条の光を見出すのではないだろうか。

（やままえ・ゆずる　推理小説研究家）

『夜の終りに』二〇〇〇年五月（光文社文庫）

中公文庫

夜《よる》の終《おわ》りに

2020年9月25日　初版発行

著　者　赤《あか》川《がわ》 次《じ》郎《ろう》

発行者　松田 陽三

発行所　中央公論新社
〒100-8152　東京都千代田区大手町1-7-1
電話　販売 03-5299-1730　編集 03-5299-1890
URL http://www.chuko.co.jp/

DTP　ハンズ・ミケ
印　刷　三晃印刷
製　本　小泉製本

Published by CHUOKORON-SHINSHA, INC.
Printed in Japan　ISBN978-4-12-206931-2 C1193

各書目の下段の数字はISBNコードです。978－4－12が省略してあります。

中公文庫既刊より

あ-10-9
終電へ三〇歩　赤川次郎
リストラされた係長、夫の暴力に悩む主婦、駆け落ちした高校生カップル……。駅前ですれ違った他人同士の思惑が絡んで転がって、事件が起きる！
205913-9

あ-10-10
静かなる良人 新装版　赤川次郎
浮気をして家へ帰ると夫は血まみれで倒れていた。犯人探しにのりだした妻の千草は、生前気づかなかった夫の思いがけない一面を知る……。〈解説〉山前　譲
206807-0

あ-10-11
迷子の眠り姫 新装版　赤川次郎
クラス対抗リレーの練習に出かけた昼下がり、誰かに川に突き落とされた高校生の笹倉里加。病院で目を覚ました彼女に不思議な力が！〈解説〉山前　譲
206846-9

あ-10-12
いつもの寄り道　赤川次郎
出張に行ったはずの夫が、温泉旅館で若い女性とともに焼死体で見つかった。夫の手帳を手に入れ、事件の謎に近づく加奈子に危険が迫る！〈解説〉山前　譲
206890-2

あ-10-13
夜に迷って　赤川次郎
将来有望な夫と可愛い娘のいる沢柳智春。義父の隠し子や弟のトラブル解決に尽力するが、たった一度の過ちが噂になり追いつめられていく。〈解説〉山前　譲
206915-2

わ-16-1
プレゼント　若竹七海
トラブルメイカーのフリーターと、ピンクの子供用自転車で現場に駆けつける警部補——。間抜けで罪のない隣人たちが起こす事件はいつも危険すぎる！
203306-1

わ-16-2
御子柴くんの甘味と捜査　若竹七海
長野県から警視庁へ出向した御子柴刑事。甘党の同僚や上司からなにかしらスイーツを要求されるが、日々起こる事件は甘くない——。文庫オリジナル短篇集。
205960-3

わ-16-3
御子柴くんと遠距離バディ
若竹七海

長野県警から警視庁へ出向中の御子柴刑事は平穏な日々を送っていたが、年末につぎつぎと事件に遭遇し、さらには凶刃に襲われてしまう！　シリーズ第二弾。

206492-8

い-35-20
十二人の手紙
井上ひさし

転落した修道女の身も心もボロボロの手紙や家出少女の手紙など、手紙だけが物語る笑いと哀しみがいっぱいの迫真の人生ドラマ。新装改版。〈解説〉扇田昭彦

205103-4

い-35-25
四捨五入殺人事件
井上ひさし

大雨で孤立状態となった山間の温泉宿。そこに足止めされた二人の作家の前で、密室殺人が起こる。演劇的仕掛けに富んだミステリーの逸品。〈解説〉松田哲夫

206905-3

う-10-27
薔薇の殺人
内田康夫

脅迫状が一通きただけの不可思議な誘拐事件。七日後、遺体が発見されたが、手がかりはその脅迫状だけだった。浅見光彦が哀しい事件の真相に迫る。

205336-6

う-10-28
他殺の効用
内田康夫

保険金支払い可能日まであと二日を残して、会社社長が自殺した。自殺に不審を抱いた浅見光彦は、単身調査に乗り出すが意外な結末が⁉　傑作短編集。

205506-3

う-10-29
教室の亡霊
内田康夫

中学校の教室で元教師の死体が発見された。毒殺された被害者のポケットには、新人女性教師とのツーショット写真が――。教育現場の闇に、浅見光彦が挑む！

205789-0

う-10-30
北の街物語
内田康夫

「妖精像」の盗難と河川敷の他殺体。二つの事件には、ある共通する四桁の数字が絡んでいた――。浅見光彦が、生まれ育った東京都北区を駆けめぐる！

206276-4

う-10-32
熊野古道殺人事件　新装版
内田康夫

伝統の宗教行事を再現すると意気込んだ男とその妻が、謎の死を遂げる。これは祟りなのか――。浅見光彦と「軽井沢のセンセ」が南紀山中を駆けめぐる！

206403-4

各書目の下段の数字はISBNコードです。978－4－12が省略してあります。

う-10-33
鳥取雛送り殺人事件　新装版
内田康夫
被害者は、生前「雛人形に殺される」と語っていた男。調査のため鳥取に向かった刑事が失踪してしまい――。浅見光彦が美しき伝統の裏に隠された謎に挑む！
206493-5

う-10-34
坊っちゃん殺人事件　新装版
内田康夫
取材のため松山へ向かう浅見光彦。旅の途中何度も出会った女性が、後日、遺体で発見され疑われる光彦だったが――。浅見家の〝坊ちゃん〟が記した事件簿！
206584-0

う-10-35
イーハトーブの幽霊　新装版
内田康夫
宮沢賢治が理想郷の意味を込めて「イーハトーブ」と名付けた岩手県花巻で、連続殺人が。被害者は死の直前「幽霊を見た」と……。〈解説〉新名　新
206669-4

う-10-36
萩殺人事件
内田康夫
お見合いのため山口県を訪れた浅見光彦の親友・松田将明が、浅見と共に連続殺人事件の闇に挑む！『汚れちまった道』と対をなす異色長篇。〈解説〉山前　譲
206812-4

か-61-2
夜をゆく飛行機
角田光代
谷島酒店の四女里々子には「ぴょん吉」と名付けた弟がいて……うとましいけれど憎めない、古ぼけてるから懐かしい家族の日々を温かに描く長篇小説。
205146-1

か-61-3
八日目の蟬《せみ》
角田光代
逃げて、逃げて、逃げのびたら、私はあなたの母になれるだろうか……。心ゆさぶるラストまで息もつがせぬ傑作長編。第二回中央公論文芸賞受賞作。〈解説〉池澤夏樹
205425-7

か-61-4
月と雷
角田光代
幼い頃暮らしをともにした見知らぬ女と男の子。再び現れたふたりを前に、泰子の今のしあわせが揺らいで……偶然がもたらす人生の変転を描く長編小説。
206120-0

ひ-21-11
猿の悲しみ
樋口有介
弁護士事務所で働く風町サエは、殺人罪で服役経験を持つシングルマザー。ある日、出版コーディネーターが殺された事件についての調査を命じられる。
206141-5